KB138096

환상서점

환상서점

잠 못 이루는 밤 되시길 바랍니다

소서림 장편소설

해피북스
투유

차례

서장

———✦———

절벽 아래 남은 이야기

먼 옛날, 산과 강에 둘러싸인 작은 마을에 호기심 많은 한 소녀가 살았습니다. 소녀는 양반가에서 태어난 귀한 신분이었지만, 예절 교육을 받기보다 들판을 뛰어다니길 좋아하는 천방지축이었지요.

하루는 소녀가 저잣거리를 뛰어다니던 중에 바닥에 떨어진 책 한 권을 발견했습니다. 주인 잃은 책을 들고 주위를 둘러보았더니 신선처럼 가벼운 발걸음으로 걷는 한 사내가 보이지 않겠어요? 소녀는 이 책이 저 사내의 물건이라는 걸 짐작했습니다.

주인을 찾아줘야 한다는 생각에 소녀는 막 시야에서 벗어난 사내를 쫓아갔어요. 항아리가 내리막을 구르듯 달렸답니다. 나비처럼 나풀대는 옥빛 도포를 열심히 쫓았지만, 끝내 그 사내를 따라잡지 못했어요. 어린 소녀의 다리가 그 사내와 비견했을 때 반 토막 정도로 짧았던 탓이겠지요.

그러다 보니 귀신이 나온다는 숲 한복판에서 길을 잃고 말았습니다. 그는 왜 하필이면 이런 무시무시한 숲에서 사라졌을까요? 해까지 떨어지고, 소녀는 스산한 새 울음소리에 결국 울음을 터뜨리고 말았습니다. 휘이, 휘이 하고 우는 게 귀신이 따로 없지 뭔가요.

바로 그때, 꺼이꺼이 울던 소녀의 앞에 누군가가 나타났습니다. 아까 그 신선 같은 사내였어요. 가까이서 보니 허여멀겋고 키가 커서 신선보단 유령 같았지만요.

그가 소녀에게 누구냐고 물으며 다가왔습니다. 겨우 어른을 만난 소녀는 안도감에 더 크게 울었고, 사내는 그런 소녀를 가만히 보았어요. 분명 당황한 기색이었답니다. 그가 이러지도 저러지도 못하는 사이 소녀는 그의 손을 꼭 잡았어요. 사내는 조금 망설이다 소녀의 등을 토닥였지요.

그때, 소녀의 작은 머리통 속에서 전기가 튀듯 어떤 예감이 들었습니다.

아마도 나는 이 하얀 사람과 오랜 시간을 함께 보낼 것 같

아. 내가 셀 수 있는 숫자보다 더 오래, 쌀 한 가마니에서 쏟아지는 곡식의 낱알보다 더 오래. 한참을 지나 깨달은 것이지만 소녀는 사내를 본 첫눈에 사랑을 느끼고 말았던 거죠.

시간이 흘러 두 사람의 결말이 어찌 되었는지는 알려지지 않았습니다. 기쁘고 슬픈 일들을 많이 겪었겠지요. 포기할까 하다가도 함께 극복하려고 노력했을 거고요. 한 번쯤 '세상일이란 게 참 만만하지 않구나' 하는 생각도 했을 거예요. 많은 사랑이 으레 그러하듯이요.

얼핏 알려진 바로는 소녀의 사랑은 결국 비극이었대요. 숙녀가 된 이후, 자기를 속박하던 것들을 버리고 사내와 도망쳤다고 해요. 손을 꼭 잡고 놓질 않더라고, 둘이 결국 벼랑에서 꼭 껴안고 뛰어내리더라고요. 그놈의 사랑이 뭔지. 둘 다 참, 바보 같기는.

헌데 이상한 건 분명 죽었어야 할 사내가 그 이후로도 자꾸 모습을 보이더란 겁니다. 둘이 뛰어내린 절벽 근처에서, 사람이 많은 시가지에서, 속세와 동떨어진 어느 한적한 사찰에서. 그를 보았다는 장소도 참 다양했어요.

진짜 해괴한 대목은 지금부터입니다. 그에 관한 목격담은 몇백 년이 지나도록 이어졌습니다. 사람들은 그가 요괴나 귀신일 거라고 떠들었어요. 보통 사람이 700년을 살진 않으니까요. 그 도깨비 같은 놈이 절벽 근처에 곳간을 지었는지, 책방을 지었는지는 모르겠는데 거기서 자기 신부가 돌아오기를 기다리는 거라고요. 기구한 제 운명을 한탄하면서 말입니다.

여기까지가 두 사람에 대해 알려진 이야기입니다. 뭐, 거짓일 수도 있어요. 물론 사실일 수도 있고요. 원래 이야기라는 게 듣는 사람 마음에 들지 않으면 고치기도 하고, 들려주는 사람이 새로 쓰기도 하는 거죠. 결말만 쏙 바꾸기도 하고요. 듣는 사람 마음에만 차면 되지 않겠어요?

이건 그냥 오래된 이야기일 뿐이니까 말이에요.

1장

우연한 방문

시간이 흘러도 쉽게 변하지 않는 게 있다. 사랑과 증오처럼 낭만적인 감정. 혹은 광활한 우주같이 인간과는 다른 궤적을 걷는 존재. 아니면 지금 눈앞에 보이는 화강암 절벽 같은 것이다.

연서는 어두운 산속에 혼자 남아있었다. 길을 헤맨 끝에 나온 건 이 절벽이었다. 허탈하게 싸늘한 화강암 위에 주저앉은 지 벌써 삼십 분이 다 되어가는 중이다. 그녀는 문득 흙투성이가 된 자신의 흰 캔버스화를 내려다보았다. 이런 신발로 산행을 나왔으니 길을 잃고 조난되는 것은 당연했다. 가깝다 못해 집 뒤에 있긴 해도, 주말마다 등산객이 몰리는 명소인 만큼 규모도 크고 봉우리도 높은 산이었다.

사실 그녀가 초보자용 코스를 얌전히 따라가기만 했어도 이런 일은 일어나지 않았을 것이다. 그런데 산에 정갈하게 깔려있는 계단을 밟고 올라가던 중에 연서는 문득 화가 났다. 산행을 결심하게 만든 '그 메일'의 내용이 떠올랐기 때문이다.

당신의 글은 상업성이 없어요. 그럼 이만.

그녀가 잘 다니던 회사를 그만두고 동화작가가 되겠다고 나선 후로 2년, 오늘까지 총 일곱 번. 연서는 얼굴도 보지 못한 출판 편집자들에게 매번 정중한 거절의 메일을 받았다. 정중한 정도는 저마다 달랐지만, 말하고자 하는 내용은 위와 동일했다.

화는 좀 났지만 다른 출판사를 찾으면 그만이라고 생각했다. 요즘 시대에 널리고 깔린 게 책이고 출판사다. 그녀의 글에 폭 빠져줄 짝이 어딘가 있을 게 분명했다.

하지만 오늘 받은 거절의 메일은 이전 것들보다 더 그녀를 자극했다. 아쉬운 부분을 짚었기 때문이다. 늘 그렇듯 공손한 표현이 층층이 덧대어져 있긴 했다. 그러나 때마침 지쳐 있던 연서의 눈엔 이렇게 읽혔다.

추신. 해피엔딩으로 수정해보면 어떠실지?

해피엔딩. 그녀는 동화의 그런 결말을 썩 선호하지 않았다. 사람이 사는 방식은 셀 수 없이 다양하다. 그런데 왜 '동화'하면 '해피엔딩'인가. 게다가 서사는 다양해도 해피엔딩이란 대개 끝이 비슷하다. 연인들은 사랑을 이루고, 지구인은 살아남는다. 독자들은 한순간의 유희를 만끽하고 따끈해진 가슴으로 일상으로 돌아간다.

송곳처럼 가슴을 찌르는 결말도 있잖아? 연서가 좋아하는 건 그런 이야기였다. 그녀는 신데렐라의 언니들이 비둘기에게 눈을 쪼여 장님이 되는 이야기를 좋아했고, 팥쥐가 젓갈이 되어 돌아오는 결말을 좋아했다. 약간은 잔혹할지라도 아름다운 찰나가 거기 있었다.

스스로도 조금 유별나다는 생각은 했다. 하지만 그런 강렬한 이야기들이 사람의 기억에 오래 남는다. 여러 가지 숨겨진 의미를 담기에도 좋다. 글쓴이가 세상에 대고 하고 싶은 말, 뭐 그런 거.

그러니 산에 깔린 정연한 계단을 보고 불쾌함을 느낀 건 나름대로 논리적인 흐름이었다. 이 자연 속에 인공적으로 만들어둔 계단이 다 뭔가. 뭔지도 모르고 따라 올라가면 이름 모를 사람이 설정해 둔 목적지에서 멈추겠지. 그럼 머리를 비운 채 좋은 경치를 즐기고, 상쾌한 기분을 충전해서 일상으로 돌아가는 거다. 따끈해진 가슴을 안고.

그녀는 그런 계단이 갑자기 지긋지긋했다. 옆길로 빠져나와 냅다 출입 금지 표지판 안쪽으로 들어갔다. 산행은 나름대로 자신 있었다. 어린 시절에는 북한산의 원숭이라고 불리기도 했었다. 날쌔고 재빠르다고 해서 붙은 별명이다. 기억력이 좋은 연서는 이런 사소한 과거를 떠올리며 씩씩하게 산을 올랐다.

여기까지가 지금 이 모양이 된 사연이다. 애석하게도 연서는 커다란 바위를 딱 두 번 지나치고 길을 잃었다. 그 후 오후 8시가 되도록 산에 머무르는 중이다. 주변이 한참 어두워진 바람에 그냥 내려갈 수도 없었다. 외딴 절벽을 마주한 순간, 연서는 그대로 주저앉았다. 휴대폰은 그저 들고만 있었다. 스스로의 어리석음에 지친 나머지 구조 요청을 할 힘도 나지 않았다.

그녀가 앉은 절벽은 두 사람이 겨우 설 정도로 좁았다. 높이가 어중간해서 경치가 훌륭하지도 않았다. 그래서인지 사람의 흔적을 찾기 어려웠다. 절벽 등반가들이 사용하는 갈고리 따위도 보이지 않았다. 지구상에 버려진 땅 한 조각이 있다면 이런 느낌이 아닐까? 연서는 이런 부질없는 생각을 했다.

그래도 꽤 높은 절벽이었다. 가운데 서니 허공에 떠있는 기분이 들었다. 사방이 어둡고 밤바람이 찼다. 멀리 별처럼 반짝이는 시가지의 불빛이 보였다. 까마득했다. 이 절벽에 서있자니 세상을 가위질해서 그녀를 가장 작은 조각에 남겨 놓은 것 같았다. 연서는 더욱 마음이 불편해졌다.

"짜증 나."

그녀가 기어코 혼잣말을 중얼거렸을 때였다.

"무엇이 말이죠?"

뒤쪽에서 부드러운 남자 목소리가 들렸다. 연서는 황급히 몸을 돌려 확인했다. 지금 여긴 누가 올 만한 시간도 장소도 아니다. 그러나 그는 거기 자리 잡고 있던 나무 한 그루인 양, 마치 오래전부터 누굴 기다린 것처럼 서있었다.

연서는 그의 차림새에 낙심했다. 핏 좋은 정장에 고급 가죽 구두 그리고 겉에 걸친 물빛 도포. 잠깐 구조대가 아닐까 기대했으나, 구조는커녕 이건 등산에도 맞지 않는 복장이었다.

곧 수상한 남자가 절벽 방향으로 걸음을 떼었다. 그걸 본 연서는 일어서서 주춤댔다. 그녀는 상상력이 풍부하다. 그런 고로 이미 그를 살인마 혹은 도깨비 정도로 상정하고 있었다. 어느 쪽이든 잡히는 것은 곤란하다.

그녀의 겁먹은 얼굴을 본 남자가 걸음을 멈췄다. 그리고 읽을 수 없는 표정을 지었다. 연서는 그가 어떤 행동을 할지 긴장한 채 지켜보았다. 좀 전부터 손아귀가 축축했다. 극도로 긴장하면 손에 식은땀이 난다는 게 사실이었다. 그때 남자가 다시 입을 열었다. 무척이나 상냥했다.

"아시겠지만, 뒤쪽은 절벽입니다."

아차 싶었다. 돌아보니 연서의 뒤로 서너 걸음이면 허공이었다. 절벽을 기어오른 바람이 훅 불어왔다. 밤이라 그런지 풍속이 상당했다. 그녀의 몸이 휘청이는 동시에 공포가 스멀스멀 피어올랐다. 저 남자도 무섭고, 이 절벽도 무서웠다.

그녀는 일말의 희망에 기대를 걸고 물었다.

"저기…… 혹시 말인데요. 구조대세요?"

"구조대요?"

남자는 눈을 동그랗게 뜨더니 갑자기 픽 웃었다. 비웃음은 아니어도 웬 얼토당토않은 소리를 하냐는 정도는 됐다. 연서의 희망은 산산조각이 났다. 그녀는 갑작스레 한기가 들어 바르르 떨었다.

"그럼 누구시죠? 왜 여기 계신 거예요? 등산을 할 만한 복장은 아닌데……."

"등산?"

이번엔 그가 소리 내어 웃었다. 그런 다음 그녀의 질문에 답했다.

"하긴, 등산을 할 만한 복장은 아니죠. 어디부터 설명해야 할까……. 여긴 제게 추억 어린 장소입니다. 게다가 혼자만의 시간을 즐길 수 있다는 점이 매력적이죠. 오늘도 그러려던 참인데, 먼저 온 손님이 계셨네요. 아, 그리고 제 복장 말이죠."

남자가 손가락으로 절벽 아래를 가리켰다.

"제 가게가 바로 근처에 있어요. 거기서 막 나온 참입니다."

연서는 조심스럽게 자세를 낮춰 아래를 보았다. 절벽 아래, 멀리서 무슨 불빛이 어른대기는 했다. 하긴 산어귀에 작은 카페나 식당을 내는 것이 요새 유행이라고는 했다. 시가지에서는 특이해 보일 그의 복장도 이 주변과는 퍽 어울렸다. 그래도 그러기엔 꽤 깊은 산중이다. 대충 둘러대는 말일지도 모른다.

연서는 그를 믿어야 할지 고민했다. 이대로 보낸 다음 구조대를 부를 수도 있고, 아니면 따라 내려갈 수도 있다. 그런데 만약 후자의 경우 운이 나쁘면…….

결정을 내린 연서가 조심스럽게 몸을 일으켰다. 일단은 절벽 끄트머리에서 좀 멀어지기 위해 몸을 세웠다.

"제가 방해했네요. 아무튼 이만 가려던 참이니까, 하시려던 대로…… 아!"

짧은 비명이 마치 신호탄 같았다. 그를 피해 구조대를 부르려던 연서의 계획이 무참히 깨어졌다. 하여튼 오늘은 뭐든지 원하는 대로 되지 않았다. 그 기분 나쁜 메일부터 시작해서, 산에서 길 잃고, 이번엔 갑자기 불어온 강풍에 그녀는 발을 헛디뎌 절벽 아래로 추락했다.

꼼짝없이 죽겠구나. 그녀는 떨어지는 찰나에 생각했다. 하필이면 사람이 다니지 않는 길에 떨어지는 바람에 시체는 늦게 발견되겠지. 오늘 뭘 챙겨서 나왔더라. 그것에 따라 내 죽음을 평가할 텐데. 유서는 없었으니 단순한 실족사로 처리할 확률이 높겠지. 운 나쁘게 어떤 살인마에 대한 수사에 혼선을 주면 어떡하지. 그런 일이 없어야 할 텐데.

죽음만이라도 나를 그대로 알아줄 수는 없으려나. 이 끔찍한 일의 원인은 연약한 인간의 의지가 아니라, 튼튼하게 엮인 불행과 우연이었는데 말이다.

눈썹에 어린 물기가 차가웠다. 밤공기 때문일까 싶었다. 살면서 마지막으로 느낀 감각이 차가움이라니. 사람 속상하게 정말……. 이런 생각을 하며 연서는 눈을 감았다.

어디선가 댐이 터지는 것 같은 거대한 파열음이 들렸다.

다시 바람이 불었다. 이번엔 절벽 아래에서 위로. 이 근방의 상승기류가 강한 편이라고는 들었지만, 이건 정도가 심했다. 연서는 바람에 날려 허공으로 떠올랐다.

오늘 날씨는 온화한 초가을이다. 비 한 방울, 구름 한 점 없었기 때문에 갑자기 태풍이 몰아쳤을 리 없다. 이런 산에서 갑자기 허리케인이 발생할 것도 아니다. 이건 도저히 설명할 수 없는 이상기류였다. 다만 연서는 이런 사리를 분별할 여유가 없었다. 그녀는 너무 경악한 나머지 비명도 나오지 않았다.

등을 받치는 부드러운 바람에 연서는 눈을 떴다. 검푸른 하늘 한가운데 새하얀 보름달이 있었다. 손에 닿을 듯 가까웠다. 그녀는 저도 모르게 팔을 뻗었다. 빛나는 달을 끌어안고 싶은 충동을 느꼈다.

그러나 보름달은 도망치듯 멀어졌다. 연서는 금방 그 사연을 알 수 있었다. 그건 하늘도 아니고, 달도 아니었다. 매끄러운 유선형 몸통, 양옆에 달린 송편처럼 둥근 지느러미가 보였다. 마치 고래를 닮은 거대한 괴물의 눈이었다.

괴물은 연서를 지나쳐 하늘로 치솟았다. 소나무 껍질처럼 딱딱하고 갈라진 등 위엔 숲이 있었다. 그리고 나무마다 작고 노란 꽃이 가득 피어있었다. 바람에 떨어진 꽃이 괴물의 궤적을 따라 흘렀다. 개울에 떨어진 꽃, 혹은 밤하늘에 쏟아진 별 같았다. 이윽고 꽃잎이 연서의 앞까지 날아들었다. 짙은 향이 물씬 풍겼다.

작고 노란 별을 닮은 금목서 꽃이었다. 별빛 꽃 무리가 가을 달 아래로 흩날렸다. 은하수처럼 흐르는 그 모양을 보며 연서는 금목서의 다른 이름이 떠올랐다. 달에 사는 토끼가 쉬어간다는 계수나무.

바람, 달빛, 꽃향기. 뒤섞인 환상이 연서의 몸을 감쌌다. 그리고 괴물의 등에 있는 숲에서 얼핏 하얀 토끼를 보았다고 생각한 순간, 마법의 폭풍이 끝났다. 연서는 중력에 의해 아래로 떨어졌다.

이번에야말로 죽는 걸까? 혹은 이미 죽은 걸까? 그녀는 눈을 꼭 감았다. 그때 또 다른 부드러운 힘이 그녀를 받쳐 들었다. 이번엔 어떤 환상일까 싶어 눈을 떴을 때, 달을 닮은 또 다른 눈이 보였다. 투명하게 빛나는 담녹색. 그 이름 모를 남자였다.

이번엔 전설보다는 동화에 가까웠다. 그는 떨어지는 연서를 품에 받아 들었다. 졸지에 그녀는 잘 알지도 못하는 이에게 공주님처럼 안기고 말았다.

짧은 모험 끝에 연서는 다시 단단한 화강암 대지를 밟았다. 고개를 들자 그와 다시 눈이 마주쳤다. 깊은 산호초 바다 같았다. 그 안에서 조금 전 봤던 괴물의 모습이 짧게 비쳤다. 바다를 헤엄치는 모습이었다.

연서를 손님용 테이블에 앉혀두고 남자가 따뜻한 차를 내왔다. 그녀는 아랑곳하지 않고 말했다.

"고래를 닮았고, 건물 한 채만 한 크기에, 하늘을 날고 있었어요."

"잘못 보셨겠죠. 고래가 어떻게 하늘을 날겠어요?"

산에서 내려오자마자 연서는 이 이상한 남자와 토론을 벌였다. 그는 사고의 유일한 목격자나 다름없었다. 그러나 그녀의 기대를 배반하듯 남자는 시치미를 뚝 떼고 연서의 착각이라고 단정 지었다. 그가 찻주전자를 기울이며 말했다.

"'하늘을 나는 고래'는 고래가 수면 위로 뛰어오르는 걸 목격한 사람들이 흔히 하는 상상입니다. 멀리서 보면 바다와 하늘의 경계가 흐려질 때가 있죠. 그 가운데서 몸을 비트는 거대한 짐승. 하늘을 나는 듯 보이는 것도 무리는 아닙니다. 게다가 고래는 예로부터 모습을 잘 드러내지 않는 신비한 존재예요. 그런 사정까지 더해진다면 그 모습이 대단히 경이로울 겁니다. 하지만, 아시잖아요? 고래는 바다를 헤엄치는 포유류일 뿐입니다. 그 낭만적인 움직임 또한……."

남자가 능숙하게 찻주전자를 거두었다. 주둥이 끝에서 투명한 붉은빛의 액체 몇 방울이 찻잔으로 떨어졌다.

"실제로는 기생충을 떨쳐내기 위한 몸짓에 불과합니다."

"그럼 제가 절벽 위로 올라온 건, 아니지, 바람을 타고 하늘로 날아오른 거는요? 그건 어떻게 설명하실 건데요?"

연서는 답답한 듯 쏘아붙였다. 충격적인 일을 겪은 탓에 맞은편의 남자가 생면부지인 걸 잠시 잊었다. 평소 조심스러운 그녀의 성격에 비하면 파격적인 태도였다. 그러나 그녀의 추궁에도 남자는 태연하게 답했다.

"그걸 본 사람이 있나요?"

할 말이 없었다. 연서는 대답하지 못하고 우물거렸다. 그게 당신 하나였는데, 당신이 아니라고 하면. 남자는 느릿하게 찻잔을 그녀 앞으로 밀었다.

"실제로는 추락하기 직전에 제가 붙잡았죠. 다만 죽음을 예감한 나머지 뇌에서 일종의 신경 반응이 일어나, 허구적인 체험을…… 하여튼 가능한 일입니다. 이를테면 주마등 같은 거죠."

"하지만……."

추락의 흡인력. 한밤을 가로지르던 부유감. 그런 감각마저도 전부 허상이었다고? 연서는 혼란스러웠다. 만개한 꽃밭에서 그때의 계수나무 꽃향기를 찾아낼 수 있을 것만 같은데, 그게 고작 주마등이라니. 연서는 은연중에 그가 수긍해 주길 바라면서 다시 한번 말했다.

"당신이 저를 받아 들었잖아요. 괴물의 비행에 휩쓸렸다가, 다시 땅으로 떨어질 때……!"

"아니요."

그의 눈이 휘어졌다. 웃는 얼굴을 박제한 석고상 같았다.

"환상입니다. 전부."

쐐기를 박는 듯한 단호함에 연서는 무력감이 밀려왔다. 머리가 무겁게 가라앉는 것 같아 이마를 짚었다. 그녀는 눈을 감고 한참 생각하다 입을 열었다.

"……그렇네요. 당신 말이 맞아요."

수긍할 수밖에 없다. 그는 멀쩡한 정신으로 전부 지켜보고 있었다. 반면 그녀는 산에 올라가기 전부터 정신이 산란했다. 길도 잃었고 절벽에서 미끄러지기까지 했다. 냉정하게 지켜봤을 그의 말이 훨씬 설득력 있는 게 사실이다.

무엇보다 말싸움을 벌일 가치가 별로 없었다. 그 순간이 진짜든, 환상이든 그녀의 삶에서 달라지는 게 있을까? 지금 당장 생계를 걱정해야 하는 상황을 해결해 줄 만한 일인가? 그녀는 짙은 체념이 배인 목소리로 말했다.

"환상이네요. 별 쓸모도 없는."

"제 말이 언짢으신 모양이군요."

"……."

그런 줄 알면 보통은 모른 척 넘어가기 마련이다. 그의 뻔

뻔함에 연서는 말문이 막혔다. 그러다 곧 울컥 화가 치밀었다. 지금 시간은 자정을 향해 달려가는 참이다. 오늘은 끝까지 험난한 하루였다.

"네! 좀 그렇긴 하네요. 제가 바보같이 절벽에서 미끄러지고, 환상이나 보고, 무슨 꿈같은 소릴 하든 간에 굳이 짚어주실 필요 없잖아요?"

"어째서죠?"

"우린 처음 만난 사이니까요!"

"아……."

뭐 대단한 사실이라도 깨달은 양 남자가 고개를 끄덕였다. 예의를 옷으로 지어 입은 것 같이 생겨서는 기본도 모르는 사람이었다. 그가 정중하게 사과한 다음에야 연서는 언짢은 마음을 조금 내려두었다. 사과를 받고 나서야 대뜸 큰 소리를 내는 것도 초면에 할 만한 행동은 아니었다는 생각이 들었다. 연서는 작은 후회를 담아 사과의 말을 전했다.

"죄송해요……. 제가 예민했어요."

그가 대답 없이 빙긋 웃었다. 유려한 미소에 연서는 얼굴이 조금 달아올랐다. 그는 시종일관 나긋하고 고요했다. 좀 전까지 화를 낸 연서가 무색할 정도였다. 그녀는 찻잔을 들어 모락모락 피어오르는 수증기에 괜스레 얼굴을 숨겼다.

그때 그녀의 옷자락을 누가 잡아당겼다. 돌아보니 흰 원피스를 입은 작은 소녀였다. 얼추 네다섯 살. 키는 연서의 허리를 겨우 넘을 정도였다. 소녀가 동그란 눈으로 연서를 올려다보며 말했다. 작은 입이 우물거리는 게 꼭 토끼 같았다.

"손님이야?"

소녀의 말에 연서는 비로소 여기가 서점이라는 걸 인지했다. 절벽에서 여기까지 걸어오며 그가 이런저런 소개를 하긴 했다. 그러나 연서는 좀 전에 겪은 비현실적인 일의 충격에 빠져있느라 대부분 흘려들었다. 그녀는 얼른 주변을 한번 돌아보았다.

벽면이 보이지 않을 정도로 책장이 그득했다. 한쪽에 놓인 도서 진열대를 통해 이곳이 서점이라는 사실을 충분히 알 수 있었다. 넓게 깔린 진녹색 카펫이 이 서점의 분위기를 만드는 데 한몫했다. 오래된 고목에 낀 이끼 같은 장소. 여긴 보통의 서점보다 음침하고 기묘한 분위기가 있었다. 가장 시선을 끈 것은 아치형 통로 옆에 매달린 탈이었다. 눈구멍이 네 개나 뚫려있고 입꼬리가 삐죽하게 올라가 웃고 있었다. 의도를 알 수 없는 미소가 으스스했다. 이 장소를 도깨비의 은신처처럼 보이게 하는 방점이었다.

연서가 주변을 둘러보는 동안 소녀가 연서의 옷깃을 손으로 조물조물했다. 그러고는 점퍼에 달린 주머니를 손가락으로 가리켰다. 그 바람에 연서는 딴생각을 멈추고 소녀를 보았다. 일면식도 없던 사이지만, 너무 작고 어렸던 탓에 그 행동이 마냥 귀여웠다. 연서는 주머니 안에서 동전 크기의 초콜릿을 꺼냈다.

"이거? 먹고 싶니?"

"안 됩니다."

내내 잠자코 있던 남자가 단호하게 말했다. 서리같이 차가운 목소리였다. 그는 마시려던 차를 그대로 들고 무표정하게 소녀 쪽을 보았다. 저게 아이에게 보일 만한 표정인가? 연서가 의문을 표하려던 차에 그가 돌연히 상냥하게 웃었다.

"모르는 사람에게 함부로 먹을 걸 받아서는 안 된다고 했잖아요?"

"달콤한 게 먹고 싶은데……."

"약속입니다. 손님이 곤란해하시니 이제 이쪽으로 오세요."

"치, 서주는 야박한 사람이야."

소녀는 겉으로 보이는 나이치고 꽤 예스러운 단어를 구사했다. 입을 삐죽이던 소녀는 단념했는지 그의 옆에 가 앉았다. 갈래머리에 고슬고슬한 잔머리가 삐져나온 탓인지, 진달래빛 뺨을 하고 있기 때문인지, 새침한 표정을 한 소녀는 부탁을 거절할 수 없을 만큼 사랑스러웠다. 연서는 초콜릿을 주머니에 넣으며 저 남자가 대단한 냉혈한이거나 귀여움에 무감각한 사람이리라 짐작했다.

또한 소녀의 말을 통해 연서는 이 남자의 이름이 서주라는 걸 처음 알았다. 그러나 이름을 부르기는 멋쩍은 기분이 들었다. 그녀는 적당한 호칭을 꺼내 들며 그에게 마지막으로 물었다.

"사장님, 정말 환상이라고 생각하세요?"

이 남자, 서점주인이 다과를 내던 손을 멈췄다. 그리고 확신에 찬 미소로 답했다.

"그럼요."

그럼 그 사건에 관한 이야기는 여기서 끝이다. 지금도 충분히 구차하니 더 물어볼 필요는 없었다. 연서는 알겠다는 듯 고개를 끄덕였다. 그리고 이만 집으로 갈 준비를 하려는데 서점주인이 다른 질문을 꺼냈다.

"저도 손님께 하나 여쭤보죠. 그 절벽에 계셨던 이유가 뭔가요? 그 시각에, 그런 외딴곳에서 산책을 하셨을 리는 없고요. 혹시라도 뭔가……."

찾고 계신 거라도. 사람을 탐색하는 듯한 눈빛과 말씨였다. 주변이 조용한 탓에 그의 목소리가 지나치게 잘 들렸다. 연서는 그의 질문에 대답하지 않으면 안 될 것 같은 충동을 느꼈다. 그녀는 더듬더듬 입을 열었다.

"그런 건 아니고, 길을 헤매다 우연히……."

"우연? 우연치고는 밤이 깊지 않았나요?"

"좀 힘들었거든요. 바람 쐬러 산에 올랐다가 생각이 깊어졌어요. 그러다 어딘지도 모르고 헤맸네요. 그때까지요."

그녀는 차마 일부러 등산로를 벗어났다고 할 수가 없어 대충 둘러댔다. 그런데 서점주인은 진지한 태도로 그녀의 말을 경청했다. 그가 낮게 가라앉은 목소리로 말했다.

"오늘 대단히 힘겨운 일을 겪으셨나 봅니다."

호기심이거나 걱정이거나, 아니면 둘 다거나. 그의 태도는 미묘하고 집요했다. 그러나 그 아래 깔린 호의가 어렴풋이 느껴졌다. 누가 이렇게까지 그녀의 일을 듣고 싶어 한 적이 있었나? 그녀는 저 남자가 만들어낸 분위기에 이끌리듯 속사정을 아주 조금 꺼내놓았다.

"오늘 있었던 일 때문이라기보다, 어떤 일을 겪었을 때 관련도 없는 과거가 떠오를 때가 있잖아요. 지금 와서 할 수 있는 것도 없는데 자꾸 생각나고, 그래서 화가 나고……. 결국엔 내가 머릿속 하나 마음대로 못 하는 별것 아닌 사람 같고."

"다수가 통제되지 않는 일에 대해 반추를 거듭하게 됩니다. 좋지 못한 일일수록 각별하죠. 그런 기억이라도 있으신가요?"

"글쎄요. 별건 아니에요. 말하자면 그냥…… 남들 다 겪는 흔한 일이거든요."

그녀는 대답을 일축했다. 묘한 정적이 흘렀다. 연시는 이 남자가 어떻게 나올지 예측되지 않았다. 긴장감에 어깨가 조금 움츠러드는데 서점주인이 미련 한 점 없는 목소리로 말했다.

"그렇군요, 알겠습니다."

"……더 안 물어보시는 건가요?"

"손님의 사연이 궁금합니다만, 처음 만난 사이에 캐묻기엔 실례니까요. 차 좀 더 드릴까요?"

연서가 뭐라고 대답하기도 전에 옆에 있던 소녀가 크게 하품을 했다. 서점주인은 방에 데려다주겠다며 소녀를 안아 들었다. 그러나 조그만 아이는 그의 목을 붙잡고 칭얼거렸다. 아직 자신의 하루를 보낼 수 없다는 것처럼.

"나, 책 읽어줘."

"너무 늦었어요. 내일이 좋겠습니다."

"나는 지금 듣고 싶어. 잠이 안 와!"

"알겠어요. 읽어드리겠습니다."

돌연 서점주인이 연서를 돌아보았다. 그리고 상냥하게 물었다.

"괜찮으시다면 손님도 함께하시는 건 어떨까요? 저희 서점에서는 종종 손님들에게 책을 소개해드릴 겸 직접 읽어드리곤 합니다. 눈을 감고 계시거나 도중에 잠들어도 좋아요. 편안하게 이야기를 듣는 게 휴식에 도움이 된다고들 하시더군요."

"네? 저는……."

"정말? 손님도 같이 있어줄 거야?"

그의 제안을 거절해야 할 이유가 수도 없이 떠올랐다. 시간이 늦었고 기분도 썩 유쾌하지 않았으며 몸도 피곤했다. 그러나 소녀와 눈이 마주친 연서는 섣부르게 거절할 수가 없었다. 순수하고 맑은 눈동자가 그녀를 빤히 쳐다보았다. 어린 시절의 연서 자신과 너무도 닮았다는 생각이 들어 피할 수가 없었다.

머리맡에서 동화책을 읽어주던 할머니. 잠자리에서 흘러 지나간 환상들. 그 기억들은 여태 연서를 지탱하던 것들이었다. 현실에서 조금만 빗겨나가면 또 다른 세계가 열리는 공상. 그런 생각만으로도 그녀는 가슴이 떨렸다. 이 아이에게도 어쩌면 그런 환상이 만들어지는 중인지도 모른다. 그렇게 생각하니 지금을 망치고 싶지 않았다.

연서는 쓴웃음을 지으며 고개를 끄덕였다.

"듣고 갈게요. 저도 어릴 때 누가 책 읽어주는 걸 정말 좋아했거든요."

서점주인은 잠시 묘한 눈으로 연서를 보았다. 그런 다음 짧게 수긍하는 말을 남기고 서가로 들어갔다. 짙은 어둠 속으로 그의 뒷모습이 한순간 시러졌다. 그리고 곧 책을 한 권

들고 다시 나타났다.

책은 검푸른 빛깔에 묵직한 두께였다. 표지에는 아무런 제목도 쓰여있지 않았다.

자리에 앉은 그가 말없이 책을 몇 장 넘겼다. 연서는 그의 희고 긴 손가락을 눈여겨보았다. 피부가 어찌나 하얀지, 서점을 운영하느라 몇 날 며칠이고 햇빛을 보지 못한 게 아닐까 의심스러울 정도였다. 잠시간의 정적을 깨고 서점주인이 낮게 읊조리듯 말했다.

"저는 이 자리에서 오랜 시간을 지냈습니다."

어린 나이서부터 서점을 운영했던 걸까? 연서가 이런 생각을 하는 중에도 그는 책에서 눈을 떼지 않고 말을 이었다.

"그러다 보니 자연스럽게 주변의 이야기가 모이더군요. 방문객들이 남기고 간 것, 산책길에 마주친 것, 어느샌가 날아든 것. 경로도 가지각색이죠."

그는 반듯하게 펼친 책을 손으로 한 번 쓸었다. 귀중한 것을 대하는 예의 같았다.

"저는 그런 이야기를 기록하는 걸 좋아합니다. 말이란 건 흩어지긴 마련이나, 글은 영원하다. 어디선가 들었습니다만, 무척 타당하다고 생각해요. 이 재미있는 이야기들이 혹시라도 잊혀 사라진다면 정말 슬플 겁니다. 그런 마음에 취미를 이어가다 보니 어느새 이런 서점도 운영하고 있더군요."

"그럼, 그 책은……."

연서가 눈을 깜빡이며 묻자, 서점주인이 온화하게 대답했다.

"제가 쓴 책입니다. 오래전에 담은 이야기부터 근래의 것까지 있습니다. 장르는 아주 다양합니다만, 그중에서도 기이하고 환상적인 이야기들이 주로 담겨있습니다."

문득 그의 등 뒤로 놓인 서가가 보였다. 조명을 한정적으로 켠 탓에 안쪽엔 짙은 어둠이 드리워 있었다. 저 안에 무엇이 있을지 그녀는 짐작도 할 수 없었다. 이런 건 대개 사람의 상상력을 자극한다. 연서는 어쩐지 형체 없는 것들에게 주시당하는 기분이 들었다. 소름이 돋았다. 그때 이야기를 고르던 서점주인이 말했다.

"그중 하나를 들려드리죠. 아주 오래전, 기록도 남지 않았을 만큼 까마득한 옛날에 번영하고 멸망한 나라. 그곳에 살던……."

그의 말에 반응하듯 테이블에 놓인 조명이 얕게 깜빡였다.

"분수에 맞지 않는 꿈을 꾸었던 가여운 소년의 이야기입니다."

구색록(九色鹿)
: 어린 도둑과 아홉 빛깔의 사슴 이야기

소년은 일찍부터 세상이 불합리하다는 걸 깨우쳤다. 여울 건너 부잣집 도령은 재채기 한번에도 사람 여럿이 달라붙는다. 문지방 틈으로 바람이 새는지, 바꾼 이불에 먼지가 날리는지, 심지어 마시는 물이 너무 차갑진 않은지 살피기에 여념이 없다. 그에 비해 저같이 연고 없는 이들은 어떤가. 소년은 피가 뚝뚝 떨어지는 왼쪽 발목을 추스르며 생각했다.

「곳간에서 다식 몇 개 훔쳤기로서니 덫을 깔아두는 건 너무한데.」

그는 어릴 적부터 부모가 없었다. 적어도 그가 기억하는 모든 순간이 그랬다. 소년의 첫 기억은 주천강 다리 근처 거지 소굴에서 시작한다. 그곳에서 대장 노릇을 하던 걸인은 겉은 무시무시하되 마음은 심약한 자로, 어린 동냥아치들 앞에선 으스대다가도 취하면 울음보를 터뜨렸다. 어느 날 술기운에 비틀대던 그가 눈물을 머금고 소년에게 말했다.

「불쌍한 것이 태어나자마자 여기다 버려져서 어찌할꼬.」

소년은 머리를 쓰다듬는 그의 미지근하고 두터운 손이 무척 거북했다. 그래도 그의 말을 귀담아들었다. 이 남자는 감정이 과할 땐 있어도 거짓말을 하는 경우는 없었다.

그래서 소년은 그날부터 부모 찾길 포기했다. 섭섭하긴 해도 그의 생활에서 달라질 건 없었다.

곱상한 소년은 머리칼이 토끼털처럼 부드러웠고, 얼굴은 강물에 잘 씻으면 묘한 귀티가 흘렀다. 그가 청초한 소녀로 변장하고 고개를 푹 수그리면 살짝 삐져나온 콩알 같은 맨발가락이 보는 이들의 동정심을 자극했다. 거기에 걸려든 이가 앞에 멈춰서면 소년은 재빨리 고개를 들었다. 그의 물기 가득한 크고 맑은 눈을 마주쳤을 때 전대를 열지 않는 이가 없었다. 이 장기로 소년은 동료들 사이에서 몇 년간 가장 많은 실적을 올릴 수 있었다. 변성기와 함께 몸집이 쑥 커지는 바람에 이 노릇도 그만두어야 했지만.

그 뒤로는 장터에서 소매치기를 하거나 헛간 도둑질을 했다. 그래봤자 잡동사니와 먹거리를 훔치는 정도였다. 금덩이나 소를 훔치는 것도 아니라 고작 하루 이틀 연명할 수 있는 소소한 도둑질이었다. 이 나이부터 강도질하는 녀석들도 있다. 제 정도면 얼마나 성실하고 번듯한가. 소년은 그렇게 생각했다. 그렇다 해도 그는 거리의 도둑고양이였고 다리 밑의 애물단지였다. 사람들은 당연히 그의 존재를 달가워하지 않았다.

오늘 소년이 걸린 덫은 삵이나 너구리 같은 작은 동물을 잡는 종류였다. 팽팽하게 매어진 줄을 건드리면 탄력 있는 대나무 살이 튕기며 발목을 조이는데, 날카로운 가시가 달려 있어 쉽게 빠져나갈 수 없었다. 소년은 곳간 안을 살펴보고 발을 세 걸음 내디딘 순간 덫에 걸렸다. 다행히 살상력이 높은 종류는 아니었기에 뼈를 다치진 않았지만, 박힌 가시를 빼낼 때 비명을 참기 위해 이를 악물어야 했다.

소년은 다리를 절며 일찍 소굴로 돌아왔다. 짚으로 만든 가림막을 걷어보니 안엔 아무도 없었다. 그는 습기로 축축해진 돗자리 위에 대충 앉았다. 발목의 상처는 치료 없이 넘어가긴 힘들어 보였다. 소년은 한숨을 푹 쉬고 몇 가지 약초를 짓씹어 상처에 발랐다. 그리고 더러운 헝겊을 죽 찢어 둘둘 맸다. 대강 처치를 끝내고 그는 벌렁 뒤로 드러누웠다.

그동안 소년은 자신의 삶에 만족하지도, 불만을 품지도 않았다. 그저 사람 사는 꼴이란 제각각일 뿐이라고 여겼다. 그래서 가질 수 없는 걸 탐내지 않고, 이미 들고 있는 것을 아꼈다. 꼭 분수에 맞춰 살았다. 세상이 원래 그러하니 어찌하겠는가.

허나 대장에게 얻어맞은 적은 있어도, 알 수 없는 누군가의 적의로 상처 입은 건 처음이었다. 소년은 옆으로 누워 몸을 웅크렸다. 움직일 때마다 발목의 상처가 욱신거렸다.

그때 밖에서 헛기침 소리가 들렸다. 소년은 또 누가 해코

지를 하러 온 것인가 싶어 주춤대며 일어났다. 곧이어 누군가의 손에 가림막이 걷혀졌다. 햇빛이 쏟아져 들어와 소년은 눈이 부셨다. 그 탓에 안으로 들어오는 누군가의 인영이 흐릿하게 보였다. 그는 무사들이 입을 법한 검은 옷을 입고 한쪽엔 칼을 차고 있었다. 태양을 등진 방문객이 짙은 그림자가 진 얼굴로 외쳤다.

「찾았다. 왕자님이 여기 계신다.」

　소년이 사는 주년국은 왕이 다스리는 작은 나라였다. 백성들은 가축을 키우거나 농사를 지었고, 주변 나라와의 관계도 원만했다. 말하자면 신의 축복을 받은 듯 평화로웠다.

　한 가지 특징이라면 연중 단 하루 열리는 '저승문'이다. 이 시기까지 이승과 저승은 연결되어 있었다. 서로의 세상을 오가는 게 낯선 일이 아니었다. 물론 간단하진 않았다. 부모를 살려보겠다고 몇 날 며칠 고생해서 저승으로 간 여인도 있었는데, 온갖 이들의 도움과 신의 지혜를 얻어서야 가능했었다.

　그래서 저승문이 열리는 '귀신날'이 오면 양쪽 세상은 모두 축제 분위기였다. 국왕이 제를 올리고 백성들이 춤을 추면 저승문이 열렸다. 평소엔 쉽게 나오지 못하는 귀신들도 이날만은 이승을 방문할 수 있었다.

소년 역시 매년 이날을 손꼽아 기다렸다. 진엔 귀신의 도움을 받아 부모님을 찾거나, 부모님이 귀신이 되었더라면 더 쉽게 만날 수 있을 거란 기대를 품었다. 그게 아니더라도 축제 음식을 풍족하게 먹을 수 있어 기쁜 날이었다. 버림받았다는 걸 깨달은 뒤로 앞선 이유는 사라졌지만 그래도 남들 하는 대로 귀신날을 즐겼다.

어느 귀신날엔 신비한 일도 겪었다. 그날 소년은 혼자 소굴로 돌아가는 길이었다. 그런데 왕궁에서 가까운 숲을 지날 무렵, 사람 크기 정도 되는 희끄무레한 것이 앞을 휙 지나쳤다. 놀란 소년이 잠시 얼어붙은 사이 그것은 깊은 숲의 어둠 속으로 사라졌다.

용기를 낸 소년은 그것이 나타났던 자리를 살폈다. 풀숲 사이 흙길에 사슴 발자국이 찍혀 있었다. 다만 크기가 보통의 세 배는 되어 보였다. 정말 사슴이 맞나 의심스러울 정도였다. 게다가 눈으로 뒤꽁무니를 쫓았을 때 언뜻 기이한 특징을 보았다. 그것은 분명 새하얀 털을 갖고 있었다. 하얀 털을 가진 범이 사슴 흉내를 내어 사람을 꾄다는 소문이 있어 소년은 겁이 났다. 그럼에도 그것의 정체가 궁금했다. 그게 지나치는 순간 꽃향기가 났는데, 눈이 번쩍 뜨일 정도로 향기로웠기 때문이다.

소년은 결국 숲 안쪽으로 걸음을 옮겼다. 그리고 얼마쯤 걸은 뒤에 버려진 우물터에서 그것과 마주했다.

거대한 흰 사슴이었다. 흰 털은 가루소금처럼 반짝였고 풍성한 꽃송이 같은 뿔은 아홉 가지 색으로 빛났다. 그 신비로운 사슴은 소년과 안면이 있기라도 한 듯 굴었다. 소년을 한참 마주 서서 보다 숲 사이로 사라졌다.

그날 밤 소굴에 돌아온 소년은 그 사슴에 대해 신나게 털어놓았다. 그 만남은 어린 소년의 인생 중 가장 환상적인 경험이었다. 그런데 대장을 비롯한 동냥아치들은 소년의 열띤 설명을 유심히 듣더니 서로를 돌아보고 웃음을 터뜨렸다.

「뿔이 빛나는 사슴이라니. 거한 꿈을 한판 꾼 모양이구나.」

누구 하나 뿔이 빛나는 사슴 이야기는 들어본 적 없었다. 대장은 소년 말고는 본 이가 아무도 없었으므로 뭔가를 잘못 봤으리라고 말했다.

소년은 처음엔 답답하고 실망스러웠다. 그러나 듣다 보니 그 말에 일리가 있었다. 게다가 그 사슴이 실존한다고 우겨 봤자 남는 것이 있을까? 무언가의 불확실한 존재를 믿는 건, 일종의 자기만족일 뿐이다. 소년은 부모님의 일을 통해 그걸 이미 깨달았다. 그래서 대장의 밀대로 환상을 봤으리라고 생각하게 되었다. 그 귀신날은 그렇게 지나갔다.

그런데 여기 이 사람들은 그 사슴을 보았냐고 묻고 있었다. 소년은 무사의 손에 이끌려 궁으로 들어왔다. 그리고 정신을 차릴 겨를도 없이 어떤 높은 신분으로 보이는 여인을 만났다. 그녀는 소년을 붙잡고 속사포 같은 말을 쏟아냈다.

「귀신날에 흰 사슴을 보았다지? 뿔이 아홉 색으로 빛나고 있었더냐? 눈이 크고, 맑은 물빛을 띠고 있었어? 어서 말을 해보련.」

소년은 갑작스레 벌어진 일에 머리가 핑핑 돌았다. 그녀의 말에 쉽사리 대답하지 못하던 차에 방문이 열리는 소리가 들렸다. 돌아보니 문 너머에 나이 든 남자와 시종들이 서 있었다. 그는 눈가에 깊은 주름이 잡힌 온화해 보이는 사람이었다.

그가 방 안으로 들어오자 모두가 허리를 굽혀 예의를 차렸다. 무식하면 용감한 법이라, 소년만이 큰 눈을 동그랗게 뜨고 그를 바라보았다. 남자는 소년 앞에 서서 눈을 마주치더니 시종들을 모두 물렸다. 방에는 남자와 처음 질문한 여인, 그리고 소년만 남았다.

셋은 방 가운데 놓인 탁상에 둘러앉았다. 위엄을 갖춘 남자는 국왕이고 질문을 퍼붓던 여인은 왕비였다. 맙소사, 그녀는 첫 만남에 소년의 지저분한 두 손을 꼭 잡았다. 이 나라의 왕족이 이렇게 거리낌 없는 사람들이던가? 소년은 괜히 쑥스러워져서 양손을 조물조물했다. 마주 앉은 왕과 왕비는 그런 소년을 잠자코 들여다보았다. 그러다 왕이 말했다.

「너는 내 아들이다.」

이 말에 소년은 너무 놀라 의자에 앉은 채로 넘어졌다. 꽤 거친 동작이었으나 아무런 아픔도 느껴지지 않았다. 바닥에 쓰러진 소년은 입을 헤 벌린 채 왕을 바라보았다. 왕은 온화하게 웃었고, 왕비는 소매에 대고 눈물을 훌쩍였다. 그들은 소년을 다시 앉혀놓고 자초지종을 설명했다.

그는 갓난아이 때 도둑맞은 아이였다. 사람들은 도깨비나 여우, 어떤 요괴의 짓이리라고 생각했다. 왕은 깊이 슬퍼했지만 자식 외에도 지키고 보호해야 할 것이 많았다. 때문에 전력으로 나설 수 없었다.

지금에야 왕자를 찾을 수 있었던 건 바로 그 사슴 덕분이었다. 구색록이라고 불리는 신비한 짐승. 저승과 이승을 오가는 신수. 그것은 사람이 죽었을 때 그 영혼을 저승으로 인도했다. 때로 저승에 다녀오길 원하는 이승의 사람들 역시 사슴의 도움을 받기도 했다.

사슴을 찾는 사람들이 갈수록 많아지면서 더러 문제가 생겼다. 사슴을 차지하기 위해 우악스럽게 구는 이도 있었다. 걱정스럽게 여긴 신은 서천 꽃밭에서 눈먼 꽃을 꺾어 사람들이 구색록을 볼 수 없게 만들고, 주년국 왕실의 혈족만 사슴을 볼 수 있게 하여 그것을 지키도록 했다. 오직 고귀한 피를 지닌 이들만이었다.

소년은 손짓 발짓을 더해 구색록에 대해 묘사했다. 왕은 만족스럽게 웃었다. 게다가 그의 나이가 잃어버린 왕자와 정확히 일치했으므로 왕과 왕비는 더 이상 의심하지 않았다. 그들은 그 사슴이 죽은 자들을 인도하는 것뿐만 아니라, 잃어버린 아들을 데려다주었다며 기뻐했다. 왕비는 끝내 울음을 터뜨렸고 왕은 소년을 끌어안았다. 그리고 소년은 기뻐해도 될 순간인지를 가늠하며 눈을 굴렸다.

그때 신하 하나가 끼어들었다.

「외람되오나, 적자인지 판단하는 과정이 있어야 할 것으로 아뢰옵니다.」

왕이 답했다.

「이토록 생생한 묘사는 오직 직접 본 이만이 가능하다. 그것 외에 어떤 과정이 필요한가?」

신하가 공손히 대꾸했다.

「그러나 그 사슴을 보는 광경을 직접 목격한 건 아닙니다. 이 나라의 하나뿐인 왕자가 아닙니까? 오직 이 소년의 말에만 의존하여 그 중대한 일을 판단할 수는 없습니다.」

왕이 불편한 기색을 보이며 되물었다.

「그럼 어떻게 하란 말이냐?」

신하가 말했다.

「마침 내일은 귀신날이지요. 저승문이 열리면 구색록이 귀신들을 이끌고 나타날 겁니다. 그럼 왕자께서 그것이 있는 위치를 가리키게 하십시오. 비록 저희는 볼 수 없겠습니다만 왕께서 직접 판단하실 수 있겠지요.」

신하의 말에 일리가 있었으므로 왕은 동의할 수밖에 없었다. 그는 왕자를 제외한 주년국 왕실의 마지막 혈족이었다. 따라서 왕자를 증명할 수 있는 이 또한 왕 혼자였으므로 진실만을 이야기하겠노라고 당당하게 맹세했다.

그리하여 소년은 내일 자신을 증명해야 하는 처지가 되었다.

목욕을 마친 소년은 침상에 누웠다. 목욕탕에서부터 따라다니던 시종들은 잠자리를 봐주고, 호롱불 심지에 불을 붙인 뒤에 우르르 빠져나갔다. 혼자 남은 소년은 제 몸에서 나는 향을 연신 킁킁거렸다. 시큼하고 쿰쿰한 구린내가 아니라 욕탕에 떠있던 백단향의 향기가 났다. 신비로운 일이었다. 시한부일지는 모르겠으나 사람들은 그를 왕지로 대접했다.

침상은 작은 소년이 혼자 쓰기엔 지나치게 넓었다. 소년은 문득 거지 소굴의 사람들이 생각났다. 소굴에서는 젖을 빠는 새끼 쥐들처럼 열댓 명이 다닥다닥 모여서 잤다. 그래도 그때는 눕기만 하면 바로 잠에 빠져들었는데. 지금은 양털로 채운 푹신한 이불을 덮어도 잠이 오지 않았다. 하루 사이 달라진 세상에 소년은 꿈이라도 꾸는 것 같았다.

그때 방 밖에서 시종의 목소리가 들렸다. 왕비의 방문이었다. 그녀는 바닥에 끌리는 길이의 흰 장옷을 입고 있었다. 잠자리에 드는 복장으로 보였다. 장신구를 걷어낸 모습이 단정하면서도 우아했다. 방에 들어온 왕비는 우왕좌왕하는 소년 옆에 앉았다. 잠깐 정적이 흐르다 그녀가 말했다.

「내일이 걱정되니?」

소년은 할 말이 떠오르지 않아 고개를 숙였다. 잠시 조용하던 왕비는 아까 다리를 저는 것을 보았다며 소년에게 다친 데가 있냐고 물었다. 왕비의 말에 잊었던 통증이 다시 고개를 들었다. 소년이 슬며시 바지를 걷자 다 풀린 거적이 스르륵 떨어졌다. 시종들은 딱 제가 명령받은 만큼만 일했으므로 그의 상처는 눈여겨보지 않았다. 거적이 다 풀리자, 붉은 속살이 드러난 상처가 보였다. 게다가 주변까지 제법 부어올라 움직이면 통증이 느껴졌다. 소년은 지저분했던 덫을 떠올렸다.

왕비는 상처에 독이 오른 것 같다면서 잿가루가 섞인 연고를 발라주었다. 처음엔 시원했지만 상처에 약이 스며들자 뜨끈한 열감이 올랐다. 곧이어 쓰린 통증이 욱씬 밀려왔다. 놀란 소년이 작게 신음하자 왕비가 등을 토닥여주었다.

「나는 네가 내 아들이라고 믿는단다. 우린 가족이 틀림없어. 때론 첫눈에 영혼을 알아보는 관계도 있거든.」

이후 왕비는 소년과 소소한 대화를 나눴다. 왕비는 지금껏 어떻게 살아왔냐고 물었고, 소년은 그녀가 어떤 이야기를 좋아할지 몰라 되는 대로 말했다. 친구들 사이에서 가장 많은 돈을 구걸해 온 날, 돼지와 내기 싸움을 해서 이겼던 날, 상인을 속여 모자에 알밤을 가득 숨겨 나온 날 등. 왕비는 대부분 웃으며 들었지만, 사이사이 가만히 소년을 바라보곤 했다. 소년은 그럴 때마다 어쩐지 배꼽 안쪽이 간질거렸다.

밤이 깊어지자 왕비는 자신의 방으로 돌아갔다. 마지막 등잔불을 끄고 소년은 눈을 감았다. 그리고 오늘 있었던 일들에 대해 생각했다. 주변이 고요하니 생각은 점점 더 깊어졌고 눈을 감으니 심상마저 뚜렷해졌다.

이내 소년의 마음에 불안이 움텄다. 곧 여름의 무성한 잡초처럼 걷잡을 수 없이 퍼져나갔다.

구색록. 이 행운을 덜컥 안겨준 그 짐승이 문제였다.

소년은 양털 이불이 과분한 나머지 숨을 쉬기가 답답해졌다. 그는 몸을 뒤척이며 곰곰이 생각해 보았다. 그 사슴은 소년이 사는 동안 겨우 한 번 나타났다. 그런 주제에 내일 소년의 인생을 판가름할 주인공이 되어버렸다. 아무리 생각해 봐도 정말 너무한 일이다. 그것이 모습을 드러내지 않으면 소년은 다시 거리로 돌아가야 했다.

원래 같았으면 소년은 큰 고민을 하지 않았을 것이다. 애초에 지나친 행운이다. 그런 건 잃어버려도 할 말이 없는 법이다. 그러나 가족이란 말은 열네 살 아이가 맛을 보고 나서 뱉기엔 너무 컸고, 너무 달았다. 소년은 그게 분수에 넘치는 행복이라는 걸 알면서도 쉽게 포기하지 못했다. 아예 모르고 살았으면 모를까, 누군가에게 의미 있는 존재가 되는 건 꽤 중독성이 강했다.

이런저런 생각을 하다 보니 발목의 통증이 점점 더 심해졌다. 불안에 빠진 소년은 이불을 펄럭이며 머리까지 집어넣었다. 내일 일이 어떻게 될지는 누구도 모르는 법이다. 그 사슴이 혹시라도 나오지 않아, 당장 궁에서 쫓겨날 수도 있다. 그는 이번만큼은 예측할 수 없는 운명에 자신의 인생을 내맡기고 싶지 않았다. 한번쯤은 꿈이란 걸 욕심낼 수 있지 않을까? 그동안 분수에 맞춰 살아왔지 않은가.

평생 했던 만큼보다 더 많은 고민을 하고 나서 소년은 자리에서 일어나 밖으로 나갔다.

왕궁을 빠져나가는 일은 어렵지 않았다. 소년은 도둑질하던 솜씨를 이용해 담장을 넘었다. 착지할 때도 일부러 덤불에 떨어져 큰 고통 없이 땅을 밟을 수 있었다.

소년은 곧장 구색록을 봤던 숲으로 갔다. 다행히 왕궁에서 멀지 않았다. 서두르면 이 밤 안에 다녀올 수 있을 정도였다. 손톱보다 작은 달이 떠서 길은 무척 어두웠다. 숲으로 들어갔을 땐 거의 앞을 더듬으며 걸어야 했다.

우물터엔 아무도 없었다. 소년은 혹시나 하고 구색록이 서 있었던 덮개를 열고 아래를 보았다. 마른 우물의 시커먼 어둠이 아래로 뻗쳐있었다. 그 사슴은 신비롭게 빛나는 뿔을 지니고 있었으므로 이런 어둠쯤은 가볍게 뿌리칠 수 있었다. 소년은 아쉬운 마음으로 덮개를 다시 닫았다. 그리고 고개를 들었을 때, 어느새 그 사슴이 지척까지 와있었다.

소년은 구색록과 눈을 마주쳤다. 짙고 감미로운 꽃향기가 났다. 저승의 서천 꽃밭에 가면 이런 향이 날 것 같았다. 조심스레 손을 뻗어 그것의 콧잔등을 쓸었다. 그러자 소년보다 열 배는 큰 사슴이 가만히 머리를 숙였다. 그 움직임에 따라 뿔이 은은하게 빛을 뿜었다.

소년은 바지춤에서 손잡이도 없는 둔탁한 쇠칼을 꺼냈다. 소년이 자물쇠를 따는 도구이자 오늘 아침 덫에서 빠져나오도록 도와준 그의 친구였다. 아마도 이 순간이 지나면 다시는 그것의 도움이 필요하지 않으리라. 소년은 그렇게 생각하며 쇠칼을 사슴에게 가져갔다.

이번 귀신날은 평소대로 밝고 풍요로웠다. 백성들은 귀신을 맞이할 준비로 분주했다. 많은 양의 쌀밥을 지었고, 문 앞엔 북을 달아 귀신이 방문했을 때 소리를 낼 수 있게 했다. 왕성에서는 제단을 만들고 박달나무 솟대를 높이 세웠다. 거기엔 방울이 달려있어 바람이 불 때마다 은은한 소리가 났다. 흰옷을 걸친 사람들이 왕궁 앞마당에서 웃고 떠들었다.

왕과 왕비 또한 흰 비단에 금실로 수를 놓은 옷을 입었다. 매년 지내는 날이었음에도 둘은 다소 긴장한 얼굴이었다. 잠시 후에 제사를 올리면 구색록이 귀신들을 이끌고 나타날 것이다. 그것은 발걸음마다 오색 빛 가루를 뿌리며 하늘에서 날아올 테다. 왕은 담담히 기다렸고 왕비는 좀 떨어진 곳에 앉은 소년을 돌아보았다. 깨끗이 단장한 아이는 좀이 쑤시는지 허리춤을 만지작대고 있었다.

이윽고 제사가 시작되었다. 왕은 돌을 쌓아 만든 제단 위로 올라갔다. 다섯 걸음 높이의 제단 꼭대기엔 구천제단(九

天祭壇)이라고 새긴 비석이 놓여있었다. 왕은 그 앞에서 허리 숙여 인사한 뒤에 청동으로 만든 신령(神鈴)을 천천히, 일정하게 흔들었다. 그러자 맑은 음이 왕궁 구석구석으로 퍼졌다. 고작 방울이 만드는 작은 소리였으나 희한하게도 모두의 귓전에 또렷하게 전달되었다.

왕은 눈을 감고 생각했다. 드디어 만난 아들과 하고 싶은 일이 많았다. 비 내리는 처마 아래서 바둑을 두고, 사냥감을 쫓아 말을 타고 나란히 달리고 싶었다. 그리고 언젠가 이 제단의 의식을 직접 가르치고 그를 후계로 세워야 했다. 아비의 업을 자식이 물려받는 일. 그 자연스러운 과정을 얼마나 꿈꾸었던가. 잠시 후 그 사슴이 나타나기만 하면 그렇게 될 일이었다…….

그러나 구색록은 나타나지 않았다. 방울을 흔드는 횟수가 점점 많아졌다. 원래 아홉 번째엔 나타나야 하는데 벌써 마흔 번째였다. 응답 없는 시간이 길어질수록 왕은 평정심을 잃었다. 그의 주름진 손이 잘게 떨렸다. 20년 넘게 이 자리에 설 동안 처음 있는 일이었다.

백성들 또한 이변을 감지했다. 사람들의 희망찬 얼굴에 초조함이 깃들었다. 무리의 술렁임이 감돌았다. 사랑하는 이를 떠나보낸 지 얼마 안 된 자들이 울먹이기 시작했다. 1년에 단

하루. 죽은 어머니를, 동생을, 연인을 볼 수 있는 날이었다. 이날을 망칠지 모른다는 예감에 촉각이 곤두섰다.

왕이 아흔아홉 번째로 방울을 흔들었을 때였다.

하늘이 갈라졌다. 광활한 하늘이 칼로 자른 듯 가로로 죽 찢어졌다. 이어서 그 거대한 틈 사이로 무지개로 된 다리가 내려와 제단과 이어졌다. 사람들은 저승문이 열렸다며 환호했다. 왕은 식은땀을 닦으며 겨우 고개를 들었다. 왕비는 안도의 한숨을 깊게 내쉬었다. 소년은 하고 싶은 말이 있는지 자리에서 들썩였다.

그런데 틈에서 나온 건 누구도 기다린 적 없는 이였다. 구색록도 망자도 아닌 고깔 모양 관을 쓴 어린아이 하나가 무지개다리를 터벅터벅 걸어 내려왔다. 그는 다리 중간쯤 서서 큰 소리로 말했다.

「분수에 맞지 않는 것을 탐낸 녀석이 누구냐?」

우레와 같은 음성에 사람들은 귀를 막았다. 더러는 졸도하거나 겁에 질려 오줌을 쌌다. 왕은 이 동자가 하늘의 사자라는 걸 알아챘다. 그는 대번에 무릎을 꿇고 머리를 조아렸다.

「어찌 하늘의 사자께서 꾸지람하십니까?」

왕이 간곡히 말했다. 그러나 동자는 그를 흘끗 보더니 사람들 사이를 천천히 훑어보았다. 그의 두 눈이 활강하는 독수리처럼 빛났다.

「너도 아니고, 이 녀석도 아니다. 어디에 숨은 것이냐?」

동자는 손가락으로 셈을 세듯 사람들을 하나하나 가리키며 중얼거렸다. 그러다 동자의 손이 딱 멎었다. 정확히 소년을 가리키고 있었다.

「옳지, 너로구나. 손버릇 나쁜 너구리가.」

동자의 말이 떨어지자마자 소년의 몸이 허공으로 붕 떠올랐다. 그는 저항이라도 해보려고 팔다리를 버둥거렸지만, 그 위력이 인간에게 잡힌 소금쟁이만도 못했다. 소년은 동자의 코앞까지 날아갔다. 동자는 소년의 허리춤을 뒤적거리더니 금방 무언가를 꺼냈다. 그걸 본 왕은 대번에 사색이 되었다. 동시에 소년은 허공에서 다리 위로 던져졌다. 그는 데굴데굴 굴러 땅으로 떨어졌다.

동자는 소년에게서 빼앗은 것을 치켜들었다. 그건 소년이 전날 온 힘을 다해 잘라낸 구색록의 뿔 조각이었다. 새총만한 뿔 조각이 오색영롱하게 빛났다. 원래 자리에 있을 때와 똑같았다. 동자는 그걸 한 번 찬찬히 살피고 소년을 돌아보았다. 그리고 또다시 모두를 압도하는 소리로 말했다. 신의 분노를 접한 인간들은 괴로움에 몸을 웅크릴 따름이었다.

「이것이 고작 너 같은 게 가질 물건으로 보이더냐? 어리석다. 저승의 사자를 다치게 한 죄가 크구나. 너로 인해 구색록은 힘을 잃고 서친 하늘로 올라갔다. 인간에게 해를 당했으니 다신 이승에 내려오지 않을 것이다. 그 사슴을 볼 수 있는 자가 얼마 되지도 않거늘, 어찌 이런 일이 있을 수 있단 말이냐. 구색록은 저승문을 여는 열쇠였다. 그러니 오늘로부터 저승문은 열리지 않으리라. 산 자와 죽은 자는 다신 만날 수 없다. 그리고 너, 분수도 모르는 녀석아. 너는 앞으로 구색록을 대신해 죽은 자들을 인도해라. 저승의 강을 건널 때마다 지은 죄를 되새겨라. 지옥의 연기를 마실 때마다 참회하거라. 너는 고향을 그리는 망자의 울부짖음을 억겁 동안 들으리라.」

소년은 몸을 웅크리고 숨을 고르다 간신히 말했다.

「그 사슴을 해치려던 게 아니에요. 겨우 갖고 싶은 게 생겨서 그랬습니다. 다른 애들처럼 어머니, 아버지와 나란히 다니고 싶었어요. 아플 때 보살핌을 받고 싶고 기쁠 때는 함께 노래하고 싶었어요. 왜 저만 그게 어려운가요? 왜 고작 단 한 번 꿈을 꾼 이유로 이렇게 혼이 나야 하나요?」

동자가 한층 누그러진 목소리로 답했다.

「이제 보니 아둔하기만 한 게 아니라 불쌍하고 딱한 녀석이구나. 얌전히 기다렸으면 정해진 대로 잘살게 되었을 것을. 네 경거망동이 제 앞날도, 남들의 귀한 순간도 망쳤구나.」

말을 마친 동자는 가볍게 날아올라 저승문으로 들어갔다. 그러자 곧바로 문이 닫혔다. 하늘은 언제 그랬냐는 듯 봉합

한 자국 하나 없이 맑아졌다. 그 맑고 쾌청한 빛이 무색하도록 소년은 깊게 절망했다. 다친 발목이 다시 아파왔다. 상처가 다시 곪아 피고름이 흘렀다. 아무래도 이건 영영 낫지 않을 모양이었다. 족쇄 같은 통증에 발목을 감싸며, 소년은 환상을 환상으로 남겨둘 걸 그랬다고 후회했다.

이날 닫힌 저승문은 다시 열리지 않았다. 이로써 저승과 이승은 서로 교류할 수 없게 되었다. 많은 이가 절망하고 괴로워했지만 다시는 사람이 죽은 뒤에 이승으로 돌아오지 못했다. 산 사람 역시 저승에 갈 수 없게 되었다.

소년은 신의 말대로 저승차사가 되어 죽은 이들을 인도했다. 그는 왕과 왕비의 혼도, 소굴 친구들과 대장의 혼도 저승에 데려다주었다. 그가 아는 이들이 다 이승을 떠난 후로도 아주 긴 시간 동안 벌은 이어졌다. 그가 언제쯤에야 형벌에서 벗어날지, 오직 신만이 알 따름이었다.

"그걸로 끝인가요?"

서점주인의 이야기가 끝나자마자 연서가 물었다. 기다렸다는 듯한 태도였다. 건너편에 앉은 소녀는 호기심 어린 눈으로 연서를 바라보았다. 서점주인은 책을 덮으며 답했다.

"네, 그렇습니다."

연서는 마음에 들지 않는 듯 미간을 찌푸렸다.

"나쁜 신이네요. 어린아이가 저지른 실수일 뿐인데요. 못된 마음도 아니잖아요. 그냥 가족을 갖고 싶었을 뿐이고, 사슴이 죽지도 않았는데."

서점주인이 곧장 대답했다.

"원래 신은 엄격합니다. 어리광을 용납하지 않죠. 모두의 머리 위에 서있으니 공평해야 하지 않겠나요?"

연서가 눈썹을 찡그리고 말했다.

"그런 게 공평함인가요? 어떤 처지인지, 왜 그랬는지 살필 수 있잖아요. 신이 그렇게 대단하다면 그래야 맞죠. 결말도 이상해요, 꿈도 꾸지 말라니……."

무슨 그런 신이 다 있어요. 연서는 마지막 말을 삼켰다. 이 남자와 다시 언쟁하고 싶진 않았다. 역시 오늘은 일진이 사나웠다. 불쾌한 메일과 조난, 투신자살이 될 뻔한 소동이 벌어진 것에 이어서 이런 기분 나쁜 이야기를 듣게 될 줄은 몰랐다. 꿈도 꾸지 말라니 너무한 말이 아닌가?

갑작스럽게 감정의 홍수가 밀려왔다. 그녀는 급히 얼굴을 가렸지만, 눈에 고인 물기가 탁상으로 뚝 떨어졌다. 동시에 원래도 축축하고 싸늘하던 서점의 공기가 더 차게 가라앉았다. 누구도 움직이지 않아 시간의 흐름이 잠시 멈춘 듯했다.

소녀가 서점주인의 팔을 잡아당겼다. 조용하던 그가 자리에서 일어났다. 동시에 의자가 움직이는 큰 소리가 났다. 내내 나긋하던 그의 태도와는 맞지 않는 불협화음 같았다. 그는 서랍장에서 붉은색 자수가 놓인 손수건 하나를 꺼내 연서에게 건넸다.

연서는 그걸 순순히 받아 눈가를 훔쳤다. 그리고 잘 접어 서점주인에게 돌려주었다. 그런 다음 입을 열었다. 마른 입술이 툭 벌어졌다.

"아까 물어보셨죠. 좋지 못한 기억이 있냐고. 예전에 다니던 회사에서 누가 저보고 그랬거든요. 넌 혼자서 아무것도 못 할 거라고, 꿈도 꾸지 말라고요. 사장님이 들려준 이야기랑 비슷하네요. 근데 공교롭다고 생각하실 필요 없어요. 이런 말 들으면서 사는 사람이 얼마나 많은데……."

그녀는 애써 입꼬리를 끌어올렸다.

"그중에서도 저만 다리를 절고 있네요. 길이나 잃고 한심하게."

잠시 정적이 흘렀다. 머리가 차가워지자 연서는 곧바로 후회했다. 처음 보는 사람에게 이런 우울감을 전할 필요는 없었다. 그녀는 이 자리에서 도망치고 싶어졌다.

"갑자기 죄송해요. 이만 일어나보겠습니다."

"잠깐."

급히 테이블에서 벗어나려는데 서점주인이 그녀의 손을 잡았다. 돌아보니 남자의 분위기가 지금까지와 사뭇 달랐다. 시종일관 여유로웠던 태도는 일말도 남아있지 않았다. 다급하고, 간곡했다.

"미안해요."

연서는 대답할 말이 얼른 생각나지 않았다. 머뭇대는 사이 그가 먼저 입을 열었다.

"다음에 다시 오세요. 그땐 다른 이야기를 들려드리겠습니다. 오늘은 순전히 제 실수네요. 손님의 휴식을 제가 망쳤습니다. 그럴 수는 없어요. 그래서는 안 되고요. 저희 서점의 존재가 퇴색되는 일입니다."

겨우 이런 일로 이렇게까지 애원하다니……. 연서는 이 상황을 이해하기 위해 짧게 머리를 굴렸다. 어쩌면 자영업자의 비애 같은 걸까. 혹시 이상한 소문이라도 날까 봐 그럴지도 모른다. 연서는 얼결에 고개를 끄덕였다. 결국 다시 오겠다는 약속까지 하고 말았다. 그녀는 이런 종류의 다급한 요청이나 부탁을 잘 거절하지 못하는 사람이었다.

그녀가 제안을 받아들이자 서점주인이 밝게 웃었다. 어찌나 순수하게 좋아하는지 여름날의 햇살처럼 해사했다. 그는 여전히 연서의 손을 잡은 채로 말했다.

"이야기가 계속되겠군요."

느닷없이 등장한 기묘한 서점. 그리고 의문스러운 남자가 '완결'이 아닌 '계속'을 알렸다.

연서는 키보드를 연타했다. 투박한 소리가 그녀의 방 안을 메웠다. 동시에 노트북 화면에서 깜빡이던 입력 표지가 글자를 집어삼켰다. 처음엔 한 단어, 한 문장씩이었다. 징검다리를 건너가듯 신중했고 조금 망설였다. 그러나 일정 구간이 지나자 표지는 빠른 속도로 달렸다. 경주마가 달릴 때 주변을 보지 않는 것과 같았다. 성급한 움직임엔 어떤 생각도 개입되어 있지 않았다.

그리하여 화면은 완전한 백지로 돌아왔다. 포식을 마친 입력 표지가 다시 제자리에서 깜빡거렸다. 보름 동안 쓴 글을 모두 지운 연서는 상실감에 노트북을 덮었다.

지난번 해피엔딩에 관한 내용의 메일을 받은 후로 연서는 쭉 이런 상태였다. 도무지 결말을 낼 수 없었다. 치명적인 일이었다. 결말을 내지 못하는 작가라니 답도 없는 모순이다.

그녀는 여전히 편집자의 제안을 믿을 수가 없었다. 베테랑이더라도 미처 계산하지 못한 확률이 있을지도 모른다. 한, 만분의 일 정도? 그렇다고 자신의 글을 올곧게 밀어붙일 확신이 있는 건 아니었다. 연서는 그렇게 용기 있는 사람이 아니다. 그녀는 전 직장을 퇴사할 당시에도 사직서를 내는 상황을 열다섯 개나 짜고, 위경련이 올 정도로 스트레스를 받은 후에야 행동으로 옮겼다.

아무것도 모른 채 자신만의 세상에 빠져있든지, 아니면 오로지 돈을 좇든지. 둘 중 하나였다면 차라리 목적지가 분명했을 것이다. 그러나 그조차 결정을 내리지 못하는 인간도 있다. 바로 연서처럼.

그녀는 허탈한 표정으로 방바닥에 드러누웠다. 팔이 닿을 거리에 늘어놓은 스케치들이 보였다. 전부 폐기된 것들이다. 그것들은 하나같이 어디서 본 듯한 기시감이 들었다. 개중에 특색이 조금 있는가 하면 사랑스러움이 없었다. 그걸 그린 사람만큼이나 스케치도 여러모로 애매했다. 이건 선택받을 수 없는 부류다.

연서는 몸을 돌려 반대 방향으로 누웠다. 아담한 집이 한눈에 들어왔다. 지방에 살던 연서는 대학에 진학하며 서울에 올라왔다. 이 집은 어머니가 그때 무리해서 구해주었다. 10평 남짓에 동남향, 방이 하나 딸린 작은 집. 낡은 빌라였지만 이전 주인이 리모델링을 마친 터라 깨끗했다. 어머니는 그래도 뭔가 마음에 들지 않았는지 왕복 다섯 시간은 걸리는 거리를 몇 번이나 올라왔었다. 그때마다 당부의 말과 짭짤한 반찬을 잔뜩 남기고 갔다.

그 뒤로 연서는 이 집에 혼자 살며 대학교에 다녔다. 그땐 집보다 도서관에 더 오래 머물렀고, 딱 한 번 대학 동기들을 초대했다. 전 남자친구는 이 집을 그렇게 오고 싶어 했는데 결국 그러지 못하고 헤어졌다. 졸업하고 취직한 이후에는 정말 잠만 자는 공간이 되었다. 그러니까 퇴직하기 전까지 그랬다.

퇴직 후에야 집에 있는 시간이 생겼다. 좀, 많이 생겼다. 2년 동안 대개 집에서 글을 썼다. 좀이 쑤시면 카페에 가거나 산책을 다녀왔다. 한 달에 두세 번 정도 친구를 만나러 나갔다. 그러나 방에만 틀어박혀 있어도 성과는 좋지 않았다. 작업물은 계약하지 못하고 제자리걸음, 갈피를 못 잡고 방바닥에 누워있음. 이게 오늘 일이다.

생각해 보면 신비한 일이 가득한 동화를 쓰는 동안 정작 그녀의 삶엔 판타지가 없었다. 9년을 살아도 별다른 추억이 없는 이 집만큼이나 밋밋했다. 연서는 스스로를 평범하다 못해 따분한 사람이라고 생각했다. 직업적인 능력이 대단히 뛰어나지도 않으며 매력적인 생김새도 아니다. 멋진 농담도 할 줄 모른다. 이러니까 친구도 얼마 없지. 아까부터 자괴감이 지치지도 않고 고개를 쳐들었다.

문득 절벽에서 만났던 남자가 떠올랐다. 하늘 높이 날았다가 그에게 안겨서 지상에 안착했을 때. 그때 연서는 마음이 깊이 일렁였다. 가슴이 팔딱이는 동시에 간질거렸다. 그게 다 뇌의 신경 물질이 만든 환상이라고 할지라도 대단한 경험이었다. 실제가 아니라고 해도 좋았다. 환상이란 원래 존재하지 않는 기쁨이니까.

가을 달 아래 비상했던 때. 그녀는 그때를 영원히 잊지 못할 것 같았다. 기묘한 분위기의 서점 또한 그렇다. 서늘한 공기가 만든 긴장감, 반듯하게 앉아 책을 읽던 남자와 신비롭고 안타까운 이야기.

이야기에 대한 개별적인 감상과는 별개로 그 순간은 연서에게 깊은 인상을 남겼다. 그녀는 인연인 듯, 악연인 듯 기묘하게 얽힌 남자를 떠올렸다. 다시 방문해 달라던 간절한 부탁이 여전히 마음에 걸렸다. 그 남자의 얼굴엔 사람의 마음을 흔드는 성질이 있었다.

'가봐야 하나⋯⋯.'

그때 휴대폰에서 알림음이 들렸다. 연서는 상념에서 깨어났다. 여럿이 대화 중인 듯 알림음이 빠르게 이어졌다. 그녀는 휴대폰을 찾지 못하고 주변을 한참 뒤적였다. 널브러진 스케치 밑에서 발견했을 때는 이미 대화가 제법 쌓여있었다.

그녀는 마음을 진정시키고 메시지를 확인했다. 오늘은 전 직장 동료들과 모임이 있는 날이었다.

"나는 우리 연서 씨가 참 아까워. 인재잖아. 다은이 너도 그렇게 생각하지 않아? 응?"

술기운에 달아오른 상훈이 앙탈인지 칭찬인지 모를 말들을 늘어놓았다. 옆에 앉은 다은은 그를 째려보았고 연서는 어색하게 웃었다.

두 사람은 재직 시절 연서와 자주 어울렸던 이들이다. 나이와 직급은 달랐지만 입사 동기인 게 인연이 되었다. 그녀가 퇴사한 후에도 셋은 종종 연락을 주고받았다. 이번에도 상훈은 동기 모임이랍시고 연서를 불러냈다. 분명 퇴사한 사람에게 적절한 모임은 아니다. 그러나 상훈은 연서가 빠지면 둘뿐이라 어색하다며 능청스럽게 웃었다. 그냥 너스레였다. 상훈과 다은은 고등학교 때부터 서로 알고 지낸 친구였으니까.

연서는 희미하게 웃으며 답했다.

"네에, 감사합니다."

"연서 씨! 또 그런다. 말 편하게 하라니까아. 퇴사했으니까 직급이 있는 것도 아니고! 우리 한두 살밖에 차이 안 나잖아!"

상훈이 두서 없는 수다를 이어갔다.

"요즘 뭐 하고 지내? 보고 싶다, 연서 씨. 이런 데 말고 사무실에서 보고 싶다고. 우리 연서 씨는 책임감 있고, 똑똑하고, 눈도 동그래서 예쁘고……."

그는 취하면 항상 이렇게 연서에게 칭찬을 늘어놓았다. 처음엔 자리를 뜨고 싶을 정도로 부담스러웠지만 이젠 조금 익숙해진 차였다.

"그만 좀 해! 네가 연서 씨 낳았어?"

연서 옆에 있던 다은이 버럭 소리쳤다. 강단 있고 체계적이고 꼼꼼한 사람. 연서가 회사를 나간 뒤로 다은이 두 번이나 승진했다는 이야기를 들었다. 자신감과 야망이 있는 사람이었으니 그럴 만하다고 생각했다. 부럽기도 했다. 그녀는 사람들이 부러워할 만한 요소를 다 갖추고 있었다.

상훈과 다은은 사무실 안에서 서로 인사도 잘 나누지 않았지만, 밖에 나오면 친근함을 여지없이 드러냈다. 보통 다은이 상훈에게 소리를 지르는 식이었다. 처음엔 싸움을 벌이는 줄 알고 놀랐던 연서도 이젠 애정이겠거니 하며 고개를 끄덕였다.

"맞잖아. 다 맞는 소리잖아. 연서 씨가 그렇게 나가지만 않았어도, 우리 이사한 사무실 층수가 두 개는 늘었을 거잖아."

"그렇게 좋으면 고백하든가. 나간 사람한테 능력이 있네 마네야? 넌 그게 칭찬으로 들릴 것 같니?"

"뭐? 다은이 너, 너 어떻게 그런 말을······."

너는 사람 마음이 장난이야? 상훈이 입을 틀어막고 드라마에 나올 법한 대사를 뱉었다. 아마 곧 맥주를 두 잔 정도 들이킨 뒤에 상 위로 엎어질 것이다. 둘의 싸움 아닌 싸움은 대개 그런 식으로 끝이 난다. 연서는 오랜만에 보는 쾌활한 광경에 웃으며 맥주를 홀짝였다. 그녀는 셋이 모인 자리에서 보통 듣는 역할을 맡았다.

왁자지껄한 시간이 지나고 상훈이 결국 상에 엎어졌다. 연서는 바람을 쐬자는 다은과 함께 밖으로 나왔다. 대학가인지라 늦은 시간에도 거리는 번잡했다. 어느새 담뱃불을 붙인 다은이 연기를 한 모금 내뱉고 연서에게 말했다.

"연서 씨 준비하던 건 좀 어때?"

연서는 지나가듯 말했던 걸 기억하는 다은에게 조금 놀랐다. 막상 다은은 아무렇지 않은 듯 답변을 기다렸다. 잠시 고민하던 연서가 술기운과 밤바람에 발그스름해진 볼을 만지작대며 말했다.

"어렵긴 한데, 그냥 재미있고 좋아요. 하고 싶었던 거니까…….”

그래? 다은은 짤막한 대답을 남기고 고개를 돌렸다. 둘은 같은 방향을 바라본 채 한참을 대화도 없이 서있었다. 거리의 많은 사람이 둘의 앞을 지나쳤다. 만취해서 비틀대는 대학생과 그걸 챙겨보겠답시고 옆에서 거드는 또래가 우스웠다. 두 손을 꼭 잡고 걸어가는 남녀는 사귄 지 얼마 안 된 달콤한 분위기를 풍겼다. 골목을 다 차지하고 걸어가는 여자애들은 언제부터 저렇게 친했을지 궁금하게 만들었다.

이윽고 다은이 입을 열었다.

“연서 씨는 생각이 참 많아.”

“네?”

“지금도 봐. 나한테 뭐라고 말해야 할지 고민했지? 잘되어 가고 있다고 하면 거만해 보일 것 같고, 안된다고 하면 걱정 끼칠 것 같고. 그래서 그냥, 하고 싶은 거 해서 행복하다고. 그렇게 말하면 누가 뭐라고 하겠어.”

연서는 아무 말 없이 다은을 바라보았다. 다은은 허공에 녹아드는 연기를 멍하니 보며 말했다.

“근데, 하고 싶은 거 하면 무조건 행복해야 하나…….”

맞은편에서 쏟아지는 전광판 불빛이 두 사람을 물들였다. 화려한 조명은 키가 크고 늘씬한 다은과 잘 어울렸다. 그녀는 런웨이를 걷는 모델이나 단독 촬영 중인 여배우처럼 보였다. 불빛의 색은 시시각각 변했다. 붉은빛, 초록빛, 파란빛……. 그때마다 다은은 자연스럽게 모든 빛을 흡수했다. 그래서 그녀가 원래 어떤 색깔이었는지 잊어버릴 것만 같았다.

"다들 고민만 참 많아, 그렇지?"

누구를 향하는지 모를 다은의 말을 끝으로 두 사람은 자리에 돌아왔다. 술자리는 계속 이어졌다. 다시 일어난 상훈은 눈물을 글썽이며 몇 번이나 함께 일하자고 권유했고, 다은은 그때마다 상훈을 거칠게 말렸다. 하지만 그녀 역시 은근하게 연서가 다시 돌아오길 바라는 눈치였다. 연서는 그럴 때마다 어색하게 웃으며 '아아', '그렇죠', '네에' 따위의 의미 없는 감탄사만 뱉었다.

두 사람과 헤어지고 연서는 집 방향으로 걷기 시작했다. 가던 중에 어머니에게 전화가 걸려왔다. 지난번 통화에서 말다툼한 뒤로 한 달 만이었다. 그녀는 주변 차 소리를 듣더니 왜 이 시간에 밖에 있는 거냐며 짜증을 냈다. 연서는 오랜만에 친구를 만났다고 우물쭈물 변명했다.

조금 누그러진 어머니가 이번엔 이직 준비를 하는 중이냐고 물었다. 연서는 이미 작년에 동화를 쓰고 싶다고 말한 적이 있었다. 용기를 내어서 제 딴에는 분명하게 전달했다. 그러나 어머니는 매번 이런 식으로 그걸 못 들은 척, 잊어버린 척했다. 대답이 시원치 않자 어머니는 울화가 치민 듯 떨리는 목소리로 말했다.

'너는 좋은 대학 나와서 좋은 회사 들어갔으면 끝까지 잘할 것이지, 왜 그걸 못 버텨서 엄마를 속상하게 만드니?'

연서는 전화에 정신이 팔려 타야 할 버스를 놓치고 말았다. 마지막 차였다. 어쩔 수 없이 걸어가는데, 30분이면 갈 거리가 너무 멀게 느껴졌다. 게다가 취기가 식어 급격한 추위가 밀려왔다. 그녀는 코를 훌쩍이다가 소매로 얼굴을 벅벅 문질렀다. 넌덜머리가 났다.

연서는 다시 그 서점 앞에 섰다. 오겠다는 말은 했어도 꽤 이른 재방문이었다. 지난번에 그 남자와 말다툼을 벌이고, 울어버리기까지 한 걸 생각하면 더욱 그랬다. 그녀는 멋쩍은 마음이 들어 조심스럽게 문을 열었다. 문에 달린 종이 가냘픈 소리를 냈다.

조심히 안으로 들어가려는데 누군가의 목소리가 들렸다. 서점 안쪽 방에서 두 사람이 대화를 나누는 중이었다. 한 사람은 서점주인 그리고 다른 한 사람은 정체 모를 남자였다. 그의 어조가 날카로운 걸 보니 화가 난 것 같았다.

싸우고 있는 건가? 연서는 책을 둘러보는 척하며 숨을 죽였다. 정체 모를 남자의 짜증 섞인 말이 똑똑히 들렸다.

"이런 창고에 박혀 살면서, 그런 정보는 또 어디서 주워들었어?"

신경질적인 물음에도 서점주인의 목소리는 흔들리지 않았다.

"글쎄요. 하여튼 손해 볼 건 없으시잖아요? 숲에서 나뭇가지를 꺾는 거나 다름없습니다. 누가 알겠어요? 당신이 저지른 실수를 저만 아는 것처럼 말이죠. 입막음이 필요하신 게 아니었나요?"

"허!"

"그리고 몇 번 말씀드렸습니다만, 창고가 아니라 서점입니다."

잠시간 정적이 이어졌다. 정체불명의 남자가 열이 올라 말문이 막힌 게 분명했다. 연서가 지난번 대화해 본바, 서점주인의 말은 길어도 이상하게 잘 들렸다. 그리고 나긋하게 말하지만 반박하기가 쉽지 않았다. 연서는 호기심에 책을 뒤적이던 손도 멈추고 두 남자의 대화를 엿들었다. 그때, 무언가가 와르르 깨지는 소리와 함께 노여움에 찬 목소리가 울려 퍼졌다.

"감히 나를 협박해? 내가 이딴 구경거리 몇 개 가져다주었다고 네 종복처럼 느껴졌나? 대단한 착각을 하게 만들어 유감이야. 가서 염라에게 전해. 내가 인간 따위에게 약점 잡혀 맥도 못 추고 있다고, 배달부는 다시 뽑아야 할 것 같다고 말이야!"

"배달부라니요. 본인의 업종에 자부심을 품으시죠."

"말꼬리 잡지 마!"

이번엔 뭔가 무너지는 소리가 들렸다. 연서는 이쪽에서 말려야 할지 망설였다. 서점주인은 팔다리가 길쭉하긴 해도 싸움을 잘할 것 같은 인상은 아니었다. 저러다 몸싸움을 벌이기라도 한다면 두들겨 맞기라도 할까 봐 걱정됐다. 연서가 두꺼운 책을 손에 꼭 쥐고 상황을 보기 위해 고개를 내밀려던 차에 무서운 남자의 목소리가 들렸다. 아까보다 훨씬 침착한 어조였다.

"그래, 좋아. 좋다고. 내 집처럼 드나드는 곳에서 그거 하나 가져다주는 게 일은 아니지. 나야 애초에 찍힌 몸, 긁어 부스럼 만들 일도 아니고. 네 말이 맞아. 그런데 갑자기 이런 마음을 먹은 이유가 뭐야? 넌 왜 달라졌지? 내 경고에도 여기에 돌덩이처럼 들어앉았더니 무슨 바람이 불었냐고."

서늘한 밤기운이 서점에 맴돌았다. 서점주인이 가라앉은 목소리로 말했다.

"달라지지 않았어요. 나는 여태껏······."

연서가 서점주인의 사연에 귀를 기울이려던 때였다.

"손님, 여기서 뭐 해?"

갑자기 들린 말에 연서는 너무 놀라 책을 위로 던질 뻔했다. 지난번에 봤던 소녀였다. 앙증맞게 생긴 소녀는 인절미를 오물거리며 연서를 호기심 어린 눈으로 관찰했다. 더없이 무해한 눈빛과 태도였으나 연서는 나쁜 짓을 하다 걸린 심경에 허둥댔다. 그녀는 결국 서점 손님의 본분대로 책을 펼쳐 읽는 척했다.

그때 뒷덜미에 섬뜩한 느낌이 들었다. 밤중에 혼자 길을 걷거나 욕실에서 머리를 감을 때 종종 느끼는 감각이었다. 연서는 긴장해서 뻣뻣해진 목을 움직여 돌아보았다.

차라리 그 이상한 서점주인이길 빌었지만, 아니었다. 치켜올라간 눈꼬리와 짙은 눈썹, 꽉 다물어 숨소리도 새지 않는 입. 호랑이 같은 생김새의 남자였다. 연서는 급히 시선을 떨궜다. 그가 걸친 검정 가죽 재킷이 눈에 들어왔다. 불길해 보였다.

재킷 입은 남자가 연서를 응시했다. 먹잇감을 주시하는 포식자의 눈빛이었다. 그는 연서를 찬찬히 살피더니 곧 주머니에 손을 찔러넣고 말했다.

"평범한데. 뭐가 그리 새로웠을까? 기다린 보람도 없겠어."

낮고 거친 목소리에 연서는 온몸이 굳어버렸다. 고개를 숙여도 시선이 느껴졌다. 서릿발처럼 찬 쇠사슬이 얽혀드는 것 같았다. 도움을 요청하고 싶어도 목소리가 나오지 않았다.

곧 버티지 못하고 정신이 아득해졌다. 한없이 깊은 늪이 그녀를 끌어당겼다. 물인지 진흙인지 모를 것이 발목에 질척였다. 공기의 질량이 척추를 짓눌렀다. 인간의 몸으로 감당할 수 없었다. 팔다리가 움직이지 않고 뭔지 모를 것의 울음이 주변에 윙윙댔다. 그녀는 실체 없는 늪에 잠기며 서서히 눈을 감았다.

별안간 감은 눈꺼풀 사이로 날카로운 섬광이 스쳤다.

연서는 다리에 힘이 풀려 그대로 자리에 주저앉았다. 눈을 뜨자 바닥에 박힌 햇살 한 자락이 보였다. 다시 보니 끝이 날카로운 금빛 석장*이었다. 연서는 저것이 한쪽 벽에 놓여있던 장식품 중 하나라는 걸 기억해냈다. 고요히 잠든 듯 신비로운 분위기를 풍기던 물건이었다.

다만 지금은 험악한 남자의 발밑에 박혀있었다. 이방인의 침범을 경고하는 창 같았다. 석장의 끝에 매달린 고리가 서로 부딪히며 맑은 소리를 냈다. 서점주인이 막 투창을 끝낸 손을 털며 말했다.

* 승려가 짚고 다니는 지팡이

"죄송합니다. 손이 미끄러졌네요."

"이 건방진 새끼가……."

"아, 그건 귀한 물건입니다. 지옥을 부수어서라도 중생을 구제한다는 신의 석장……."

험악한 남자의 손에 석장이 우지끈 소리를 내며 부러졌다. 서점주인이 능청스럽게 웃었다.

"……의 모조품."

남자가 단숨에 서점주인의 멱살을 잡았다. 그리고 태연자약한 얼굴에 주먹을 꽂으려는 순간이었다.

"그만해, 버르장머리 없는 녀석."

깜찍한 목소리에 그가 움직임을 멈췄다. 떡을 오물거리던 소녀였다. 그녀는 손가락을 세워 자기보다 덩치가 세 배는 큰 남자를 가리켰다. 짐짓 엄숙한 표정과 말투였다.

"손님은 잘 대접해야지, 까망아."

귀여운 별명이 정확하게 사나운 남자를 향했다. 농담으로도 어울린다고 하기 힘들었다. 그걸 들은 남자는 순식간에 얼굴이 일그러졌다. 그러나 어떤 이유에서인지 끝내 주먹을 내지르지 않았다. 형형한 눈으로 소녀를 노려보던 남자가 서점주인의 멱살을 뿌리쳤다. 그다음 곧장 서점 출입구로 향했다.

그가 주저앉은 연서의 비로 앞을 지날 때였다. 남자의 발

72

목에 있는 큰 흉터가 그녀의 눈에 들어왔다. 왼쪽 발목, 날카로운 이에 씹힌 듯한 흉터. 지난번 들었던 이야기의 주인공과 몹시 비슷했다. 아직 상흔이 남았는지 그는 둔탁한 발걸음마다 왼쪽 다리를 절었다.

그러나 지금은 이런 사소한 기시감에 신경 쓸 여력이 없었다. 문이 거칠게 닫히는 소리와 함께 그녀는 겨우 긴장이 풀렸다. 목구멍에 막혀있던 공기가 들어와 숨을 몰아쉬었다.

요란하게 뛰는 심장이 버거웠다. 몸을 일으키다가 넘어질까 겁이 났다. 연서는 차분하게 스스로 일어설 준비를 했다. 들썩이는 숨을 고르고, 술렁이는 심장을 누르고, 떨리는 손을 붙잡았다. 늘 하던 방식이었다.

그때 주저앉은 연서에게 그 사람이 손을 내밀었다. 고개를 드니 눈이 마주쳤다. 화선지에 원을 그리듯, 서점주인의 얼굴에 미소가 번졌다.

"오셨군요. 기다리고 있었습니다."

연서는 지난번 방문 때와 같은 테이블에 앉았다. 서점주인은 좀 전에 그녀가 실신할 듯 비틀거렸다고 했다. 연서가 돌연 주변이 어두워졌다고 느낀 건 그 때문이라는 설명이었다.

그는 스트레스가 쌓이면 작은 놀라움에도 그럴 수 있다면서 그녀를 따뜻한 담요로 감싸주고, 소녀를 연서의 무릎에 앉혔다. 타인의 체온이 안정에 특효라는 이유였다. 지난번과 같이 유려한 설명에 연서는 수긍할 수밖에 없었다. 어쨌든 그의 처방은 효과가 있었다. 그녀는 금방 평정을 되찾았다. 융단으로 된 담요는 무척 부드럽고 포근했다.

낯가림이 없는 소녀가 연서의 무릎 위에서 발장난을 쳤다. 맞은편에 앉은 서점주인은 책을 뒤적거리는 중이었다. 명품을 찾아내는 감별사처럼 손길이 신중했다. 연서는 문득 저 속에 이야기가 몇 개나 될지 궁금했다. 얼마나 많으면 30분째 고르기만 할까. 슬슬 아무거나 읽어보라고 하려는데 서점주인이 입을 열었다.

"다시 오시지 않을까 봐 걱정했습니다. 지난번 이야기가 마음에 들지 않으셨던 것 같아서요."

"아……."

연서는 차마 '네'라고 대답하지 못하고 말을 흐렸다. 세어보면 저번 방문으로부터 보름이 지났다. 이 남자는 그동안 그때를 마음에 두고 있었을까? 연서는 조금 미안한 마음이 들었다. 그때 무릎에 앉은 소녀가 말했다.

"나도 손님이 다시 와서 좋아. 저번에 온 손님은 너무 늙어서 무릎에 앉을 수도 없었어."

이 서점의 방문객은 연령대가 꽤 다양한 모양이었다. 연서는 무릎 위의 작은 온기를 꼭 끌어안았다. 작은 몸이 장난을 멈추더니 그녀를 올려다보았다. 이내 만족스러운 듯 방긋 웃었다. 이를 데 없이 사랑스러웠다.

테이블 가운데에는 작은 향로가 놓여있었다. 상쾌하면서도 편안한 향에 마음이 진정되었다. 향이 피어오르는 연기는 한 줄기, 두 줄기로 늘어났다 합쳐지기를 반복하며 끊임없이 상승했다. 거꾸로 흐르는 폭포 같았다.

그 흐드러진 모양 너머 남자가 있었다. 그는 미동도 없이 책을 들여다보았다. 진지하다 못해 차가웠다. 같은 일을 여러 번 반복해 통달한 사람의 기세였다. 연서는 호기심에 그가 종이를 어떤 손 모양으로 넘기는지 보려 기웃거렸다. 퍼뜩 그가 말했다.

"혹시, 원하시는 이야기가 있나요? 좋아하는 장르라도?"

그 책 속에 뭐가 있는 줄 알고? 연서의 의아한 표정에도 그는 진지했다. 지난번에 그녀가 화를 낸 탓인지도 모른다. 아무래도 마음먹고 준비하려는 모양이었다. 연서는 그의 죄책감을 덜어주기 위해 성의껏 고민했다. 이곳에 왜 왔더라. 연서의 고민은 거기서부터 출발했다.

오늘은 가슴이 텅 빈 듯한 허전함을 채우고 싶었다. 이럴 때는 보통 책을 읽거나 영화를 본다. 하지만 이번엔 그럴 힘도 없었다. 종이 한 장의 무게가 버겁고 프레임은 과하게 눈부셨다.

그래서 불현듯 이 서점이 생각났다. 낮고 깊은 목소리. 고요하게 흘러가는 이야기. 연서는 눈을 감고 바다에 잠긴 듯 이야기를 '듣고' 싶었다. 그리고 충동적으로 발걸음을 돌린 결과가 지금이었다.

다만 저번처럼 그녀를 우울하게 만드는 결말은 피하고 싶었다. 원하는 이야기라……. 방법을 궁리하던 연서가 자신에게 필요한 이야기를 떠올렸다. 그녀로서 썩 달갑진 않지만, 이 말에 그가 내놓을 이야기가 무엇일지 궁금하기도 했다. 연서는 결국 마법의 단어를 말했다.

"해피엔딩…… 행복한 결말이 있나요?"

주어가 빠져 현실에 관해 묻는 듯했다. 무릎에 앉은 소녀가 얼핏 연서를 돌아보았다. 그녀가 정정하려는데 서점주인이 즉시 대답했다.

"물론, 있습니다."

옥토(玉兔)

: 별과 함께 태어난 아이

소녀는 황량한 땅에서 깨어났다. 생애 첫 기지개를 켜고,

갓난아이가 그러하듯 곧장 무료함을 달랠 거리를 찾았다. 그러나 이곳은 지평까지 회갈색 흙뿐이었다. 온통 무채색인 가운데 재밋거리라고는 눈곱만큼도 없었다.

말동무가 필요했던 소녀는 흙을 뭉쳤다. 겉이 부스러지는 공 모양이었다. 흙공이 바닥에 열 개쯤 모였을 때, 볼록 부풀더니 입이 큰 두꺼비로 변했다. 두꺼비들은 굴러다니고 폴짝대며 소녀 주변을 맴돌았다. 춤을 추는 것도 같았다. 소녀는 그 모양이 재밌어서 한참을 어울렸다. 한, 300년 정도.

다음엔 말을 가르쳤다. 열을 지은 두꺼비들과 소녀가 마주 앉았다. 그녀는 여러 가지 발음을 표현하며 최선을 다했다. 그러나 두꺼비의 학습 능력은 형편없었다. 그것들은 고작해야 '끽'이나 '꾹'만 가능했다. 입이 좌우로 찢어진 주제에 '아' 한 번을 못 하다니? 인내심이 바닥난 소녀가 두꺼비를 모두 쫓아냈다. 그게 500년 만이었다. 합쳐서 800년 만에 소녀는 두꺼비와 노는 것을 그만두고 일어나 뒤를 돌아보았다.

하늘에 떠오른 푸른 별이 보였다. 그건 숨을 잔뜩 들이켠 두꺼비의 뱃가죽같이 둥글었는데, 하루에 한 번 어두운 하늘을 가로질렀다. 소녀는 그 모양이 아름다워 한참을 바라보았다. 그대로 서서 별이 뜨고 지는 걸 6천 번쯤 보고, 자리에 앉아 다시 8천 번을 봤다. 그 후로도 소녀는 앉아서 별이 움직이는 모양을 관찰했다. 그야말로 아무것도 없는 땅의 유일한 유희였다.

그런데 천 년이 지났을 때쯤, 소녀의 귓가에 누가 속살거렸다. 듣다 보니 푸른 별에서 나는 소리였다. 게다가 전부 다른 곳, 다른 시간, 다른 사람이었다. 일면식도 없는 사람들이 소녀를 향해 무언가를 갈구했다. 귀를 더 쫑긋 세우자 그 내용이 들렸다.

「달님, 제 소원을 이루어주세요.」

목소리들은 하나같이 그렇게 말했다. 저것들은 제 손으론 아무것도 못 하나? 소녀는 한참을 고민하다 제가 가진 힘을 몇 번 내려보냈다. 푸른 별에 사는 이들은 그걸로 소원을 이뤘다. 그럴수록 그들은 점점 더 많은 소원을 요구했다.

들어주는 게 어렵진 않았다. 그런데 소녀는 저들이 끝도 없이 바라는 이유가 궁금해졌다. 이곳엔 회갈색 흙뿐인데 저토록 푸른 땅에 살면서 부족한 게 그리 많단 말인가?

소녀는 직접 가보고 싶어졌다. 그래서 흙더미를 잔뜩 끌어모아 거대한 짐승을 빚었다. 두꺼비처럼 입이 죽 찢어지고 날개 같은 지느러미를 달았다. 비유하자면 고래를 닮은 짐승이었다. 그것은 소녀를 태우고 우주를 헤엄쳐 푸른 별로 갔다.

푸른 별에 도착한 뒤에 거대한 짐승은 바위가 되어 잠들었다. 다시 혼자가 된 소녀가 가만히 발걸음을 내디뎌 보았다. 조막만 한 발자국이 진흙 위에 폭 찍혔다. 정말 푸른 별 위로구나. 소녀는 신이 난 토끼처럼 주변을 들쑤셨다.

꽃과 나무의 냄새를 맡고 샘물을 마시고 새빨갛게 익은 보리수 열매 맛을 보았다. 그것들이 주는 자극에 눈앞이 번쩍였다. 특히 과실의 맛, 단맛이라는 걸 처음 알았을 땐 요란한 희열에 가슴이 울렁였다. 소녀는 천 년만 이렇게 살면 즐거운 게 너무 많아 머리가 뻥 터져버릴지도 모른다고 생각했다.

신이 나서 가장 우거진 숲을 지날 때였다. 누가 소녀를 불렀다. 돌아보니 허리가 잔뜩 구부러진 노파였다. 눈이 마주친 노파는 이리 오라는 듯 앙상한 손을 허공에 휘적거렸다. 소녀가 다가서자 그녀는 퀴퀴한 목소리로 말했다.

「저곳이 맘에 들지 않던? 너와 함께 태어난 별이잖니.」

노파는 밤하늘의 초승달을 가리켰다. 그녀의 말에 소녀는 귀를 쫑긋 세웠다. 그걸 아는 이가 나 말고 또 있었을 줄이야. 수상스럽게 여기자 노파가 말했다.

「이상하게 여길 것 없다. 내가 이 모든 세상을 만들지 않았겠니? 특히 너는 가장 고운 백자토와 옥가루를 섞어 빚었지. 모양새가 과연 예쁘구나.」

이번엔 자애로운 목소리였다. 소녀는 경계를 풀고 노파에게 다가갔다. 그녀의 손을 잡자 무척이나 그리운 마음이 들었다. 노파는 자신의 볼품없이 쪼그라든 손과 소녀의 보드라운 손을 겹쳐놓고 쓰다듬었다. 그리고 말했다.

「신은 인간에게 깊이 마음을 주어선 안 돼. 네가 가진 힘은 그들을 불행하게 할 거야. 태양이 곡식을 사랑한다고 하여 가까이 가진 않는 법이다.」

소녀가 답했다.

「그렇지만, 난 그들이 궁금해. 그리고 이 별엔 재미있는 게 너무 많아……」

노파는 어쩔 수 없다는 듯 웃었다. 너무 늙은 나머지 나무껍질 같은 얼굴이었다. 그녀는 소녀에게 금방울 하나를 선물했다. 위험할 때 저절로 울릴 거라고 했다. 진심으로 상대를 염려하는 이의 얼굴이었다. 소녀는 노파의 손등을 만지작거리며 당신은 누구냐고 물었다. 노파는 인자하게 대답했다.

「나는 사랑이 많아서 초라한 신이다. 내가 만든 것들에게 애정을 쏟다 보니 이리 늙어버렸단다. 어여쁘고 어린 신아, 네가 이 별에 머무는 동안 기쁜 일만 있다면 좋으련만.」

이후 소녀는 노파가 있는 숲을 떠나 세상을 유랑했다. 푸른 별에 사는 이들은 과연 바라는 게 많았다. 재화, 권력, 젊음……. 소녀에겐 그중 무엇 하나 어려운 일이 없었다. 그래서 이뤄주었다. 그야말로 신이 내린 기적에 인간들은 기뻐했다. 소원을 빌고 또 빌며 욕망을 채웠다.

그러나 원하는 것을 얻어도 그들은 행복해지지 않았다. 그 이유가 궁금했던 소녀는 많은 이들과 만나고 헤어졌다.

수백 년이 흐른 어느 날, 소녀는 어떤 궁궐에서 혼자 걸어 나왔다. 이번에 만난 사람은 복수를 소원으로 빌었다. 그는 사랑하는 아내가 죽은 방식대로 폭군을 처단하길 원했다. 그는 반란군 대장이 되었고, 오늘 드디어 소원을 이룬 뒤 자결했다.

모든 일이 끝난 후에 소녀는 생각했다. 왜 복수를 바랄까? 그건 재밌지도 않고 보리수 열매처럼 맛있지도 않은데. 소녀의 기준으로는 인간이란 한낱 두꺼비와 다를 바 없었다. 하찮고 짧은 생이다. 기왕이면 춤추고 노래하며 사는 게 낫다. 싱그러운 꽃향기를 맡고 보리수의 달콤함을 맛보는 게 훨씬 좋다. 그러나 소녀는 이 별에서 그렇게 사는 이를 본 적 없었다. 푸른 별에 사는 인간들은 기대보다 흥미롭지 않았다.

한참 걸은 끝에 소녀는 어떤 대나무 숲에 다다랐다. 눈이 오는 겨울이었다. 고요했고, 가끔 바람에 흔들린 잎이 바스락거렸다. 누구의 기척도 없었으며 앞으로도 없을 장소처럼 보였다. 오래전에 떠나온 고향과도 같았다. 소녀는 이곳에 엎드려 한참 동안 깊은 잠을 잤다.

긴 잠 도중에 소녀는 어떤 냄새를 맡았다. 고소하고 달콤했다. 구미가 당기는 음식 냄새였다. 소녀는 부스스 눈을 뜨고 주변을 둘러보았다.

흰 눈이 쌓인 숲 가운데 어떤 사내가 서있었다. 덩치가 크다 못해 곰 같았고, 얼굴은 뭉개진 찰흙처럼 일그러져 있었다. 태어나기를 그런 형상이었던 듯했다. 배가 고팠던 소녀는 냄새를 좇아 그에게 다가갔다. 사내는 뭐가 두려운지 몸을 조금 떨었다.

달콤한 냄새는 그의 허리춤에 달린 주머니에서 났다. 소녀는 거기다 코를 가져다 대고 연신 단내를 들이마셨다. 그러다 말했다.

「너, 맛있는 냄새가 나.」

사내는 머뭇거리다 주머니를 열었다. 종이에 싼 꿀떡이었다. 윤이 흐르는 모양을 보던 소녀가 먹어도 되냐고 물었다. 사내는 과할 정도로 여러 번 고개를 끄덕였다. 소녀는 자기 손바닥만 한 꿀떡을 한입에 넣었다. 탱글탱글하면서도 야들한 떡을 어금니로 갈랐다. 겉이 톡 터지며 안에 있던 속이 풍부하게 퍼졌다.

처음엔 고소하고 기름진 깨가 씹혔다. 다음엔 꿀의 단맛과 향이 느껴졌는데, 텁텁함이 없고 과하지 않았다. 거기에 쌀떡의 쫄깃함과 부드러운 풍미가 어우러졌다. 끝으로는 계피

향의 여운이 입안에 남았다.

맛있다! 소녀가 먹어본 음식 중에 가장 고소하고 달콤했다. 인간들에게 온갖 진미를 대접받아 보았지만 이렇게 맛있는 건 처음이었다. 덕분에 이 별에 처음 내려왔던 때가 떠올랐다. 처음 느끼는 열매의 단맛에 눈앞이 번쩍거렸던 순간. 소녀는 그 잊지 못할 순간을 다시 경험하고 있었다.

대여섯 개의 떡을 다 먹어 치운 소녀가 흡족한 미소를 지었다. 그리고 사내에게 줄 대가를 정했다. 금은보화와 소녀가 먹은 것보다 훨씬 많은 양의 떡. 하나는 사람들 대부분이 좋아하고, 하나는 같은 걸 몇 배로 돌려줬으니 그가 기뻐할 게 분명했다.

소녀는 사내에게 집에 가보라고 말했다. 거기 자신이 준 선물이 놓여있을 거라고 덧붙였다. 사내는 소녀의 말에 허둥지둥 숲을 떠났다.

소녀는 하품하며 다시 바윗돌 위에 누웠다. 뒤척이자 곁에 놓인 금방울이 보였다. 그러고 보니 아까 방울 소리가 들린 것도 같았는데. 소녀는 노파의 말이 떠올랐다. 하지만 어떤 위험도 느껴지지 않았는걸. 소녀는 단맛에 기분이 들떠 대수롭지 않게 여겼다. 눈꺼풀이 가물가물 내려앉았다.

그런데 얼마 지나지 않아 사내가 돌아왔다. 소녀는 의아해서 일어나 앉았다. 지금 시간이면 한창 기쁨에 빠져있을 때다. 금은보화를 깨물어도 보고 던져도 보고. 푸짐하게 놓인 떡에 환호하고 있어야 맞다.

소녀는 생각했다. 저 사람은 왜 다시 나를 찾아왔을까? 한겨울에 땀을 뻘뻘 흘리고, 눈물을 글썽거리면서. 혹시, 다른 인간들과 같은 이유일까. 더 많이, 더 귀한 걸 갖고 싶어서 온 걸까.

그렇다면 이 남자도 재미없고 뻔한 사람이다. 소녀의 눈초리가 사나워졌다. 당황한 사내가 말했다.

「내가 받고 싶은 선물은 그, 그게 아니야…….」

어눌하고 더듬거리는 말씨였다. 몇 가지 말을 더 횡설수설하며 뱉었는데 그 수준이 일곱 살 아이와 다르지 않았다. 그의 말에 소녀는 차갑게 물었다.

「바라는 걸 말해보렴. 하지만 조심해. 너무 많은 욕심은 네게 복이 아닌 화가 될 테니까. 그럼, 받고 싶은 선물이 뭐지?」

소녀의 말에 사내는 급기야 울먹였다. 지나가던 이가 보았다면 아주 한심하다고 할 만했다. 저를 세 번은 접어놓은 크기의 소녀 앞에서 찔찔대고 있었으니 말이다. 게다가 그는 무슨 말을 하려고 할 때마다 얼굴이 부자연스럽게 움찔거렸다. 말하자면 기괴했다. 어찌나 추한지 곁에 두기가 끔찍할 지경이었다. 나중에 알게 된 이야기이지만, 그는 마을에서도

'귀신 사내'라고 불리는 자였다. 생긴 게 지옥에서 올라온 귀신 같다고 하여 붙은 이름이다.

이윽고 귀신 사내가 눈물을 거칠게 닦더니 성큼 소녀 앞에 섰다. 소녀는 고요하게 그를 올려다보았다. 그러자 보석 같은 눈이 햇빛에 투명하게 빛났다. 둘이 나란히 있으니 백옥과 진흙 괴물의 조우 같았다.

둘은 한참 서로를 바라보았다. 사내는 무언가 할 말이 있는 듯했다. 그러나 쉽게 꺼내지 못하고 망설였다. 소녀는 기다려주었다. 그녀에게 이런 시간쯤은 찰나에 불과했다. 귀신 사내는 안절부절못하다 눈을 질끈 감았다. 소녀가 환상인지 아닌지 확인이라도 하겠다는 양이었다.

대부분 아이는 그를 본 것만으로 비명을 지르며 운다. 하지만 소녀에겐 그가 한낱 두꺼비와 다르지 않았으므로 그럴 필요가 없었다. 그래서 사내가 다시 눈을 떴을 때 소녀는 그 자리에 있었다. 그가 소녀의 두 손을 잡는 동안에도 소녀는 그대로였다. 사내는 어린아이처럼 울음을 왈칵 터뜨리며 말했다.

「나랑…… 친구 하자.」

울음이 잔뜩 섞여 알아듣기 어려웠지만, 소녀는 귀가 밝았으므로 그 뜻을 이해했다. 그리고 놀라서 눈이 동그래졌다. 친구가 되어달라는 소원을 빈 사람은 처음이었다. 천 년이 넘는 시간을 다 합쳐도 그랬다. 소녀는 잠시 생각하다가 고개를 끄덕였다. 그는 이 별에서 처음으로 만난 흥미로운 사람이었다.

사내는 말이 어눌하고 행동이 굼떴지만, 소녀는 귀가 밝고 시간이 많았다. 소녀가 배고파하면 사내가 떡과 열매를 가져오고 내를 건널 때면 목말을 태워주었다. 태어나길 정반대의 모양이었어도 둘은 성격이 잘 맞았다. 그들은 매일 숲과 들을 쏘다니며 놀았다.

어느 날 밤, 둘은 오랜 시간 대화를 나누었다. 사내는 더듬더듬 제가 가진 사연을 털어놓았다. 그는 생김새로 인해 오랫동안 배척받은 자였다. 그는 유일한 가족이었던 어머니가 죽고 산 중턱에 집을 지었다. 마을과는 몇 리나 떨어진 장소였다. 그가 원한 건 사람들과 어울리는 것뿐이었으나 사람들은 그걸 가장 싫어했다. 그를 보기만 해도 기겁하고, 나중엔 그가 어린아이를 잡아먹는다는 소문까지 생겼다.

하지만 이 어리석고 못생긴 남자는 그저 친구를 사귀고 싶었다. 그래서 마을 근처를 얼쩡거렸으나 매번 돌팔매질이나 당했다. 그래도 실망하지 않았다. 그는 어머니가 알려줬던 방법으로 매일 떡을 빚었다. 친구와 나눠 먹으라던 말을 되새기며 정성스럽게 싸서 주머니에 넣었다. 언젠가 친구를 만날 날을 기다리면서.

자기 이야기를 하는 게 멋쩍었는지 사내는 손가락을 문질렀다. 그러다 이번엔 소녀에게 너희 집이 어디냐고 물었다. 소녀는 고개를 갸우뚱거리며 고민했다. 내게 집이라고 할 것이 있던가? 그러다 퍼뜩 예전에 만난 노파의 말이 떠올랐다. 그녀와 함께 태어난 세계. 소녀는 떠나온 곳을 가리키며 말했다.

「내가 사는 곳은, 아주 멀리 있어.」

그녀의 손가락이 밤하늘에 뜬 보름달을 향했다.

「떠난 지 오래라 잘 기억나지 않지만, 늘 조용하고 심심했어. 먼지도 많고 서늘해서 목덜미를 꼭 감싸야 해. 아무튼 별로 재밌는 게 없지만…… 그래도 거기서 보는 푸른 별은 정말 예뻐.」

사내는 언젠가 자기도 가볼 수 있냐고 물었다. 소녀는 환하게 웃으며 함께 별을 보자고 답했다. 몇천 번을 봤어도 누군가와 함께 본 적은 없으니 그 모양이 새로울 거라고. 그녀의 말에 사내는 다시 눈물을 찔끔 흘리다가 얼굴을 이리저리 우그러뜨렸다. 아마도 웃는 듯했다.

늦은 밤이 되자 사내는 집에 돌아가고 소녀는 숲에 남았다. 친구가 생겨도 이런 순간은 왔다. 혼자 남아 주변의 소리를 듣는 시간이다. 주변을 둘러싼 고요가 황야에서 잠들었을 때와 비슷했다. 그때와 다른 건 친구가 생겼다는 사실 하나였다. 그것만으로 지금 이 순간이 훨씬 풍부한 감각으로 다가왔다. 바람이 상쾌하고 풀 냄새가 싱그러웠다. 내일이 기다려졌다. 소녀는 설렘을 안고 잠을 청했다.

그때, 금방울이 높고 날카로운 소리를 냈다. 지금까지와 다르게 짙은 경고의 기색이었다. 소녀는 눈을 뜨고 주변에 귀를 기울였다. 잠들었던 새와 나비가 날아오르는 소리가 들렸다. 불안에 찬 움직임이었다. 소녀는 일어나 대나무 숲으로 들어갔다.

어두운 시각. 이 산에 누군가가 와있었다.

사람이 원한다고 하여, 말하자면 소원이라는 녀석은 대개 뜻대로 되지 않는다. 그런고로 신 앞에서 인간은 간절하다. 온 힘을 다해 빌면 세상을 유랑하던 신이 우연히 듣고 이뤄줄지도 모를 일이다. 물론 인간의 기준을 신이 곧잘 이해하진 못하기 때문에 엉뚱한 방향일 수는 있겠지만 말이다.

또 세상엔 운명이란 녀석도 있다. 모든 사람이 태어나는 순간 지니고 태어나는 실타래다. 신들은 실 가닥마다 그 사람의 기쁨과 절망과 인연과 수명을 적어두었다. 그러니 사람은 맨 처음 하늘이 정해준 모양으로 살다가 때가 되면 죽는다. 비록 남들보다 못하게 태어나고 억울한 사연으로 이별하더라도 그렇다. 다 타고난 팔자가 있다. 기뻐할 것도 슬퍼할 것도 없는, 단지 운명이다.

사내는 오늘 죽을 운명이었다. 그래서 죽었다.

물론 사람들이 이전부터 그의 생김새에 대해 수군거리며 꺼렸던 건 사실이다. 거기에 오해와 공포까지 켜켜이 쌓여 걷잡을 수 없는 골이 생긴 것도 맞다. 다만 어느 날부터 퍼진 새로운 소문까지 더해져 이 사달이 났다. 그가 어떤 요괴를 만나, 집 안에 보물들을 쌓아놨다는 것이다.

그런 상황에서 마을의 한 아이가 사고로 죽었다. 그 어미는 분노한 나머지 사내를 범인으로 지목했다. 아이 잡아먹는 귀신으로 알려졌으니 그럴 만한 일이었다. 마을 사람들은 오밤중에 분노와 욕심이 섞인 발걸음을 옮겼다. 복수와 더불어 보물을 쌓아둔 귀신을 처단하는 영광스러운 일을 위하여.

그렇게 소녀와 헤어지고 얼마 되지도 않아 사내는 그를 처단하러 온 사람들에게 목숨을 잃고 말았다. 어떤 신은 이런 운명을 미리 읽기도 한다. 하지만 그와 친구로 지냈던 신은, 토끼처럼 앙증맞은 소녀에겐 그런 능력이 없었다. 그녀가 할 수 있는 건 기적을 선물하는 일뿐이었다.

소녀는 종종걸음으로 숲을 빠져나왔다. 멀리 인간의 무리가 있었다. 어두운 중에 보니 가장 앞 사람 손에 뭐가 들려 있었다. 자갈을 퍼담은 주머니처럼 묵직해 보였다. 그들이 산길을 걸어 달빛에 나오자 형상이 더 명확하게 보였다.

그건 귀신 사내의 잘린 머리통이었다. 사람들은 전리품처럼 그걸 들고 웃었다. 몇몇은 이전에 소녀가 선물했던 보물들을 쥐고 있었다. 그들은 마을의 골칫덩이가 사라졌다면서 쾌활하게 떠들었다.

소녀는 표정 없이 그들을 바라보았다. 여태 그녀를 스쳐 지나간 인간들은 많았다. 이별은 수도 없이 경험했다. 그런데 유독 이번 죽음은 또렷했다. 사내의 퍼렇게 죽은 눈이 선명하게 보였다. 그 눈에 이끌리듯 소녀는 길 한복판에 섰다. 그녀를 발견한 인간들은 제자리에 멈췄다. 그들은 본능적으로 거대한 기운을 알아보았다. 소녀의 앞에 선 것만으로도 마차에 깔린 두꺼비처럼 터져 죽을 것만 같았다. 그 바람에 떨어트린 '전리품'이 소녀의 발치까지 굴러갔다. 소녀는 굴러온 것을 안아 들고 눈을 감겨주며 말했다.

「잘 받았어. 나도 선물을 줄게.」

소녀의 눈이 붉게 빛났다. 동시에 자리의 사람이 모두 죽어버렸다. 머리와 몸이 분리되어 끔찍한 피바람이 일었다. 이윽고 소녀가 안아든 것과 같은, '선물'이라 칭한 것들이 바닥을 굴렀다.

숲으로 돌아온 소녀는 사내의 머리를 소중히 품에 안았다. 죽은 사람은 다시 돌아오지 않는다. 그건 신조차도 어쩔 수 없는 세상의 규칙이다. 그녀가 어떤 힘을 써도 죽은 친구는 다시 살아나지 않았다. 소녀는 죽은 귀에 대고 속삭였다.

「너랑 더 놀고 싶어.」

당연하게도 아무런 대답이 돌아오지 않았다. 소녀는 몇 번 더 말했다. 이 세상이 듣기라도 할까 봐, 아주 나직하게 귓속 말했다. 그래도 답은 없었다. 한참을 고민하던 소녀는 노파를 떠올렸다. 그녀 또한 신이라고 했으니 방법이 있을지도 몰랐다.

소녀는 곧장 노파를 찾아갔다. 그녀는 기다리기라도 한 것처럼 처음 만난 그 자리에 있었다. 소녀가 눈물을 글썽였고 노파는 안타깝다는 듯 말했다.

「어찌 된 일이냐? 이럴까 봐 인간에게 마음을 주지 말라고 당부했었는데. 이미 혼이 떠난 지 오래야. 이미 차사를 따라 삼도천을 건넜을 시간이다. 저승문이 닫혔으니 다시 볼 길이 없겠어. 가엾구나, 옛날이라면 귀신이라도 만날 수 있었을 텐데. 살아있는 것은 이제 저승으로 갈 수 없다. 그게 신일지라도 말이야.」

소녀가 눈물을 떨궜다. 물기 젖은 땅에서 보리 싹이 돋았다. 지긋이 보던 노파가 물었다.

「다시 보고 싶니?」

소녀는 훌쩍이며 고개를 끄덕였다. 그러자 노파가 자리에서 일어났다. 다 늙었는데도 몸짓이 새처럼 가벼웠다. 노파는 소녀를 향해 걸었다. 느린 발걸음마다 그녀의 모습이 변했다. 굽은 허리가 펴지고, 푸석하게 시든 머리칼이 매끄러워졌다. 골짜기처럼 깊은 주름이 메워지고 듬성듬성하던 치아가 깨끗하게 채워졌다.

젊은 여인으로 변한 노파가 소녀의 손을 잡았다. 희고 부드러운 손이었다. 여인이 밤하늘을 올려보자 소녀 역시 따라서 고개를 들었다. 심연에 별빛과 성운이 번져있었다. 그 한가운데, 여인은 손을 들어 호두알을 쥐듯 보름달을 잡았다. 둥근 달이 정말로 그녀의 손에 있는 것처럼 보였다. 여인이 말했다.

「저승의 귀신이 다시 이승에 내려올 수는 없으니, 어찌해야 할까?」

그리고 한참 고민하더니 다시 입을 열었다.

「그래, 다시 삶을 줘야겠다. 꽃이 시든 다음 씨앗이 맺히듯, 영혼이 삼천세계를 순환하게 하자꾸나.」

달의 테두리를 따라 금테가 그려지더니 여인의 손안에 황금 수레바퀴가 생겼다. 그녀는 그걸 하늘 높이 띄웠다. 손아귀에 들어오던 것이 곧 함지박만 해졌고 다음엔 호수만 해졌다. 또 다음엔 하늘을 가득 메웠다. 온 세상이 금륜(金輪)의 빛으로 환해졌다. 수레바퀴는 곧 너무 커져서 눈에 보이지 않게 되었다. 여인이 말했다.

「인간의 혼을 저 금륜에 걸자. 수레바퀴를 따라 돌면서 생과 사를 반복하는 거야. 비록 이전 생을 기억하진 못하겠지만, 언젠가 모두 그리운 이를 만날 것이다. 그게 만 번의 삶중에 한 번일지라도 말이야.」

여인은 소녀를 돌아보며 빙그레 미소 지었다. 젊고 싱그러우며 매혹적이었다. 소녀가 물었다.

「당신은 누구죠? 왜 저를 돕는 건가요?」

여인이 답했다.

「나는 창조신 마고란다. 사랑이 많아서 가장 강한 신이지. 왜 너를 도왔냐고? 내가 세상 모든 걸 만들었으니 애정을 쏟지 않을 수가 없단다. 어리고 착한 신아, 다정하고 가여운 아이야. 너는 이제 만일의 재회를 기다려야 해. 그건 아주 길고 지루한 시간이 될 거야. 그러니 언젠가 너를 잘 대해주는 이를 만나렴. 이야기라도 들으면서 시간이 쏜살같이 지나가게 말이야.

그래, 간절히 바랄게. 네가 기다림에 지치지 않고 언젠가 외롭지 않게 되기를.」

피워둔 향은 다 타서 재가 되었고 서점엔 정적이 감돌았다. 이야기가 끝나자마자 연서는 급격히 피곤해졌다. 아무래도 저 남자는 해피엔딩의 뜻을 모르는 것 같다. 그녀가 지친 목소리로 말했다.

"누구 하나는 행복해야 하지 않을까요? 기약 없이 기다리는 걸 행복하다고 할 수는 없잖아요. 차라리 다시 만난 둘이 오래오래 같이 산다든가."

쉽고 간단하게, 더 명쾌하게. 그런 게 해피엔딩이다. 지금은 이야기가 끝났다고 할 수도 없다. 그래서 그 소녀는 어떻게 되는 거지? 다시 방랑하는 건가? 혼자서, 외롭게? 그 창조신도 그렇다. 그냥 친구를 되살려주었으면 좋았을 것을. 사랑한다고 다가 아니다. 원하는 걸 주는 게 진짜 사랑이다.

연서는 이번에도 기분이 좋지 않았다. 잠시나마 잡생각을 날리고 싶었다. 그런데 오히려 읽어가는 것 같았나. 이럴 거면 원하는 걸 말해보라고 하지나 말든가. 연서가 속으로 투덜대고 있을 때 서점주인이 입을 열었다.

"왜 행복하지 않다고 생각하시죠? 남자는 새로운 몸으로 또 태어날 거고, 소녀는 친구를 만날 수 있게 되었습니다. 인간들은 사랑하는 사람을 우연히라도 다시 볼 기회를 얻었는데요."

서점주인이 잠시 턱을 괴고 다른 곳을 바라보았다. 고민하는 척, 입에서 앓는 소리까지 냈다. 그런 다음 환하게 웃으며 말했다.

"모두가 행복하지 않나요?"

연서는 할 말을 잃었다. 다시 정신을 가다듬고, 침착하게 대꾸했다.

"다시 태어나는 게 축복은 아니라고 생각해요. 산다는 게, 그러니까…… 쉽지 않잖아요. 다시 만난다고 해도 과연 기쁠까요? 아닐걸요. 환생하면 기억이 지워진다면서요. 알아보지도 못할 텐데."

"그렇게 생각하시나요?"

그의 목소리가 평소보다 조금 음산하게 느껴졌다. 서점주인이 책을 덮었다. 둔탁한 소리가 났다. 그리고 연서의 방향으로 몸을 조금 기울였다. 테이블이 삐걱거렸다. 그는 턱을 괴고 흥미로운 듯 연서를 보았다. 또 사람을 꿰뚫어 보는 시선이었다.

조용한 가운데 시계 초침 소리만 선연했다. 그녀가 침묵을 깨고 애써 태연하게 말했다.

"뭐가요?"

"다시 만난다고 해도 기쁘지 않다. 기억이 나지 않으니까?"

"네……. 다 잊어버렸는데 기쁘고 슬플 게 있어요?"

"기다리던 사람은 어쩌고요?"

이야기에 나오는 소녀를 지칭하는 거겠지. 연서는 고민도 하지 않고 단숨에 말했다.

"저는요, 차라리 새로운 사람을 만나서 행복하게 살았으면 좋겠어요. 좋아하는 마음은 어차피 금방 식어요. 오래 살면 더 그렇겠죠. 그저 빨리 잊어버리는 게 상책일 것 같네요."

뭐가 바닥에 툭 떨어지는 소리가 났다. 도넛처럼 말린 가래떡이었다. 연서는 그걸 떨어뜨린 소녀와 눈이 마주쳤다. 어쩜 그런 말을 할 수 있냐는 듯 상처받은 얼굴이었다.

연서는 조금 미안한 마음이 들었다. 원래 저맘때 애들은 공감과 이입이 뛰어나다. 너무 현실적이거나 적나라한 이야기는 하지 않는 편이 좋다. 동화를 쓰면서도 항상 유념했었는데 이 남자와의 대화에 정신이 팔리고 말았다. 연서는 애써 시무룩한 소녀의 시선을 피했다. 나중에라도 사과해야겠다고 생각하며 다시 서점주인 쪽으로 고개를 돌렸다.

이 남자도 비슷한 표정을 하고 있었다. 다 큰 성인도 공감과 이입이 뛰어날 수 있기는 하지. 연서가 당황하는 사이 서점주인이 슬픔이 가득한 목소리로 말했다. 무척이나 과장스러웠다.

"손님이 맞습니다. 잊어버리면 기쁠 수도, 슬플 수도 없죠. 하지만 냉정하시군요. 손님을 기다렸던 사람이 들었으면 정말 슬플 겁니다."

그의 말에 연서는 어이가 없어서 헛웃음이 나왔다. 서점주인은 미소 어린 얼굴로 테이블을 정리했다. 소녀는 바닥에 떨어진 떡을 안타까운 듯 탈탈 털었다. 그 사이에서 연서가 한마디를 툭 던졌다.

"누가 저 같은 걸 기다리겠어요."

동시에 서점의 공기가 멎었다. 연서는 장난스럽게 굴던 남자가 가면을 벗은 순간을 포착했다. 찰나에 그의 시선이 연서에게 꽂혔다. 그는 웃지도 울지도 않았다. 감정이 읽히지 않는 표정이었다. 연서는 복도에 걸린 초상화와 눈이 마주친 기분이 들었다. 이내 그가 말했다.

"그 자조적인 태도는 지난번에 말씀하신 일 때문인가요? 어떤 사람인지 궁금하네요. 제가 아는 사람 중에도 있었습니다. 그런 지저분한 말을 일삼는 부류."

소름이 돋았다. 연서는 웃음기 어린 눈에 설핏 잔인한 빛이 스친 걸 목격했다. 그는 화를 내고 있었다. 그 맥락을 유추할 수 없어 연서는 아무 대답도 하지 못했다.

곧 남자의 손에 들린 찻잔이 달그락 소리를 냈다. 그는 불쾌한 소리를 내서 미안하다며 웃었다. 그리고 정리하고 오겠다면서 안쪽 방으로 사라졌다. 소녀 역시 그를 뒤따라가고 혼자 남은 연서는 고민에 빠졌다.

당최 종잡을 수 없던 남자가 꽤 감정적이며 직설적인 표현을 했다. 지난번 그녀를 붙잡을 때보다 더 날것의 감정이었다. 연서는 이런 걸 잘 알아보는 편이다. 이건 본심을 꼭꼭 숨겨두고 드물게 균열을 일으키는 방식이다.

하지만 왜 화를 냈을까. 어떤 말이 그를 자극한 걸까. 자아존중감이 낮아 보여 거슬렸나? 답답하게 굴어서? 충분히 가능하다. 지난번 방문했을 때도 그에게 못 보일 꼴을 많이도 보였다. 소리치고, 울고, 비난하고…….

문득 그가 다시 오라고 붙잡은 이유를 알 것도 같았다. 단지 눈앞의 사람을 동정한 것뿐이다. 과거에 얽매여서 산속을 헤매고, 감정이 요동치고, 자조적인 말을 내뱉고. 그의 눈에 어떻게 보였을지 뻔하다. 생각을 마친 연서는 덮고 있던 담요를 접어서 테이블 위에 올려두었다. 설마 이야기를 들려준 것 역시 은근한 전언이었을까. 기분이 몹시 언짢았다.

다만 아직 해결되지 않은 의문이 하나 있었다. 처음 보는 사람에게 그렇게까지 마음 쓰일 이유가 대체 뭔가. 자선사업 가도 그러진 않을 텐데.

그가 방에서 나왔다. 연서는 또렷한 시선을 던졌다. 그는 무슨 할 말이라도 있냐는 듯 눈으로 물었다. 연서가 입을 열었다.

"아까 나간 사람이 저보고 그러던데요. 당신이 기다린 보람도 없겠다고. 언제부터 저를 기다린 거예요?"

"지난번 방문하신 이후겠지요."

"그런 질문이 아니잖아요. 우리, 전에 만난 적 있나요?"

말을 뱉고 나서야 연서는 그에게서 느껴졌던 오묘한 감각의 정체를 깨달았다. 기시감이었다. 과거의 어느 때에 이미 만났던 듯한 느낌. 깨닫고 보니 더욱 강렬했다. 이 남자가 마치 오래전부터 그녀를 지켜본 사람 같았다.

연서는 아예 그를 붙잡고 마주 보았다. 그의 내리뜬 눈에 서늘한 기색이 스쳤다. 그래도 물러설 수 없었다. 어찌 되었든 이 늦은 밤에 생각날 만큼 강한 인상을 준 사람이다. 솔직히, 위안받았다. 차가운 밤 동안 따스한 타인의 목소리를 들을 수 있어 좋았다. 이걸 동정 따위의 어설픈 관계로 남겨두고 싶지 않았다.

침묵하던 남자가 돌연 안쪽으로 몸을 돌렸다. 구둣발 소리가 또렷하게 울렸다. 서가에 선 남자가 흰 손으로 책장을 쓸

었다. 푸른 달빛 가운데 선 모습이 나른했다. 그가 읊조리듯
입을 열었다.

"그런 이야기가 있습니다. 이 세상에 대해 알고 싶었던 나
머지 악마에게 영혼을 판 사람."

그가 책을 한 권 뽑아 들었다. 동시에 서점 안으로 돌풍이
쏟아져 들어왔다. 커튼이 요동치고 책장 위의 잡동사니들이
덜그럭댔다. 천장 등이 흔들려 시야가 밝아지고 어두워지길
반복했다.

그가 든 책이 저절로 펼쳐졌다. 바람에 책장이 빠르게 넘
어갔다. 그러다 멈췄을 때, 어떤 페이지가 드러났다. 그가 한
대목을 나지막이 읽었다.

"내가 '멈추어라, 너는 참 아름답구나'라고 말하면 사슬로
묶어도 좋다. 기꺼이 멸망할 테니······."

연서의 앞까지 걸어온 남자가 얼굴을 들었다. 조명 그림자
가 그의 표정을 감췄다. 다만 희미한 미소만이 분명했다. 그
가 어둠 속에서 말했다.

"알고 싶어요?"

유혹인지 경고인지 모를 말이었다. 연서는 무거운 공기가
어깨 위로 흘러가는 걸 느꼈다. 그녀는 여기서 대화를 이어
가도 될지 잠시 갈등했다. 하지만 그와 눈이 마주치자 다시
금 끝을 봐야겠다는 생각이 들었다. 절벽에서 처음 마주쳤던

신비로운 눈동자. 연서는 푸른 빛깔이 감도는 저 눈이 낯설지 않았다.

확신이 들었다. 그는 분명히 무언가를 숨기고 있다. 그건 어쩌면 그녀와 관련된 일이다. 연서는 남자의 앞에 우뚝 섰다. 좁은 서가에서 마주하니 뱀 앞의 생쥐가 된 것 같았다.

거리가 가까워지자 심장 박동이 빨라졌다. 연서는 내색하지 않고 말했다.

"겁주시는 건가요? 헛수고하지 마세요. 얼굴이라도 험악하게 생기든가요."

그가 한 걸음 더 다가와 물었다. 낯빛에 웃음기가 가신 채였다.

"지금은 어떻기에 그러시죠."

"그야 당신은……."

묘사할 말을 찾기 위해 연서는 그를 정면으로 보았다. 차양처럼 긴 속눈썹이 습윤하고 촘촘했다. 입꼬리는 깊게 패어 짓궂게 웃는 것처럼 보였다. 또 콧대는 어떠한가. 부드러운 인상 가운데 혼자 사납게 뻗쳐서, 단지 미인으로 그칠 인상은 아니고…….

그의 눈이 즐거운 듯 휘어졌다. 그 움직임에 연서는 퍼뜩 놀라 몇 발자국이나 떨어졌다. 그녀는 남의 얼굴을 코앞에서 한참이나 뜯어보았다는 걸 깨달았다. 홀리기라도 한 사람처럼 마냥, 끈질기게도.

자괴감이 밀려와 연서는 열이 올랐다. 이렇게 자제력이 없는 사람이었던가? 그녀는 저도 모르게 양손으로 얼굴을 덮었다. 해결 없이 당장 현실에서 도피하고 싶은 사람의 행동이었다. 그런 연서를 보고 맞은편에 선 남자가 느긋하게 웃었다. 선명한 웃음소리에 연서는 아예 이 자리를 뜨고 싶을 지경이었다. 소리 내어 비웃다니 너무한 일이 아닌가. 이게 다 누구 때문인데.

꽤 지나서야 웃음소리가 멈췄다. 연서는 그제야 손을 내리고 눈을 떴다. 그가 유쾌함이 가시지 않은 듯 빙글거리며 말했다.

"무례했습니다. 죄송합니다."

알긴 아는 모양이다. 연서는 부루퉁한 얼굴로 불만을 표시했다. 그는 안내하듯 손으로 서가 반대 방향을 가리켰다. 그리고 함께 걷는 와중에도 즐거움이 가시지 않는지 내내 키득거렸다.

서점주인은 연서를 서가 맞은편에 있는 집무실로 안내했다. 그 안은 지저분하다고 할 수는 없지만 그렇다고 깨끗하지도 않았다. 한쪽 벽면은 책장으로 꽉 차있었다. 그 앞엔 꽂을 자리가 없어 쌓아둔 책들이 가득했다. 맞은편엔 온갖 조형물과 골동품 상자가 잔뜩 있었다. 나름대로 쌓아둔 규칙이 있는 듯했으나 곧 무너질 것같이 아슬아슬했다.

연서는 아까 그 남자가 이곳을 창고라고 부른 이유를 어렴풋이 이해했다. 여긴 태생은 게으르지만 정돈된 삶을 꿈꾸는 사람의 방 같았다.

"여기 있네요."

서점주인은 책상 위에서 뭔가를 집어 들었다. 서점의 영업 표지판이었다. 그는 두 개를 동시에 내밀었는데, 하나엔 '18~6시', 다른 하나엔 '모든 시간'이라고 적혀있었다. 그가 설명을 덧붙였다.

"지난번에 다시 오라고 말씀드린 후에 생각해보니 영업시간 알려드리는 걸 잊었지 뭔가요. 원래 저녁부터 새벽까지였지만 손님께서 헛걸음하실까 봐 바꿨습니다. 저희 서점에서는 유례없는 일이죠. 아까 그분은 단골이십니다. 그분이 영업시간을 바꾼 이유를 물으시기에 대답해드렸더니 그런 건 차별이라며 역정을 내시더군요. 누구 한 손님만 기다려서야 되겠느냐고요. 그래서 그런 말씀을 하셨나 봅니다. 언행이 좀 거칠어도 마음은 따뜻한 분이에요. 놀라셨다면 대신 사죄드립니다."

그럴듯한 거짓, 혹은 의심스러운 진실 같았다. 그러나 특별히 지적할 점은 없었다. 연서가 어쩔 수 없이 고개를 끄덕이자 이번엔 서점주인이 물었다.

"하지만 궁금하네요. 왜 저를 만난 적이 있을 거라고 생각하셨을까요. 고작 처음 본 사람의 투박한 말 정도로."

"사장님을 보면…… 어떤 기시감이 자꾸 들어요. 처음 만난 사람 같지 않고, 이상하게……."

연서는 머릿속에 남은 마지막 의문을 던졌다.

"사장님, 그날 그 절벽에 우연히 올라온 게 맞아요?"

대답 없는 미소에 조바심이 들 무렵, 그가 입을 열었다.

"한 번의 만남을 위해서는 억겁의 인연이 필요하다고 하죠. 제게 기시감을 느끼셨다면…… 글쎄요. 전생을 알아보신 건 아닐까요?"

허무한 농담에 연서는 맥이 풀렸다. 언제는 과학을 신봉하는 사람처럼 말하더니 이번엔 전생이다. 그의 유별난 화법에 연서는 넌더리가 났다. 그녀가 한숨 쉬듯 고개를 돌렸을 때였다.

집무실 안쪽에 위치한 책상이 보였다. 주변에 비해 말끔해서 더 눈길이 갔다. 오히려 허전하다고 할 만큼 물건이 별로 없었다. 책상은 그 주인의 상태를 나타낸다는 말이 떠올랐다. 연서는 서점주인의 속내를 보는 듯한 기분이 들었다.

그런데 책상 위에 놓인 몇 안 되는 물건 중 특이한 것이 있었다. 길이가 한 뼘 정도로 작은 비단 족자였다. 거기엔 한 문으로 된 내용이 빼곡하게 적혀있었다.

실제로 사용하는 물건일까? 연서는 호기심에 몸을 조금 기울여 족자를 들여다보았다. 그녀와는 관련 없는 내용일 게 뻔한데도 자꾸 관심이 끌렸다. 그러나 집중해서 봐도 휘갈겨 적혀있어서 쉽게 읽을 수 없었다. 다만 끝에 적힌 글자가 낯익었다. 곧 의문이 해소될 것 같았다. 연서가 허리를 더 숙였을 때였다.

"알고 싶으신가요?"

귓속에서 말하기라도 한 듯 가까운 목소리였다. 연서는 너무 놀라 펄쩍 뛰어오를 뻔했다. 소리가 만들어낸 진동에 솜털이 쭈뼛 일었다. 그녀는 간지러운 귀를 붙잡고 놀라게 한 범인을 돌아보았다. 또 그 남자였다. 서점주인이 능청스럽게 말했다.

"손님이라면 언제든지 환영입니다. 저에 대해 궁금하신 게 있다면 직접 물어보시죠. 얼마든지 대답해드리겠습니다."

연서는 눈에 힘을 주어 그를 노려보았다. 그러나 뺨은 붉게 달아올라 있었다. 그 모습이 꼭 못난이 인형 같아 볼 만했다. 서점주인은 그녀의 사나운 눈빛에도 마냥 웃기만 했다.

소란한 사이 시간은 벌써 새벽이었다. 연서는 족자의 내용에 대한 호기심 따위는 완전히 가셨다. 이젠 그저 집에 가서 쉬고 싶었다. 그러면 이 열기도 금방 가라앉겠지. 그녀는 곧장 짐을 챙겨 서점 출입구로 향했다. 큰길까지 데려다주겠다는 서점주인의 호의를 연서는 극구 거절했다. 이게 다 누구 때문인데. 놀라게 한 사람과 함께 걸었다가는 마음이 더 진정되지 않을지도 모른다.

서점 현관 앞에서 연서는 허리를 꾸벅 숙여 인사했다. 그녀가 등을 돌리자 문 앞에 선 서점주인이 허공에 대고 중얼거렸다. "잘 모셔다 주세요." 누구에게 하는지 모를 부탁이었다. 연서는 오로지 집으로 돌아갈 생각에 그 말을 듣지 못했다.

그녀가 종종걸음으로 서점에서 빠르게 멀어지던 차였다. 뒤에서 그녀를 부르는 소리가 났다. 돌아보니 문에 비스듬히 기댄 남자가 장난스럽게 웃었다.

"손님, 꼭 다시 오세요. 기다리겠습니다."

그는 막 문에 걸어둔 영업 표지판을 가리켰다. '모든 시간'. 연서는 머뭇거리다 다시 고개를 푹 숙여서 인사했다. 그리고 가던 길을 재촉해서 떠났다. 서점주인은 열은 미소를 띠고 그녀의 뒷모습을 한참 응시했다.

그때 소녀가 서점주인의 곁에 다가왔다. 미간을 잔뜩 찌푸린 채였다.

"조심해."

이 간결한 경고에 남자는 별다른 반응을 하지 않았다. 그저 알겠다는 듯 빙긋 웃었다. 소녀는 연서가 사라진 방향을 보며 말을 이었다.

"내가 손님을 구해준 건, 그 절벽에서 죽으면 서주가 슬퍼할 것 같아서야. 너희에게 허락된 거리를 꼭 기억하도록 해. 신에게 거역한 사람의 말로를 잘 알고 있을 테지?"

영업을 마친 서점 이곳저곳에 노란 콩고물이 떨어져 있었다. 오늘 소녀의 간식 중에 인절미가 있었던 탓이다. 서점주인은 복도를 가로지르며 손짓을 크게 한 번 휘둘렀다. 그러자 바닥에 떨어진 콩고물들이 공중에 떠올라 별빛처럼 흩어졌다. 석장이 박혔던 자국 역시, 나무 바닥이 한 번 꿀렁이더니 백사장에 파도가 밀려들 듯 메워졌다. 그렇게 서점은 순식간에 말끔한 모습을 되찾았다.

그는 테이블에 있던 책을 집어 들었다. 그리고 부드러운 목소리로 소녀의 질문에 답했다.

"그럼요. 다시 만난 게 기쁠 따름이죠."

소녀는 여전히 못마땅한 얼굴이었다.

"거짓말을 잘하던데. 아까 까망이한텐 뭘 부탁한 거야?"

"오랜만에 방문해 주신 손님에게 드릴 선물입니다. 필요하시다면 당신의 것도 이야기해 두겠습니다. 기다리던 이에게 전하기 좋은 물건이거든요."

천연덕스러운 말에 소녀는 뭐라 대꾸하려다 한숨을 푹 쉬었다. 키는 서점주인의 반 토막도 안 되었지만 한숨의 깊이가 몇천 년을 산 노인 같았다.

소녀는 대화를 이어가고 싶지 않은지 등을 돌렸다. 그리고 심통 난 발걸음으로 서점을 나가버렸다. 아이가 혼자 밖으로 나가기엔 늦은 시각이었으나 서점주인은 개의치 않았다. 그는 제 할 일을 하겠다는 듯 꺼내놓은 책들을 안고 서가에 들어섰다.

그가 지나칠 때마다 대충 끼워둔 책들이 스스로 제자리를 찾아 들어갔다. 창문과 커튼이 닫히고 정리되었다.

그는 마지막으로 조명을 하나씩 소등했다. 서점은 차근차근 어두워졌다. 심해로 가는 과정 같았다. 끝으로 집무실 테이블에 놓인 조명을 끌 차례가 되었을 때, 그의 시선이 옆을 향했다.

연서가 보던 비단 족자가 있었다. 윗단의 금빛 수레바퀴 문양이 선명했다. 그 아래, 연서가 미처 읽지 못한 내용. 그건 사람 여럿의 이름과 생년월일이었다. 오른쪽부터 차례로 적힌 이름들은 겹치는 시기가 없었다. 대를 이은 가문의 묘석과도 같았다.

서점주인은 손가락을 세워 비단 족자를 횡으로 훑었다. 그리고 마지막, 연서가 집중해서 들여다보았으나 읽지 못했던 글자를 정확하게 싶었다.

허연서.

그녀의 이름과 생시였다.

그는 연서의 이름을 한참 응시했다. 그리고 앞으로의 일을 가늠하고 계산하듯 고개를 비스듬히 기울였다. 마지막으로 기대에 찬 미소를 지으며 손가락을 뗐다.

마지막 조명이 꺼졌다. 그는 어둠에 잠긴 집무실을 빠져나오며 중얼거렸다. 아마도 귀한 발걸음을 해준 손님을 향한 말이었다.

"그럼 부디, 잠 못 이루는 밤 보내시길 바랍니다."

2
장

❀

필연의 정원

서점주인의 혼잣말이 통하기라도 한 듯 연서는 이상한 꿈을 꾸었다. 그녀는 한참 숲을 헤매는 중이었다. 이곳은 현실보다 나무가 높이 자라서 울창했다. 마치 바깥세상과 차단된 공간 같았다. 연서는 나뭇잎 사이로 쏟아진 빛을 따라 걸었다. 바닥에 어린 빛무리가 그녀를 이끄는 듯했다.

　이윽고 그 서점이 나타났다. 낮에 보니 음침함이 사라지고 더 신비로웠다. 나무로 된 외벽엔 청록색으로 칠이 되어있었다. 가까이서 보니 나뭇결을 따라 햇살이 파도처럼 반짝였다. 이 서점은 밤에 보았을 때는 이끼 같았는데, 낮에 보니 에메랄드 같았다.

　문을 열자 맑은 종소리가 울렸다. 그러나 손님을 맞이하는 이는 없었다. 연서는 이곳을 자주 방문했던 사람처럼 자연스럽게 안으로 들어갔다. 바깥 서가를 지난 다음 접객 테이블도 지났다. 서점 가장 안쪽 벽엔 쪽문이 하나 나있었다. 아주 오래전부터 그곳에 있었던 듯 투박하고 너절했다. 가운데엔 묵직한 고철 자물쇠도 걸려있었다. 문고리를 당겨봐도 덜그럭 소리만 나고 열리지 않았다. 연서는 그만두고 집무실로 들어갔다.

그 남자가 있었다. 큰 창에 기대어 잠든 모습이 신기루 같았다. 연서는 방에 쌓인 짐을 피해 조심히 다가갔다. 발걸음을 뗄 때마다 바닥이 삐걱거렸는데, 책상 옆을 지나갈 때는 제법 큰 소리가 나서 그녀를 놀라게 했다.

잠든 남자는 연서가 바로 앞에 서는 동안에도 깨어나지 않았다. 연서는 가까이에 앉아 그의 모습을 관찰했다.

색이 엷고 가는 머리칼이 자연스럽게 하늘거렸다. 그 밑으로 하얗고 긴 목이 햇살에 투명하게 빛났다. 숨을 쉴 때마다 그의 가슴이 얕게 들썩였다. 아래로 늘어뜨린 손 밑에는 책이 한 권 떨어져 있었다. 어떤 시인이 지옥을 여행하는 내용의 고전이었다. 연서는 책을 주워 들었다.

그리고 고개를 들자 눈이 마주쳤다.

투명한 시선이었다. 자다가 깨어난 기색이라고는 없었다. 그는 엉거주춤 몸을 일으킨 그녀의 손을 잡아당겼다. 그녀는 이끌리듯 그의 몸에 걸터앉았다. 남자는 고대하는 눈을 하고 있었다.

또 이 표정이다. 달콤함에 목마른 어린아이의 눈초리. 괴물에게 휩쓸린 그녀를 받아 들었을 때도, 꼭 다시 오라고 손을 붙잡았을 때도 그는 이런 얼굴을 했다. 남자가 연서의 허리를 끌어당겼다. 상념이 잘려 나가고 몸의 거리가 바싹 가까워졌다. 이것이 꿈이었으므로 연서는 피하지 않았다. 그의 얼굴이 시야 가득 들어오는 거리에서 그녀가 물었다.

"왜 여기에 있는 거예요?"

그가 눈도 깜빡이지 않고 답했다.

"기다려요."

"무엇을?"

순진한 질문에 그가 웃었다. 곧 그러기를 멈추고 그녀의 뺨을 쓰다듬었다. 그리고 손톱만큼 떨어진 거리에서 속삭였다. 연서는 눈을 동그랗게 뜨고 들었다. 귓가에 솜털이 놓인 듯 간지러웠다. 마음이 울렁였다.

다만 이것이 꿈이라서 그가 어떤 말을 하는지 알 수 없었다. 그래도 꿈속의 그녀는 알아들은 마냥 고개를 끄덕였다. 말을 마친 남자가 상냥하게 웃었다. 그리고 안타까운 듯 입술을 어그러뜨렸다. 그다음엔 열망을 담아 그녀를 바라보았다. 꿈속의 그는 현실보다 훨씬 표현이 솔직했다.

그가 연서의 머리칼을 넘겨주었다. 스치는 손길이 서늘했다. 남자가 지척에서 말했다.

"내 말, 기억할 수 있겠어요?"

이상하리만치 유혹적이었다. 내내 편안하게 책을 읽어주던 목소리가 조금 다르게 다가왔다. 그녀는 뜻 모를 기대감에 가슴이 부풀어 올랐다. 그리고 고개를 주억거리며 천천히 그의 어깨에 손을 올렸다.

두 사람의 눈길이 엉클어져 풀리지 않았다. 집요하고 들끓었다. 그는 애절하게 그녀의 뺨을 쓰다듬었다. 마치 운명인 것처럼, 오랫동안 기다려왔던 것처럼. 소중한 것을 손에 쥐려는 시도 같았다. 이유를 알 수 없는 애달픔에 연서는 가여운 마음이 들었다. 그녀가 몸을 기울여 남자를 감싸 안으려던 순간이었다. 뒤척임에 창틀에 올려둔 책이 떨어졌다. 딱딱한 양장 표지가 나무 바닥에 부딪히며 큰 소리가 났다.

연서는 잠에서 깨어났다.

그녀는 한동안 멍하니 누워 천장을 바라보았다. 그러다 휴대폰을 들어 시간을 확인했다. 오후 12시 20분. 어제 일찍 잠들었는데도 늦잠이다. 연서는 한숨을 쉬며 자리에서 일어났다. 그리고 평소 하던 대로 미지근한 물을 반 컵 마시고 창문을 열었다. 신선한 공기가 쏟아져 들어왔다. 그걸 느낄 새도 없이 곧장 화장실에 가서 얼굴을 씻었다. 찬물로 몇 번을 헹구고 구석구석 문질렀다. 눈썹 뼈 아래와 콧망울 옆, 귀 뒤쪽까지 아주 깨끗하게.

그녀는 관자놀이에 한기가 들 때까지 씻은 뒤에야 고개를 들었다. 붉게 달아오른 얼굴이 거울에 비쳤다. 눈에 힘을 주어 깜빡였다. 물방울이 뚝 떨어지며 세상이 똑바로 보였다.

'내가 그 사람한테 호감이 있었나?'

그래서 밀어내기 쉽지 않았던 걸까. 그 서점에 다시 찾아간 것도 그 이유였을까. 연서는 뺨에 열기가 올라 다시 찬물로 씻었다.

그렇다고 야릇한 꿈이나 꾸며 오전 시간을 날리다니? 사춘기도 아니고. 그녀는 자기혐오가 밀려와서 잠시 삶을 비관했다. 며칠 동안 계속 그 남자를 생각하긴 했다. 인적 드문 곳에서 서점을 하는 이유가 무엇일지 궁금했기 때문이다. 그러다 호기심에서 호감으로 마음이 동한 걸까? 연서는 이 변화에 기막혀하며 물기를 대충 닦고 나왔다.

그녀는 냉장고에서 꺼낸 사과를 우물거리며 생각했다. 호감을 느낀 계기가 뭐였을까. 연서는 스물아홉이다. 연애를 많이 해본 건 아니었어도 이제 자기 마음 정도는 대충 안다. 마음이 좀 생겼다고 우왕좌왕하는 시기는 지났다. 그녀는 사건을 조사하는 수사관처럼 그 남자를 머릿속에 그려보았다.

그는 책등을 손으로 쓸며 책을 고른다. 페이지를 넘길 땐 모서리를 먼저 문지른다. 무엇이든 소리가 나지 않게 움직이고, 질문에 답할 땐 부드럽게 웃는다. 때로 애원을 거절하기 어려운 표정을 지으며 연서가 다시 오길 기다렸다고 말했다…….

그녀는 제 볼을 꼬집었다. 얼얼했다. 언제 그렇게 스토커처럼 관찰했지? 호기심으로 쳐주기엔 집요했다. 그러나 뺨의 통증이 채 가시기도 전에 연서는 또 그 남자 생각을 했다.

꿈속의 그가 어떤 말을 속삭였다. 기억할 수 있겠느냐고 물었다. 그러나 연서는 그 내용을 짐작조차 할 수 없었다. 애초에 먹칠을 덧댄 것처럼 그 내용을 알아들을 수 없었기 때문이다.

어쩌면 연서가 다시 오길 기다리겠다고 했을지도 모른다. 그는 늘 그렇게 말하니까. 꼬집혀서 붉어진 뺨에 열이 더 올랐다.

연서는 집안을 한참 동안 빙빙 돌았다. 머리의 열기가 가신 뒤에야 다시 침대에 누웠다. 멍하니 있다 보니 이번엔 걱정이 스멀스멀 피어올랐다.

지금 나는 어떻지? 직업도 불안정하고, 돈도 없는 데다 가족과 사이도 안 좋다. 말하자면 최악이나. 이에 비해서 그는?

그 서점의 남자는…….

생각해보니 아는 바가 별로 없었다. 이름은 서주이고 서점을 운영한다. 연서가 가진 그의 신상 정보는 이게 다였다. 연결고리라고는 서점주인과 손님이란 관계뿐이다. 제 앞날도 모르는 상황에서 잘 알지도 못하는 사람을 좋아할 여유가 있나?

객관적으로 지금은 사랑 타령을 할 상황이 아니다. 꿈을 이루겠다고 회사를 나와서 한 달에 100만 원도 겨우 버는 주제다. 그건 결코 미래를 꿈꿀 수 있는 비용이 아니었다. 게다가 그의 마음은 어떤지도 모르고 확인할 용기도 없다. 그는 그냥, 손님이라서 잘해준 거겠지. 연서는 제멋대로인 자기 마음이 어처구니없었다. 도대체 어쩌자고?

이런 와중에 또 그가 했던 말이 떠올랐다.

'저희가 전생에 몇 번이나 마주쳤나 봅니다.'

베개에 얼굴을 파묻고 있는데 휴대폰이 울렸다. 연서는 더듬더듬 전화를 받았다. 상훈이었다. 그의 밝은 목소리가 버튼을 누른 것처럼 튀어나왔다.

'연서 씨! 잘 지냈어요?'

가벼운 안부 인사 뒤에 곧 상훈이 본론을 꺼냈다.

'실은, 저번에 미처 못 한 말이 있는데……. 한번 만날 수 있을까?'

카페는 적당히 한산했다. 연서는 벽을 등지고 앉아 카푸치노를 한 모금 마셨다. 맞은편의 상훈은 밀크티를 휘젓고 있었다. 이미 그의 너스레가 한바탕 지나간 뒤였다.

"단도직입으로 말할게. 나, 그날 취했어도 허투루 한 말 아니야."

연서는 커피잔을 들고 눈을 깜빡였다. 상훈은 자주 허투루 말하기 때문에 어떤 걸 의미하는지 생각해야 했다. 그녀의 미적지근한 반응에 상훈은 멋쩍은 듯 뺨을 긁적였다.

"사무실에서 다시 보자고 했던 것 말이야."

"아, 그거요."

상훈은 평소 입버릇처럼 같이 일하자고 졸랐다. 그래서 이번에도 큰 의미 없는 말로 넘겼는데, 어쩐 일로 진심인 모양이었다. 연서는 커피를 한 모금 더 마시며 눈을 굴렸다.

상훈이 지금 다니는 회사, 그러니까 연서의 전 직장 이야기라면 곤란했다. 연서는 절대, 거길 다시 다니고 싶지 않았다. 작가를 포기하고 다시 구직하더라도 그곳만큼은 싫었다. 연서를 괴롭혔던 사람이 아직 거기 있을 테니까.

상훈은 연서의 어두워진 안색을 눈치채고 얼른 말을 이었다.

"지금 회사 말하는 거 아니야! 나, 회사 그만둬."

"네?"

놀란 나머지 대뜸 '왜'냐고 물을 뻔했다. 연서는 겨우 예의를 차렸다. 그리고 상대가 먼저 말할 때까지 기다렸다. 상훈은 그런 연서의 반응을 짐작했다는 듯 웃었다.

"놀랐어? 그냥 뭐, 내가 전부터 하고 싶은 일이 있다고 했잖아. 때가 된 것 같아서. 여긴 그냥 경력 삼아 거쳐 가려던 곳이기도 했고."

그는 찬찬히 연서에게 자신의 계획을 이야기했다. 상훈은 고등학생 시절 문구 사업을 하나 기획했다. 수업 중에 불현듯 떠오른 공상이었다. 처음엔 장난이었는데 하다 보니 재미가 붙었다. 그는 낙서 같은 메모로 노트 한 권을 채웠다.

그리고 같은 반 친구인 다은에게만 보여줬다. 그녀는 귀찮은 듯 시작해서 마지막엔 진지한 얼굴로 노트를 덮었다. 그리고 파란색 펜으로 앞장부터 의견을 덧대기 시작했다. 직관적이고 현실적이며 계획적으로.

이건 상훈에게 짜릿한 경험이었다. 이후로도 그의 공상에 다은은 현실로 나설 옷을 입혀주었다. 그녀는 엉뚱한 말도 아이디어라며 귀담아들었다. 그다음 그것들을 분철하거나 조합했다. 상훈이 보기엔 북반구와 남반구 수준으로 동떨어진 생각인데, 다은은 그 사이에 쉽게 다리를 놓으니 경악할 따름이었다. 고등학교 생활이 끝날 때쯤 그는 이 기획에 완벽히 매료되어 버렸다.

"근데 걔는 그 이후로 유치하니까 다시는 얘기 꺼내지 말라더라고."

10년도 더 된 과거의 산물이다. 당당할 수 있는 사람이 얼마나 될까? 연서는 다은의 반응이 충분히 공감됐다. 상훈만이 그 사실을 모르는 것 같았다. 그는 이 멋진 기획을 다은에게 인정받지 못해 아쉬운 듯했다. 그녀를 이해할 수 없다고 중얼거리기까지 했다. 그러다 잡생각을 떨쳐버리려는 듯 단호하게 말했다.

"아무튼, 이번에 할 거야. 계획보다 좀 이르지만, 투자를 받았어! 사무실 계약도 마쳤고 디자이너랑 마케터도 구했고. 일단 대여섯 명으로 시작할 거라, 연서 씨만 와주면 완벽해. 회계가 필요하거든."

연서는 놀라 입을 다물지 못했다. 고작해야 직장이 없는 처지를 안쓰럽게 여긴 줄 알았다. 그래서 복직을 제안하려는가 싶었는데 새로운 사업의 파트너가 되어 달라는 부탁일 줄이야. 같은 회사에 있을 때 상훈은 광고 기획팀이었다. 대금 문제로 급한 건을 몇 번 도와주긴 했다. 그때 쌓인 신뢰가 지금의 제안을 만든 모양이었다.

동화 작가를 준비하기 진까지 그녀는 회계를 업으로 삼았다. 딱히 무슨 뜻이 있진 않았다. 공부 머리가 있고 숫자를 잘 다뤘기 때문이다. 대기업에 입사할 정도였으니 실력은 나쁘지 않았다. 상훈도 그걸 알아본 것이다.

상훈은 가방에서 고급스러운 편지 봉투를 하나 꺼냈다. 그리고 연서에게 내밀었다. 연서가 열어보니 숫자가 적힌 종이 한 장이 들어있었다. 상훈은 헛기침을 몇 번 하고 진지하게 입을 열었다.

"이게 지금 내가 맞춰줄 수 있는 금액이야."

이전 회사보다 조금 적었다. 그래도 이제 출발점에 선 상훈으로서는 최선을 다한 게 느껴졌다. 연서는 고민했다. 솔직히 나쁘지 않았다.

소규모 신생기업. 그리고 상훈이 대표라면 확실히 이전 직장보다 나을 것 같았다. 거기 일은 생각만 해도 두통이 밀려왔다. 업무에 대한 건 괜찮다. 늘 그렇듯이 인간관계가 제일 힘들다. 특히 사람이 많으면 더 그렇다. 한번 눈 밖에 나면 도태까지 금방이다.

연서가 보기에 상훈은 집단을 이끄는 법을 알았다. 두루 친하게 지내면서도 일에서는 철두철미하다. 물렁물렁한 것 같아도 소신이 있다. 그리고 끈질기다. 그는 자신의 집단에서 누가 도태되도록 두지 않을 사람이다. 절대로.

그런데 만약 상훈과 다시 일하게 된다면, 글 쓰는 건 여기서 포기해야 하는 건가? 연서는 주변에서 보고 들은 이야기들을 떠올리며 빠르게 계산했다. 회사에 다니면서 작품을 낸 사람들, 성공 사례, 작품의 스타일.

정답은 없었지만 대체로 고행이다. 집에서만 준비할 때도 성공하지 못했다. 할 수 있을까? 난 아직 자기 작품의 결말도 쓰지 못하는 형편없는 실력인데. 그때 상훈이 말했다.

"알아. 인생 스케줄 미뤄달라는 건데, 한참 모자란 돈이지. 대신이라기엔 뭐하지만 제안이 한 가지 더 있어. 우리 기획 중에 신진 작가와의 협업 프로젝트가 있거든? 아마 사업 구심점이 될 거야. 나는 연서 씨가 첫 번째 콜라보 작가가 되면 어떨까 해. 출판과 동시에 문구를 제작하고, 가능하면 캐릭터 사업까지 갈 거야. 아, 물론 직원으로서 일하는 것과는 별개야. 다른 작가들과 동등하게 대우해줄게. 어때?"

매력적인 제안이다. 정리하자면 일을 하면서 공식적으로 동화를 만들 수 있게 해준다는 거다. 게다가 사업화까지 보장된 건 드문 기회다. 사실상 지금은 성과 없이 준비만 길어지는 중이다. 계기와 변화가 필요하긴 했다.

제안은 마음에 들었지만, 연서는 조금만 생각할 시간을 달라고 답했다. 한 번의 결정이 앞으로의 몇 년을 좌우할지도 모르기에 신중할 필요가 있었다. 게다가 잘할 수 있을지 걱정되기도 했다.

그래도 거절당하지 않은 것에 상훈은 안도의 한숨을 쉬었다. 연서가 조심스럽게 다시 물었다.

"이런 말, 좀 그렇긴 한데……. 저를 믿으실 수 있겠어요?"

"어? 당연하지! 덕분에 내가 몇 번을 살았는데. 신속, 정확하잖아."

"그거 말고, 그……."

"작가로서 어떠냐고?"

상훈은 턱을 쓰다듬으며 고민했다. 그리고 입을 열었다.

"전에 스케치랑 글 보여준 거. 이상하게 보자마자 좋았고, 기억에 남더라고. 그때, 우리 다 만취했었던 날 말이야."

기억한다. 연서의 퇴직 모임 날이었다. 그녀는 홧김에 휴대폰에 저장한 걸 보여주었다.

"왜 그런가, 하고 며칠 고민해 봤거든. 내가 그걸 왜 첫눈에 좋아했나. 그러다 결론이 났어. 그거, 우리 초기 기획이랑 비슷해. 만들어지는 과정을 함께하고 싶은 느낌이라든지, 완성되는 걸 내 눈으로 보고 싶은 기대감."

그가 낯간지러운 소리를 정직하게도 말했다. 연서는 칭찬인지 비난인지 모를 말에 얼굴이 달아올랐다. 잠시 열기를 식히고, 이번엔 아까부터 궁금했던 질문을 했다.

"그런데, 다은 씨는요?"

"걔 이름이 왜 나와?"

"좋아하잖아요. 다은 씨."

상훈은 알기 쉬운 사람이었다. 그녀의 말에 허를 찔린 사람처럼 부자연스럽게 반응하더니 고장 난 로봇처럼 양손을 주체하지 못했다. 한참 후에야 그가 어떻게 알았냐고 물었다. 그 질문에 연서가 오히려 놀랐다. 봄을 맞은 강아지처럼 다은을 쫓아다니면서, 누가 모르길 바랐나?

"크흠, 다은이…… 다은 팀장님은 남아야지. 기대주인데."

"괜찮겠어요?"

그녀의 말엔 여러 가지 뜻이 담겨있었다. 상훈은 다은을 좋아한다. 그리고 그녀와 함께 일할 때 가장 즐거워 보인다. 무엇보다, 다은의 말이라면 의심하지 않는다. 둘 사이엔 오랜 시간 쌓인 신뢰가 있다. 특히 상훈에게는 그 의미가 더 커 보였다. 아마도 그녀 없이 새로운 발걸음을 내딛는 게, 조금은 두려울 것이다.

상훈은 턱을 괴고 잠시 생각에 잠겼다. 그리고 천천히, 오래전 일부터 되짚었다.

"걔랑은 고등학생 3학년 때 처음 만났어. 같은 반이었거든. 어쩌다 같은 학원까지 다니게 되어서 친해지기 시작했었지, 아마? 그러다 입시 상담할 쯤에, 우연히 걔가 쓴 진로 계획표를 봤어. 스무 장이 빼곡하더라. 어우, 전교에서 등수 싸움하는 애는 다르구나 싶었지. 자기 앞날을 20년이나 진지하게 고민하는 사람이 얼마나 되겠어? 그런데 내가 다은이랑 같은 대학에 간 건 알지? 졸업할 즈음에 또 그걸 했어. 진로 계획. 그때 애들 거를 모아서 교수님한테 가는데, 걔 이름이 보이는 거야. 내가 어떻게 했을까?"

"봤어요?"

"당연하지! 혼자 있을 때 얼른 꺼내 봤어. 이번에도 스무 장이더라. 역시 빈틈 하나 없었고. 그리고 첫 번째 장을 다 읽어갈 때쯤에 놀라운 사실을 알았지."

어느덧 상훈은 눈을 반짝거렸다. 즐거웠던 순간을 회상하는 어린아이 같았다. 그는 양손을 쫙 펼치고 말했다.

"앞에 열 장이, 고등학생 때 쓴 뒤에 열 장이랑 똑같았어. 완전히."

번호 하나하나까지! 상훈은 들뜬 목소리로 말했다. 연서는 어느새 그에게 동화되었다. 그녀는 이 흥미로운 이야기의 청자가 되어 고개를 끄덕였다.

상훈은 감탄사를 몇 번 내뱉었다. 그리고 부연 설명을 했다. 고등학생 다은의 계획표 중 열 장은 이미 이뤄서 없어진 거라고. 그리고 뒤에 열 장이 더 생겨 대학생 다은의 계획표가 완성되었다고. 자기는 다은의 뒤를 쫓아가기만도 정신이 없었는데, 다은이는 그 계획들을 차례차례 이룬 게 정말 대단하지 않으냐며 박수까지 쳤다.

그런 뒤에 그립고 사랑하는 이를 떠올리듯 말했다.

"그런데 내가 어떻게 걔 인생에 끼어들어?"

연서는 아무 말도 하지 못했다. 상훈은 파악하기 쉬운 사람인데, 이번에 한 말은 의도를 읽기 어려웠다. 대화를 마친 그는 미소를 띠고 생각에 잠겼다. 아마도 다은과 함께한 시간을 떠올렸을 것이다.

그는 종종 우스갯소리로 다은이 가장 확실한 보험이라고 했다. 그래서 학교도, 직장도 따라왔다고 했다. 하지만 상훈은 절대 누군가를 맹목적으로 따를 인물이 아니다. 그는 바라보는 방향이 분명한 사람이다. 단지 자신의 방향으로 가기 위해 다은과의 이별을 선언한 거다.

10년 넘게 좋아하고 동경해온 사람과 헤어질 결심이라니. 어떻게 그럴 수 있을까? 그는 정말 괜찮은 걸까? 연서는 돌연 불안했다. 그가 다은을 포기한 건 아니길 바랐다. 그녀가 고민하는 사이 상훈은 짐을 챙겨 갈 준비를 했다.

"이만 갈까? 연서 씨, 오늘 나와줘서 고마워. 기다릴 테니까 꼭 연락줘. 알겠지?"

그가 자리에서 일어날 때까지 연서는 망설였다. 그러다 문을 열고 나가기 직전에야 결국 그를 붙들었다. 갑작스러운 행동에 상훈은 놀란 얼굴을 했다. 연서는 다소 절박하게 말했다. 지금이 그의 마음을 돌릴 수 있는 마지막 기회처럼 느껴졌기 때문이다.

"꼭…… 포기해야 되나?"

"응? 포기?"

"어릴 때부터 좋아했으면서. 그 마음을 다 잊으려고요? 그게 정말 괜찮다고요?"

"뭐?"

상훈은 당황스러운 기색을 내비쳤다. 연서의 목소리가 조금 컸기 때문에 손님 몇몇이 그녀를 돌아보았다. 그걸 본 상훈이 연서를 다독이며 다시 자리로 이끌었다. 연서는 아직 테이블에 남아있던 물을 벌컥 마셨다. 상훈이 외려 연서가 걱정스러운 듯 물었다.

"연서 씨, 지금 다은이 얘기하는 거 맞아?"

"그러니까, 나는…….."

연서는 상훈의 모습에 종종 위안받았다. 그가 변함없이 다은을 좋아하는 걸 보면서 언젠가 둘이 이뤄지리라 의심치 않았다. 세상엔 이런 애정도 있구나 싶었다. 하지만 일 때문에 오랫동안 좋아한 마음을 접어야 한다니? 그건 말하자면…… 견딜 수 없이 슬프다. 연서가 띄엄띄엄 말했다.

"상훈 씨는 그러지 않았으면 좋겠어서……. 누굴 그렇게 좋아하는 건, 절대 쉬운 일이 아니잖아요."

아끼고 사랑하던 걸 녹록지 않은 삶으로 인해 놓아버리지 않았으면 좋겠다. 상훈은 연서보다 훨씬 강한 사람이니까 가능하지 않을까? 연서는 뜬구름 잡는 소리 같아도 다은을 쉽게 포기하지 않았으면 좋겠다고 했다. 그녀 역시 그들의 관계가 이루어지는 걸 보고 싶었다.

그녀의 말에 상훈은 사뭇 진지해졌다. 그는 잠시 생각하더니 노트와 펜을 꺼냈다. 그리고 차분하게 설명을 시작했다. 그는 빈 종이에 단숨에 긴 상승선 하나를 그렸다.

"볼래? 이게 다은이야."

이번엔 그 위로 곡선 하나를 그렸다. 산의 능선처럼도 보였다. 어떤 그래프, 혹은 모자나 코끼리를 삼킨 보아뱀 같기도 했다. 상훈은 직선과 곡선이 만나는 점에서 펜을 떼었다. 그리고 곡선을 가리키며 말했다.

"그리고 이게 나야. 내…… 두서없는 인생. 하고 싶은 거 쫓아서 오르락내리락. 죽도록 어려워도 어떡하겠어. 안 하면 지금 당장 질식할 것 같은데. 아, 근데 있잖아. 내가 진짜 하고 싶은 얘기는 여기야."

그는 두 선이 다시 만나는 지점을 짚었다.

"다은이랑 나, 다시 만날 거야. 왠지 알아?"

상훈이 연서를 보며 씩 웃었다. 그의 뺨에 개구쟁이 같은 보조개가 파였다.

"나는 걔를 평생 좋아할 기기든."

연서는 예상치 못한 그의 답변에 얼어붙고 말았다.

상훈과 헤어진 뒤에 연서는 가까운 대형 서점에 들렀다. 시가지 한복판이라 그런지 평일인데도 사람이 많았다. 문을 열자마자 상쾌하면서도 인공적인 향이 날아들었다. 그 작은 서점이 떠올랐다. 그곳의 향은 좀 더 묵직하고 자연스러웠다.

연서는 베스트셀러부터 시작해 매대를 쭉 훑었다. 그녀가 읽고 자란 고전부터 젊은 작가의 작품까지 다양했다. 걷고 있자니 책 속에 파묻힌 다른 세계 같았다. 이 감각이 좋았다. 몇백 년 전의 고전이 아직도 판매되는 것처럼 이곳은 계속 이 자리에 있을 것 같았다. 그게 그녀의 마음을 차분하게 했다.

둘러보기를 마치고 연서는 공용의자에 멍하니 앉았다. 그리고 좀 전에 있었던 상훈과의 대화를 떠올렸다. 그는 아무렇지 않게 평생 다은을 좋아할 거라고 했다. 그걸 위해서 죽도록 노력하면서 다은을 기다리겠다고 말했다. 그녀의 계획 중에 사랑의 순서가 올 거라면서.

신선한 충격이었다. 좋아한다는 말을 그토록 확신을 갖고 뱉을 수 있다는 걸 처음 알았다. 연서는 도저히 할 수 없다.

그녀는 호감을 품은 것만으로 울적해지는 겁쟁이니까.

그래도 남의 마음을 선명하게 본 것만으로 이상한 기분이 들었다. 멋지고 대단했다. 눈부실 정도였다. 가슴 한구석이 간질거렸다. 그녀가 바라는 일들이 허구가 아니라고 속삭이는 것 같았다.

평생 좋아한다고 말할 수는 없어도, 그 마음을 부끄럽게 여기진 않을 수 있다고. 그렇게 부추기는 듯했다.

상훈의 제안을 다시 떠올렸다. 완전히 새로운 환경을 맞닥뜨릴지 모를 시점에서 연서는 찬찬히 지금 필요한 게 무엇일지 생각했다. 새로운 계획과 각오, 지내오던 주변 정리. 그리고 그녀에게 내민 손을 잡을 용기. 전부 갖고 있다. 어렵지 않은 일이었다. 소원을 들어주는 신 같은 것도 필요 없을 정도다.

연서는 천천히 자리에서 일어났다. 목이 말라서 카페테리아로 갔다. 주문이 나오기를 기다리는데, 아이들이 책을 읽는 게 보였다. 몇몇은 대리석 바닥에 앉아있었다. 아예 배를 깔고 엎드린 아이도 있었다. 배탈이 날까 걱정되면서도 제어린 시절을 보는 것 같아 웃음이 나왔다.

밖으로 나오니 다시 서울 한복판이었다. 시가지의 불빛이 어둠을 밝혔다. 한쪽엔 옛 궁궐이 보였다. 돌담에 번진 조명이 별처럼 아름다웠다.

문득 그 남자가 떠올랐다. 흰 셔츠에 도포를 걸친 남자. 그 모습이 회색 건물 사이에 놓인 저 궁과 닮았다는 생각이 들었다. 전부 변화해도 그 자리에 머무르는 것. 그 쓸쓸한 고집이 연서는 마음에 들었다.

그녀의 얼굴에 잔잔한 미소가 피어올랐다. 지하철을 타러 내려가는 발걸음이 상쾌했다. 오래간만에 기분이 좋았다. 내일은 이른 시간에 그 남자의 작은 서점을 방문해 보자고 생각했다.

그때 역사에 걸린 대형 전광판 하나가 눈에 들어왔다. 우연히도 연서의 전 직장 광고가 나오고 있었다. 따뜻하고 섬세한, 보는 이를 배려하는 광고 기획사. 기업 콘셉트에 맞춘 내용의 광고가 흘러나왔다. 연서는 광고판 앞에서 걸음을 멈췄다. 가던 길을 멈추고 광고를 지켜보려던 생각은 아니었지만, 몸이 굳어 움직일 수가 없었다.

광고는 재직자 인터뷰와 함께 연출 장면을 끼워 넣은 내용이었다. 배우를 쓰지 않고 몇몇 직원을 차출한 걸로 보였다. 등장인물들은 바쁘게 뛰어다니거나 창고에서 한숨을 쉬었다. 늦은 밤까지 혼자 일하며 꾸벅꾸벅 졸기도 했다. 만들어진 감성도 다소 있었지만 어쨌든 그녀가 다녔던 때와 비슷한 모습이었다.

연서는 한 등장인물을 알아보았다. 심장이 내려앉았다. 멀끔하게 차려입고 호감 가는 웃음을 짓는 남자. 다신 볼 일이 없을 거라고 생각했던 사람. 그가 화면 속에서 건실한 미소를 지으며 인터뷰를 했다.

"힘들죠. 마음대로 되는 게 없고요. 그래도 좋아하는 사람들이랑 함께하잖아요."

마지막은 연출된 컷이었다. 노을 앞에서 등장인물들이 서로 대화하며 웃었다. 따뜻하고 뭉클한 느낌이었다. 그 위로 자막이 떠올랐다. '당신을 좋아하는 마음, 더 나은 삶을 제안하는 태도.' 회사의 표어였다.

다음으로 그 남자가 단독으로 화면에 잡혔다. 연서를 지긋지긋하게 괴롭혔던, 그녀의 직장 생활과 일상 자체를 지옥으로 만들었던 사람. 그가 화면 속에서 인사를 건넸다. 사람 키 정도 되는 전광판이라 실제로 마주한 것 같았다. 그가 리본으로 포장된 선물 상자를 내밀며 말했다.

"당신을 좋아합니다."

과거가 질척하게 그녀의 발목을 잡아챘다.

연서는 어디로 가는지도 모르고 계속 걸었다. 징검다리 같은 가로등을 지나, 불이 꺼진 상가를 지나. 인적이 드문 대로 변까지 지났다. 중간부터는 소나기가 내리기 시작했다. 곧 장대비가 되어 앞이 잘 보이지 않았다. 연서는 소매로 대강 얼굴을 훔쳤다. 그리고 또 걸었다. 어디로 가는지도 모르는 채로.

완전히 길을 잃었다는 생각이 들 즈음 겨우 발걸음을 멈췄다. 언젠가 와봤던 장소가 보였다. 이끼 같기도 하고 에메랄드 같기도 한 그 서점이었다. 헛웃음이 나왔다. 철새가 집을 찾는 것도 아니고, 저 서점이 뭐기에 자꾸 오게 되는지 우스웠다. 하필 전부 마음이 괴롭고 어지러운 날이었다.

연서는 빗속에서 멍하니 서점을 바라보았다. 저 낡은 건 언제부터 여기 있었을까. 문득 이 서점이 바다의 부표처럼 느껴졌다. 무수히 많은 일이 표류하고 흔들리는 가운데, 아무도 찾지 않을 이곳에서 언제 올지 모르는 손님을 기다리며 혼자였을 날이 그려졌다.

만약 지금 저 문을 열고 들어가면 꿈에서처럼 그가 있을까. 기다렸다고 말해줄까.

잡념이 비처럼 스며들었다. 이렇게 볼썽사나운 꼴을 한 손님도 괜찮은지 미리 물을 수 있다면 좋을 텐데.

그보다 먼저 연서는 자신의 마음을 헤집었다. 이곳을 자꾸 찾는 이유가 뭐야. 그 남자에게 바라는 게 뭐냐고. 그녀는 여린 심정을 억지로 끄집어냈다. 이러한 행위만이 때때로 그녀를 단단하게 만들었다. 내가 그 사람에게 바라는 건…….

그렇지. 고작 위안이다.

누굴 좋아하지 않는 편이 낫겠다. 연서는 그렇게 생각했다. 이 현실에 해피엔딩이란 없다. 언젠가 이별하고 서로 외면할 거다. 모두가 오롯이 괴롭고 고단하게 산다. 나쁜 결말이 정해져 있는데 무의미한 시도를 할 필요가 있을까. 그 남자가 들려준 이야기처럼 많이 사랑하면 이별이 고달픈 법이다.

마음이 깊어지기 전에 정리해야겠다. 연서는 그런 생각으로 발길을 돌렸다. 머리 위로 쏟아지는 빗방울이 둔탁했다. 몸을 껴안고 웅크려도 추위가 가시지 않았다. 그녀는 걸음을 멈췄다. 이런 건 셋을 세고 숨을 깊게 쉬면 괜찮아진다. 허리를 펴고 걸을 수 있다. 어려울 것 없이, 하던 대로면 된다. 연서는 눈을 감은 채로 습한 공기를 가슴 가득 들이마셨다. 내심 아예 녹아내려 물웅덩이가 되길 바라면서.

갑자기 쏟아지던 비의 무게가 사라졌다.

퍼붓는 소리가 멀어지고 등 뒤에서 온기가 들었다. 갑작스러운 변화에 연서는 눈을 떴다. 장대비가 한 발짝 멀리 보였다. 고개를 드니 검은 우산의 끄트머리가 먹구름 낀 하늘을 가렸다. 나직한 목소리가 그녀의 여린 어깨에 내려앉았다.

"오신 걸 일었습니다."

그 이상한 서점주인이었다. 그가 연서에게 우산을 씌워주었다. 어느새 나타나서는 그녀를 붙잡지도 않고 감싸지도 않았다. 오로지 우산을 씌워주었다. 그런데도 연서는 떨림이 진정되는 것을 느꼈다. 깊이 스며들었던 한기가 조금 가신 듯했다. 그가 정중하고 상냥한 어조로 말했다.

"비가 차갑습니다. 우산을 씌워드릴 테니 어디로 가시는지 말해주세요."

연서는 잠시 망설였다. 그리고 단호하게 쏘아붙였다.

"제가 어디로 갈 줄 알고요? 제가 또 그 절벽으로 올라가기라도 하면, 거기까지 우산을 들고 따라오실 건가요? 그게 아니라면 이런 친절 베푸실 필요 없어요. 괜찮으니까 그냥 가세요."

"그 절벽이라면…… 따라가진 않겠죠."

그의 담담함에 연서는 괜히 가슴이 아팠다. 그래도 서점주인과 손님의 관계에서 적절한 답변이었다. 그녀가 다시 빗속으로 걸어 들어가려던 차였다. 그가 말했다.

"대신 서점에서 쉬어가라고 할 겁니다. 비가 곧 그칠 테니까요."

그의 말에 붙들린 것처럼 연서는 발걸음을 멈췄다. 다시 가슴에 무언가가 밀려왔다. 이번엔 한기가 아니라, 뜨거운 열기였다. 그것은 목을 타고 올라와 그녀의 눈물이 되었다.

흐느낌은 곧 정직한 울음으로 변했다. 그녀는 어린아이처럼 목 놓아 울었다.

등 뒤의 남자는 내내 연서를 기다려주었다. 그는 기쁨도 슬픔도 없는 표정으로 가만히 서있었다. 잠시 그녀의 어깨를 감싸려는 듯 손을 올렸으나 곧 그만두었다. 살갗 하나 닿은 데 없는 이 거리가 그들에게 허락된 범위라는 듯했다.

여자는 울었고, 남자는 기다렸다. 그렇게 둘은 오래도록 빗속에서 함께 있었다.

서점주인이 연서의 옷을 말리는 동안 그녀는 그의 옷을 빌려 입었다. 작은 체구에 얹힌 갈색 셔츠가 포대 자루처럼 보였다. 바지도 몇 단이나 접어야 했다. 연서는 흘러내리는 소매를 들어보았다. 그리고 슬쩍 코를 가져다 댔다. 나무를 태운 듯한 쌉쌀한 냄새. 그 남자에게서 나던 향이다. 연서는 괜히 민망해져서 얼른 팔을 내렸다.

서점을 돌아보던 연서가 외부 서가의 장식장 앞으로 발걸음을 옮겼다. 거기엔 잡동사니가 많았다. 작은 조각이나 보석함, 장신구 따위였다. 주로 예스러운 동양풍이었는데 드물게 서양풍도 끼어있었다. 보석 십자가나 초상화가 그려진 복

걸이 따위였다.

　가장 앞에는 원앙 목각 인형 한 쌍이 놓여있었다. 낡고 빛이 바래서 겨우 형태를 알아볼 수 있는 정도였다. 연서는 조심스럽게 손가락으로 원앙의 머리를 쓸었다. 의외로 내려앉은 먼지가 없었다. 서점주인이 깔끔한 성격이거나 대신 관리해주는 이가 있으리라. 그 소녀를 챙기려면 혼자서는 만만치 않아 보이긴 했다. 콩고물을 잔뜩 흘리고 다니는 것만 봐도 그랬다. 불현듯 연서의 머리에 이런 생각이 스쳤다.

　혹시, 그 남자가 이미 누군가와 결혼한 건 아닐까? 왜 서점에 원앙 인형을 뒀을까?

　그런 생각을 하던 찰나에 서점주인이 방에서 나왔다. 그는 자연스럽게 연서를 불렀다. 추위는 좀 가셨냐고 물을 요량이었다. 그의 목소리에 연서가 제 발 저리듯 깜짝 놀라 돌아보았다. 그때 품이 큰 셔츠가 사고를 쳤다. 긴 옷소매에 걸려 원앙 인형 한 쌍이 추락하고 만 것이다.

　서점주인이 급히 달려왔다. 그리고 연서에게 다치지 않았느냐고 물었다. 그녀가 고개를 젓자, 이번엔 인형들을 주워 들어 살폈다. 한 쌍 중에 암컷의 목이 부러져 있었다. 연서는 그가 아끼는 것일까 봐 안절부절못했다. 서점주인은 잠시 생각하다 입을 열었다.

　"왜 이걸 보고 계셨나요?"

당신의 기혼 여부가 궁금하여 그랬다고는 차마 말할 수 없었다. 연서는 모양이 예뻐 살펴보았다고 답했다. 그는 손에 들린 인형을 보며 고개를 끄덕였다. 그리고 아무렇지 않은 듯 살갑게 대꾸했다.

"괜찮습니다. 다 정해진 수명이라는 게 있으니까요. 그래도, 남은 쪽이 불쌍하니까…… 손님이 가져가시는 건 어떨까요? 이곳에 두면 볼 때마다 마음이 아플 것 같습니다."

마지막 말은 은근히 장난스러웠다. 연서는 그의 기분이 상하지 않은 것을 다행으로 여겼다. 그리고 멀쩡한 수컷 원앙을 조심스레 받아 들었다. 짝을 잃게 하여 다소 미안한 마음이 들었다.

서점주인은 연서를 테이블에 앉혀두고 부서진 인형 파편을 치웠다. 연서는 그의 움직임을 지켜보다가 문득 그가 도포를 걸치지 않았다는 걸 깨달았다. 돌아보니 어깨 부분이 다 젖은 도포가 벽에 걸려있었다. 방금 전 그녀에게 우산을 씌워주다 그런 게 분명했다.

연서는 빗속에서 있었던 일이 이제야 쑥스럽게 느껴졌다. 이 사람 앞에서 우는 모습을 보인 것만 벌써 두 번째다. 게다가 허둥대며 실수하고, 이상한 소리도 몇 번이나 했다. 그녀가 이렇게까지 추태를 보인 사람은 처음이었다. 멋쩍음을 털어내기 위해 연서는 별 의미 없는 질문을 던졌다.

"어디 다녀오시던 길이었어요? 서점에서 나오신 것 같진 않았는데."

"누굴 좀 만나고 돌아오던 참입니다."

그의 대답에 연서는 대강 호응하는 소리를 냈다. 그리고 손에 들린 원앙을 만지작거렸다. 이 사람에게도 서점 밖의 삶이 있다. 연서와는 관련 없는 인간관계도 있을 테다. 인형을 쥔 손에 힘이 들어갔다.

정리를 마친 서점주인은 매번 그러하듯 차와 다과를 내왔다. 그리고 차를 따르며 그 효능에 대해 조곤조곤 설명했으나 연서의 귀에는 들어오지 않았다.

기어이 연서가 입을 열었다. 그녀는 구태여 시선을 돌린 채로 대수롭지 않은 듯 물었다.

"아주 가까운 분이신가 봐요. 늦은 시각까지."

찻물 떨어지던 소리가 멈췄다. 이어지는 침묵에 연서가 고개를 들었다.

그가…… 득의양양한 얼굴을 하고 있었다. 괜한 말을 했다. 연서가 그렇게 생각하는 사이 서점주인이 찻주전자를 내려두고 물었다. 낮은 목소리 사이로 들뜬 기색이 끼어들었다.

"다분히 사적인 일이긴 합니다만, 누군지 궁금하신가요?"

"아니요."

"궁금하시다면 알려드리겠습니다. 저에 관한 질문은 뭐든 대답해드리기로 했으니까요."

연서는 잠시 고민하다 고개를 끄덕였다. 집중해야 알아볼 수 있을 정도로 작은 움직임이었다. 서점주인은 나직한 소리로 웃으며 답했다.

"'가깝다'라. 여러 가지 뜻으로 쓰이는 말이네요. 주로 애정이 깊은 관계, 혹은 친인척을 말하죠. 하지만 지독한 악연 또한 어떤 면에선 가깝다고 말할 수 있겠군요."

"제가 괜한 걸 물어봤나 봐요."

"물론 제가 그랬다는 건 아닙니다. 오늘 예전에 알았던 사람을 만났지 뭔가요. 꽤 오랜만이었는데 변한 게 없더군요. 신기해서 이야기를 좀 나누다 보니 이 시간이었습니다."

이 남자의 함정 같은 화법에 또 당했다. 연서는 몇 마디 불평을 늘어놓았다. 그러나 한편으로 조금 안심되었다. 인정하기 싫지만, 그가 이미 사랑하는 사람이 있을까 봐 신경 쓰였기 때문이다.

복잡한 마음을 접어둔 연서가 장난기 많은 서점주인에게 투정하던 때였다. 누가 서점 문을 거칠게 열어젖혔다. 조심성 없는 기세에 돌아보니 이전에 만난 무서운 남자였다.

그는 저번과 같은 검은색 가죽 재킷을 입고 있었다. 게다가 피부가 창백해서 짧고 검은 머리와 새까만 눈썹이 두드러졌다. 연서가 얼핏 들었던 별명대로 온통 '까맹'이었다.

재킷 입은 남자가 성큼 들어와 테이블 앞에 섰다. 그리고 차가운 눈초리로 서점주인과 연서를 번갈아 보며 말했다.

"얜 뭐야? 왜 있다고 미리 말 안 했어?"

"손님의 방문을 어떻게 예측하겠습니까? 제가 신도 아니고요."

따박따박 대꾸하는 서점주인에게 남자가 사납게 눈을 흘겼다. 서점주인은 개의치 않고 연서의 어깨에 담요를 덮어주었다. 그러자 이번엔 연서에게로 남자의 시선이 옮겨갔다. 피부에 와닿는 공격적인 태도에 어깨가 움츠러들었다.

그러는 한편 화가 났다. 언제부터 알던 사이라고 '애'라니. 무례한 데도 정도가 있지. 불쾌해진 연서가 몰래 입을 비죽였다. 그때 남자가 비웃음을 머금고 말했다.

"너 울었냐? 얼굴이 두더지 같은데."

또다시 무례한 말이었다. 이번엔 서점주인도 조금 굳었다. 그가 뭐라고 하려던 차에 연서가 먼저 입을 열었다. 평소처럼 의기소침하고 차분한 어조였다.

"언제 봤다고 반말이세요……."

두 남자가 동시에 동작을 멈췄다. 서점주인은 놀란 눈으로 그녀를 돌아보았고, 무례한 남자는 황당한 듯 입이 벌어졌다. 그리고 곧 헛웃음을 터뜨렸다. 그가 테이블을 세게 내리짚으며 연서에게 얼굴을 기울였다.

"언제 봤으면, 반말해도 되나? 우리 꽤 자주 봤는데. 네가 삼도천을 건널 때마다……."

그의 말을 자르고 날카로운 파열음이 났다. 서점주인의 짓이었다. 그는 어느새 장식장 앞에 서있었다. 발치에선 군청색 잔해가 반짝였다. 그리고 원앙 옆에 있던 유리잔의 자리가 비어있었다. 이 남자는 추락과 악연이라도 있는지 오늘만 두 번째였다.

서점주인은 잔해를 보며 대단히 안타까운 듯 말했다. 다만 얼굴엔 미소가 완연했다.

"아…… 저분이 잠시 맡기셨던 신라 여왕님의 유리잔이."

이렇게 안타까울 수가. 서점주인이 연기가 서투른 배우처럼 말했다. 검은 옷의 남자는 욕지거리를 내뱉었다. 그리고 잔해를 확인하더니 믿을 수 없다는 듯 손을 떨었다.

이후 몇 차례 고성이 오갔다.

나도 아낀다고 아꼈는데 실수해서 미안하다.

죽는 시늉도 없이 무슨 사과냐, 그냥 죽어라.

그건 어려운 일이라 애석하게 됐다. 근데 누가 여길 창고로 쓰랬냐.

수준이 애들 싸움 같았다. 게다가 그들이 아무리 멱살잡이한들 이미 깨진 유리잔이 다시 붙진 않는다. 의미 없는 공방전이 지나간 뒤 검은 옷을 입은 남자가 씩씩대며 말했다.

"미친놈. 넌 옛날부터…… 됐다. 너랑은 말 섞으면 나만 손해야. 부탁한 거나 받아. 이걸로 빚은 다 깐 거야."

"그러시죠. 생각보다 빠르시네요. 서천 출입이 어려웠을 텐데."

"장난해? 어제가 열리는 날인 거 알고 부탁한 거잖아."

그가 잠시 연서를 곁눈질했다. 그리고 상관없을 거라 중얼거리며 무언가를 꺼냈다. 작약을 닮은 꽃이었다. 가느다란 줄기에 달린 소담한 꽃송이가 눈길을 끌었다.

남자는 그 꽃을 서점주인에게 불쑥 내밀었다. 가만 보니 붉은 꽃 하나, 푸른 꽃 하나로 두 송이였다. 여러 겹의 꽃잎이 얇고 섬세했다. 투명하다 못해 스스로 빛을 뿜어내는 듯했다.

서점주인은 고맙단 인사와 함께 꽃을 받아 들었다. 그리고 유달리 지친 미소를 지었다. 그는 오래전을 기억하는 시선으로 꽃을 보았다. 어떤 사연이 있는지 모르겠으나, 그리 밝고 기쁜 일은 아닌 모양이었다. 검은 옷의 남자 또한 어쩐 일로 말이 없었다. 그는 꽃과 서점주인을 응시했다. 그걸로 무슨 일을 벌일지 지켜보겠다는 듯이.

그때, 연서가 조심스럽게 손을 들고 말했다.

"저기, 저는 나가는 게 좋을까요……."

연서가 보기에는 상황이 심상치 않았다. 죽일 듯이 싸운 뒤에 꽃을 선물하는 사이라니. 두 사건의 간극이 너무도 컸다. 둘은 미쳤거나 사랑하는 사이가 아닌가 하는 생각마저 들었다. 괜히 작약지증(勺藥之贈)*이라는 말도 떠올랐다.

둘 중 무엇이든 연서는 자리를 뜨고 싶었다. 그녀는 두 사람을 어려워하며 안절부절못했다. 그 마음을 모르는 두 남자는 꽃을 사이에 두고 멀뚱거릴 뿐이었다.

연서의 오해는 금방 풀렸다. 그녀의 혼란스러운 눈을 본 서점주인이 이런저런 설명을 해주었기 때문이다. 이 꽃은 아주 희귀한 종인데, 저분이 가져올 능력이 되어 부탁한 거라고 했다. 그 사이 검은 옷의 남자는 인사도 없이 서점을 떠났다. 연서가 정황을 이해하고 고개를 끄덕일 즘엔 다시 둘뿐이었다. 아직 바깥엔 비가 내리고 있었다. 서점주인이 나지막이 말했다.

"옷이 아직 마르지 않았네요. 밤이 늦었는데……."

구식 전기난로 위에서 젖은 옷이 살랑였다. 적어도 한 시간, 아니 두 시간은 필요해 보였다. 서점주인은 맞은편에 앉

* 희빅꽃을 선물하여 사랑을 두텁게 한다는 뜻의 사자성어.

아 자연스럽게 턱을 괴고 물었다.

"그럼, 뭘 하면서 시간을 보낼까요?"

"오늘은 그…… 책 안 읽어주시게요?"

그녀의 말에 서점주인이 의외라는 표정을 했다. 그리고 다시 여유로운 미소로 답했다.

"제 이야기에 관심 있으셨을 줄은 미처 몰랐네요. 죄송하게도 오늘은 어려울 것 같습니다. 그 책, 공주님이 들고 가버렸거든요."

그가 보란 듯이 한숨을 쉬었다. 원치 않았는데 빼앗겼다는 의미였다. 연서는 그 소녀가 순하고 귀여운 줄만 알았다. 의외로 애다운 면이 있었던 모양이다. 그런 생각을 하는데 서점주인이 허를 찌르듯 물었다.

"이번엔 손님께서 이야기를 들려주시는 건 어떤가요?"

"네?"

"글을 쓴다고 하셨잖아요? 전부터 궁금했습니다. 어쩌면 저희가 좋은 동업자가 될지도 모르죠."

연서는 잠시 머뭇거리다 고개를 떨궜다. 그녀에겐 아직 결말지은 이야기가 없었다. 즉석에서 만들어낼 수도 없다. 그녀에겐 이 남자 같은 순발력도, 유창함도 없기 때문이다. 연서가 눈에 띄게 시무룩한 기색을 보이자 그가 더욱 상냥하게 말했다.

"창작이 어렵다면 자신의 이야기도 좋습니다. 이런 한적한 장소에 있다 보면 오히려 그런 살아있는 종류가 궁금해지거든요. 오늘 왜 서점 앞에 서 계셨나요? 이런 빗속에서요."

연서는 머뭇거렸다. 이 질문에 대답하려면, 여태 아무에게도 말한 적 없던 이야기를 꺼내야 했다. 그녀가 망설이는 동안에도 남자는 고요했다. 무엇도 재촉하지 않았다. 난로는 따뜻했고 창밖의 빗소리가 잔잔했다. 쉬어가라던 그의 말이 떠올랐다.

항상 두르고 있던 마음속의 방패를 잠시 낮췄다. 연서가 그녀의 이야기를 시작했다.

연서는 진로에 대한 고민이 끝나기도 전에 대학을 졸업했다. 동시에 지도교수의 추천으로 물 흐르듯 회사에 입사했다. 거기서 그를 만났다. 오늘 전광판에서 연서가 다시금 목격했던 남자. 그는 연서의 첫 팀장이었다.

처음부터 사이가 나빴던 건 아니다. 아니, 오히려 지나치게 좋았다. 그는 입사한 지 얼마 안 된 연서를 무척 잘 대해주었다. 뭐든지 그녀를 우선시하고 사소한 부분까지 챙겼다. 게다가 낯을 가리는 연서가 사람들과 어울릴 수 있도록 도와주었다. 그는 호감 가는 인상인 데다 붙임성까지 좋아서 주변에 사람이 항상 많았다. 아마 임원의 친척이라는 신분도 인기에 한몫했을 것이다.

하여튼 연서에겐 그와 친하게 지내지 않을 이유가 없었다. 덕분에 나쁘지 않은 신입 생활을 보냈다. 흘러가는 대로 사는 삶치고 운이 괜찮다고 생각했다. 첫 직장에서 좋은 상사를 만났으니까.

다만 직원들에게 지나가듯 들은 말이 이상하게 마음에 걸렸다. '팀장님께 예쁨받아 좋겠다.' 별거 아닌 말이다. 그러나 유달리 다른 뜻이 있는 것처럼 느껴졌다. 원래 다 큰 성인에게 예쁨받는다는 말을 사용하던가? 굳이 걸고 넘어갈 정도는 아니었지만 무언가 찝찝했다.

그리고 입사한 지 반년쯤 됐을 즈음에 팀장이 고백했다. 연서에게 첫눈에 반했다고 했다. 놀라긴 했지만 그렇다고 굉장히 새삼스럽진 않았다. 자신의 무던한 반응에 스스로도 놀랐지만, 한편으로는 연서 또한 언젠가부터 그의 호의에 다른 감정이 섞여들었다는 걸 느꼈다. 어렴풋한 심증이 이로써 확실해졌다.

목적 없이 잘해준 건 아니었다는 사실에 조금 섭섭했다. 그것 때문만은 아니겠지만 연서는 선뜻 대답하지 못했다. 사람의 마음을 어떻게 다 정의할 수 있을까? 연서는 단지 그에게 이성적으로 끌리지 않았다. 그를 좋아할 만한 수많은 이유를 제쳐두고, 그냥 마음이 그랬다. 다만 단박에 거절할 수가 없어서 시간을 달라고 했다. 그보다 거절하면 어떻게 되는 걸까. 그는 연서의 직장 상사인 데다 회사에서의 입지도 두텁다. 하지만 평소 그의 유한 성격을 생각하면 한바탕 웃고 넘어가 줄지도 모른다.

그녀는 심경이 복잡하여 차라리 일에 빠져있자고 생각했다. 그날 그녀는 밀린 정산을 전부 처리할 생각으로 회사에 남았다. 동료들이 하나둘 빠져나가고 사무실에 연서 혼자 남았을 때였다.

별안간 내역 하나에 눈길이 갔다. 이달 초, 연서의 팀 지출이었다. 명목은 회식. 그러나 이날은 분명 휴일이다.

그냥 넘어갈까 싶었지만 찜찜한 기분이 들었다. 연서는 결국 한 해의 내역을 전부 불러왔다. 매달 한두 번씩 내용을 알 수 없는 지출이 있었다. 전부 의구심을 갖기엔 다소 적은 금액이었다. 그래도 합치니 한 해 동안 천만 원 정도 됐다. 게다가 지난해, 지지난해에도 비슷한 내역이 있었다. 연서는 온갖 증빙을 대조하여 사용한 사람의 이름을 찾았다.

그녀의 팀장이었다. 그 혼자서 회삿돈 몇천만 원을 사용해왔던 것이다. 온전히 사적인 명목으로.

머리가 띵했다. 이건 오늘 연서가 굳이 남지 않았다면 아마 팀장이 직접 처리했을 명세다. 몇 번을 다시 봐도 정황이 명백했다. 그가 소액이나마 비용을 횡령하고 스스로 처리해 매번 일을 덮은 거다.

사실을 알게 된 연서는 무척 난감했다. 하루에도 몇백억이 운용되는 회사에서 단 몇천. 일을 크게 키우기엔 애매한 금액이다. 무엇보다 그는 연서의 직속상사다. 그리고 많은 이들이 그의 편이다. 연서가 공개적으로 말을 꺼낸다고 하더라도 믿지 않을지도 모른다.

심지어 그는 오늘 연서에게 좋아한다고 말했다. 오래 같이 잘 지내고 싶다면서.

그녀는 자정이 지난 시각까지 멍하니 앉아 고민했다. 아무래도 그냥 덮어선 안 된다는 생각이 점점 강해졌다. 어쩌면 그가 생애 단 한 번의 일탈을 한 걸지도 모른다. 더 길을 헤매기 전에 붙잡으면 원래 자리로 돌아올 수도 있다. 비슷한 사례가 많이 존재하지 않는가. 이 사람 또한 거기 해당될지도 모른다. 본성은 착한 사람 같으니까.

연서는 이런 희망찬 생각을 하며 사무실을 나섰다. 이때의 그녀는 이게 무척이나 순진한 생각이었다는 걸 알지 못했다.

며칠 지나 그녀는 팀장을 따로 만났다. 그리고 사건에 대해 입을 열었다. 처음엔 부인하던 남자도 연서가 끝까지 물러서지 않자 결국 인정했다. 그는 직접 윗선에 문제를 사실대로 보고하기로 약속했다.

다행히 생각대로 됐다. 그런 생각을 하며 연서가 안도의 한숨을 쉴 때였다. 그가 말했다.

"연서 씨 얌전하게 말 잘 듣는 줄 알았는데 아니구나. 이렇게 되바라지게 굴고."

지금까지 들어본 적 없는 차가운 말투. 그리고 본 적 없는 비틀린 미소. 평소 상냥하던 모습과 전혀 달랐다. 화가 치민 듯 그의 입가가 씰룩였다. 눈썹이 꿈틀거렸다. 그러나 내내 웃고 있었다. 뒤틀린 감정이 여기까지 느껴졌다.

겁먹은 연서가 멀거니 서있을 때 그가 먼저 움직였다. 방을 나서며 그녀의 귀에 대고 속삭였다.

"혼자서는 아무것도 못 할 텐데, 주제넘네."

연서는 그와의 관계가 완전히 틀어지고 말았다는 걸 직감했다. 그리고 앞으로 좋지 못한 일이 일어나리란 것도.

예감은 잘 들어맞았다. 팀장은 아무런 징계도 받지 않았다. 어떻게 말을 한 건지 모르겠으나 별다른 공지도 없이 넘어갔다. 이 일로 인한 변화라고는 비용 처리 방식이 조금 까다로워진 게 전부였다.

다만 연서의 변화는 컸다. 하루아침에 동료들이 그녀의 인사를 받아주지 않았다. 처음엔 기분 탓이라고 생각했다. 그런데 그날, 급한 회의 일정을 두 번이나 전달받지 못해 지각했다. 당연히 윗선에게 크게 혼났으며 모욕적인 말까지 들었다. 수십 명의 직원 앞이었다.

며칠 뒤 사내 블라인드 게시판에 내부 고발자에 대한 조롱이 올라왔다. 주어는 없었으나 연서는 자신을 지칭한 글이라는 걸 알았다. 그 밑엔 많은 댓글이 달려있었다. 하나같이 점잖은 말투로 배신자를 비난했다. 실제로 잘못을 저지른 사람을 향한 건 고작 서넛이었다.

어느 회식 자리에선 이런 말을 들었다. 어쩌다 착한 팀장님 눈 밖에 났을까? 가만히만 있었어도 오래 예쁨받았을 걸. 누군가 이 말을 하자마자 많은 사람들이 와르르 웃었다. 그 팀장 역시 웃었다. 유쾌한 술자리 농담이라도 듣는다는 듯 밝은 표정이었다.

그녀의 편이 없었다. 그나마 친한 상훈과 다은은 멀리 있는 타 부서였다. 그들은 연서에게 무슨 일이 있다는 걸 직감했으나 당사자가 조용하여 답답해했다. 연서는 침묵할 수밖에 없었다. 말을 꺼내면 이번엔 정말 배신자로 낙인찍힐지도 몰랐다.

그녀는 그저 버텼다. 시간이 지나가길 기다렸다. 그러나 악의를 품은 인간이란 독하고 잔인한 법이다. 그는 괴롭힘을 멈추지 않았다. 연서를 내보내기로 작정한 듯 시시때때로 그녀를 힘겹게 했다.

어느 날, 출근 직후였다. 결국 지옥 같은 회사 생활에 마침표를 찍는 사건이 터졌다. 연서는 출근하여 평소와 같이 컴

퓨터를 켰는데 처음 보는 화면이 나타났다. 새로운 보안시스템이었다. 그녀는 모니터 한가운데 있는 빈칸을 멍하니 바라보았다. 비밀번호 입력란이었다. 이걸 해제해야 컴퓨터를 사용할 수 있었다.

그러나 전달받은 게 없었다.

연서는 사색이 되어 팀장이 있는 방향을 봤다. 그는 자연스럽게 딴청을 피우며 키득댔다. 그녀는 다시 주변으로 고개를 돌렸다. 몇몇이 의도적으로 눈을 피하는 게 느껴졌다. 그녀는 일부러 옆자리 사람을 붙잡고 물어봤다. 그는 잡힌 손을 빼며 말했다. 팀장 권한이니 직접 물어보라고.

결국 계획된 괴롭힘이었다. 시스템이 바뀐다는 공지도, 비밀번호도 일부러 감췄다. 연서가 머리를 숙이는 꼴을 보려고 한 거다.

연서는 한참을 그냥 앉아있었다. 그가 치졸하고 비열해 보였다. 그리고 어떤 회의감이 들었다. 이 수많은 악의 속에서 버티는 게 과연 옳은 일일까.

두통이 밀려와 고개를 숙였다. 별것 없는 책상 위가 보였다. 서류 묶음, 필기구, 플라스틱 수납함. 그 흔한 가족사진 하나 없는 자리. 그녀가 수년 동안 피땀 흘려 노력한 건 이 자리를 얻기 위함이었다. 연서는 늘 그렇게 믿었다. 그게 그녀를 지탱했었다.

그런데 이젠 그 믿음을 깨고 싶었다. 그 노력이 겨우 이런 꼴을 당하기 위해서라니. 끔찍해서 눈물이 났다. 그녀는 여태까지 수만 가지 숫자와 지표들을 쌓아 올렸는데, 정작 비밀번호 다섯 자리를 몰라 아무것도 할 수 없었다. 남들 다 하는 회사 생활이 왜 이리도 어려운 걸까. 신이 있다면 좀 물어보고 싶었다.

며칠 지나지 않아 그녀는 결국 사직서를 제출했다.

여기까지로 연서는 이야기를 마쳤다. 서점주인은 그녀를 지그시 보았다. 그녀는 불현듯 가슴이 답답했다. 왜 나쁜 기억은 오래 남을까. 그때 느꼈던 기분이 생생하게 떠올랐다. 결국 호소하듯 덧붙였다.

"저는 낙오자예요. 무리에서 동떨어진 거죠. 시키는 대로만 살다가 정작 중요한 걸 못 배웠어요. 그러니까, 인간관계요. 약삭빠르게 구는 법, 아니면 이기적이라도 하고 싶은 대로 하는 법. 아니, 적어도 나쁜 사람을 피해 가는 직감이라도."

"자책하실 필요가 있을까요? 운 나쁘게 그런 사람을 만난 것뿐인데요."

"그렇죠. 저도 알아요. 근데 제가 정말로 싫은 건 말이죠, 그 사람의 얼굴을 다시 봤을 때 여전히 무섭더란 거예요. 그곳에서 나온 지도 벌써 2년이에요. 그동안 조금이라도 성장

했으리라 생각했는데…… 아니었던 거죠."

연서가 쓰게 웃으며 덧붙였다.

"저는 아직도 거기 묶여있어요. 그 비열한 사람과 지옥 같
은 시간에."

말을 마친 그녀가 애써 웃어 보였다. 그가 해결해 줄 일도
아닌 데다 우울은 전염된다. 민폐를 끼치는 것에도 정도가
있다. 연서가 억지로 분위기를 띄우려던 참이었다. 입을 다
물고 있던 서점주인이 자리에서 일어섰다. 그는 잘 마른 도
포를 걸치며 그녀를 돌아보았다. 그리고 물었다.

"잠시 바람이라도 쐴까요?"

이 빗속에서? 연서는 의아한 듯 눈을 깜빡였다.

두 사람이 대화를 나누던 테이블 옆, 서점의 가장 안쪽 벽
에 자물쇠 달린 문이 하나 있었다. 연서는 독특하게 생긴 자
물쇠를 눈여겨보았다. 몸통이 가로로 길고, 연꽃과 어떤 동
물이 조각되어 있었다. 예전에 박물관에서 봤던 조각과 비슷
했다. 저승에서 인간의 혼을 이끈다는 흰 삽살개였다.

한편 서점주인은 열쇠를 찾겠다며 집무실을 뒤졌다. 아슬
아슬하게 놓인 책더미를 피해 움직이는 모습이 세법 경탄스

러웠다. 그가 결국 열쇠를 찾아냈을 때 연서는 작게나마 박수를 보냈다. 딴에는 일부러 벽에 걸어두었는데 하도 물건이 쌓여 가려진 모양이었다.

그가 잠긴 문을 열자 안쪽에서 바람이 훅 끼쳐왔다. 연서는 눈을 감았다. 은은한 꽃향기가 코끝에 맴돌았다. 눈을 뜨자 새로운 공간이 펼쳐졌다.

암벽에 둘러싸인 동굴 같았다. 그러나 초목과 빛이 가득했다. 연서는 부드러운 잔디 위로 한 걸음 내디뎌 보았다. 주변엔 물기를 머금은 수국이 모여있었다. 그것들은 사이사이에 놓인 종이 등불에 비쳐 투명하게 빛났다.

다섯 걸음마다 불빛이 있어 동굴인데도 충분히 밝았다. 오래된 야시장 같아 보이기도 했다. 연서는 은은한 노란빛을 살짝 건드렸다. 움직임에 따라 불빛이 잔잔하게 흔들렸다. 너울대는 파도 같았다.

두 사람은 등불을 따라 걸었다. 안쪽 천장엔 커다란 구멍이 자리 잡고 있었다. 그곳으로 들이친 비가 폭포가 되어 연못을 이루었다. 그리고 동굴 전체를 가로지르는 개울로 이어졌다. 연서는 다리 위에서 이 장소를 한번 돌아보았다. 모든 풍경이 여유롭고 아름다웠다. 현실과는 동떨어진 공간이었다. 여긴 모든 계절을 피해 언제까지나 그대로일 것 같았다.

다리를 지나 언덕을 올랐다. 그 위에 나무로 된 정자가 하나 있었다. 투박한 나무의 형상을 그대로 살린 모습이었다. 돌계단 몇 개를 지나 연서는 그가 안내하는 대로 정자에 앉았다. 서점주인은 등불 하나를 집어 옆에 걸었다. 그 또한 주변을 돌아보더니 입을 열었다.

"여긴……."

서점주인이 한 박자 뜸을 들이더니 다시 처음부터 말했다. 그가 말을 더듬은 건 이례적이었다.

"여긴 서점이 생기기 전부터 있던 공간입니다. 제가 아끼던 사람과 함께 왔을 때도 있었죠."

그의 말에 연서는 가슴이 뜨끔했다. 과거의 연인인가요. 아니면 지금? 차마 물을 수 없었다. 그때 서점주인이 그녀의 마음을 읽은 듯 답해주었다.

"죽었습니다. 오래전 일이죠. 여긴 그 사람이 정말 좋아하던 장소였습니다. 꽃나무를 심겠다면서 흙을 퍼 나르던 게 기억나요. 결국 제가 도와주었지만……."

서점주인이 말을 흐렸다. 떠난 이를 회상하는 일은 시간이 지나도 슬프기 마련이다. 연서가 조심스럽게 물었다.

"보고 싶으세요?"

그는 나직하게 대답했다.

"보고 싶습니다. 저승의 강을 건너더라도 데려오고 싶어요. 망각수를 전부 토해내고 나를 기억하라고 말하고 싶어요. 환생 같은 거 하지 말고, 영혼이라도 좋으니 함께 있어 달라고. 그렇게 애원하고 싶습니다."

그는 별다른 억양도 없이 말을 쏟아냈다. 연서는 이 남자가 울고 있다는 착각이 들었다. 그가 곧 떠나기라도 할 것 같아 무심코 그의 옷자락을 붙잡았다. 서점주인은 뜻밖인 듯 그녀를 보았다. 그는 다시 그림 같은 미소를 얼굴에 걸었다.

"괜찮습니다. 제가 원한다고 해서 잡아둘 수는 없지요. 죽음마저도 그녀의 삶이니까요."

그가 말을 이었다.

"많은 설화에서 죽은 뒤에도 할 일이 있다고 말하죠. 지옥에서 죄를 심판받거나 저승의 세계에서 살아가거나, 또는 영혼을 씻고 환생의 굴레에 들어서죠. 죽은 자의 삶이라, 역설적인 말입니다. 한데 그 많은 사후세계가 전하는 메시지는 결국 하나입니다."

그의 옛사랑 이야기라고 생각하니 연서는 정신이 곤두섰다. 가슴 아픈 동시에 질투심이 피어올랐다. 그 마음이 가감없이 그녀의 표정에 드러났다. 서점주인은 그녀를 보며 웃더니 손가락으로 접힌 미간을 펴주며 말했다.

"살아있을 때 잘하자."

"뭐예요, 그게."

"하하, 살면서 못 이룬 걸 죽는다고 할 수 없으니까요."

그가 부드럽게 웃으며 연서의 손을 잡았다. 그리고 정자 옆으로 이끌었다. 야트막한 절벽 위에 서니 이 공간이 한눈에 들어왔다.

뒤편에서 바람이 불었다. 시원했다. 몸 안쪽을 샅샅이 훑고 지나간 게 아닐까 의심될 만큼 청량했다. 바람이 그치고 난 다음엔 흰나비 한 마리가 날아들었다. 아직 남은 바람결에 실려 가듯 날개를 나풀거렸다. 연서는 불현듯 그 나비를 시선으로 쫓았다.

모든 움직임이 느리게 흘러갔다. 나비의 비행 속도와도 같았다. 빛이 일렁이고 꽃이 흔들렸다. 잎사귀에 맺힌 물방울이 스스럼없이 떨어졌다. 연못에 놓인 꽃잎이 오래 제자리를 맴돌았다. 추락하는 폭포 밑으로 물보라가 일었다.

허공에 선 착각이 들었다. 현실감이 없을 만큼 아름답고 자유로웠다.

풍광 사이로 남자의 목소리가 끼어들었다.

"당신이 어디에 묶여있다는 건가요?"

가슴 속에 있던 자물쇠가 풀리는 느낌이 났다. 동시에 눈물이 차올랐다. 어이없을 정도로 당연한 말이 쐐기처럼 귀에 박혔다.

그의 말이 맞았다. 그녀는 어디에도 묶여있지 않았다. 슬픈 기억들은 모두 먼 과거일 뿐이다. 그중 무엇도 지금의 그녀를 어떻게 할 수 없다. 연서는 절벽 앞으로 몇 걸음 걸어보았다. 바람이 그녀를 실어 갈 듯 부드럽게 불었다. 팔다리가 자유로웠다. 손끝, 발끝까지 깨어서 움직이는 게 느껴졌다. 연서는 눈을 감고 크게 심호흡했다. 그리고 돌아보았다.

남자가 연서에게 손을 내밀었다. 그녀는 잠시 바라보다 살며시 손을 얹었다. 그러자 강한 힘이 그녀를 붙잡았다. 이대로 그녀를 이끌고 어디라도 떠나려는 사람 같았다. 그가 눈을 마주치고 웃었다. 어딘지 애처로웠다.

절벽과 좀 떨어진 위치에서 서점주인이 무언가를 꺼냈다. 이전에 받았던 꽃 중에 붉은 것이었다. 그가 말했다.

"서천이라는 나라가 있습니다. 그곳에선 저승의 힘이 담긴 꽃이 피는데, 오직 천 년에 한 번 꽃밭이 열린다고 하죠."

이번엔 연서에게 꽃을 내밀었다.

"그 꽃밭에서 가져온 꽃입니다. 이게 어떤 방식으로든 당신을 도울 거예요. 엄청난 힘이 담겨있으니까요."

흰나비가 날아와 꽃 위에 앉았다. 붉은색과 대비를 이뤄 도드라졌다. 나비는 몇 번 날개를 까딱이다 다시 날아갔다. 곧 어딘가로 사라져버렸다.

저승의 꽃이라니 허무맹랑한 말이다. 어린 애도 못 속일 거짓말이다. 이런 꽃 한 송이가 어떻게 사람의 인생을 바꿀까. 그러나 연서는 자꾸만 그의 말을 믿고 싶었다. 붉은 꽃이 바람에 흔들릴 때마다 어떤 마법이 일어나는 듯했다. 이 남자와 함께하는 많은 순간이 그렇다. 마법 같고 환상 같다. 눈을 감고 구름에 떠가는 기분이다. 그래서 아무것도 모른 채 어느 순간 놓쳐버리면 어떡하나, 조바심이 났다.

연서는 마술의 정체를 알고 싶은 소녀처럼 물었다.

"정말로 우리가 전에 만난 적이 없나요……?"

그의 눈이 흔들렸다. 단순히 놀란 모습은 종종 봤어도 이렇게 동요하는 건 처음이었다. 연서는 가만히 답을 기다렸다. 그 사이 마음을 가라앉힌 듯 남자가 잔잔한 목소리로 말했다.

"오늘은 시간이 많이 늦었습니다. 다음에 다시 오세요. 그때 더 많은 이야기를 해드리겠습니다."

마침 소나기가 그쳤다. 천장에 뚫린 구멍에서 달빛이 내리쬐었다. 푸르스름한 빛이 이곳을 한층 비현실적으로 만들었다. 위를 보니 하늘에 가득한 별이 보였다. 점점이 아름다웠다. 이곳에 퍽 잘 어울리는 남자가 마지막으로 말했다.

"저는 여기서 기다리겠습니다. 늘 그랬듯이."

집에 돌아오니 무척 피곤했다. 연서는 곧장 침대에 드러누웠다. 그리고 서점에서 가져온 원앙 인형과 꽃을 손에 들고 보았다. 여기엔 어떤 환상적인 이야기가 얽혀있을까? 그녀는 자주 하던 대로 허황한 상상을 했다. 그리고 웃었다.

돌이켜보면 이게 바로 그녀가 동화를 쓰려고 한 이유였다. 말도 안 되는 환상을 떠올리는 단 한순간, 잠시 현실을 잊고 쉬어가는 찰나, 그런 때를 사람들에게 만들어주고 싶었다. 그걸 이제야 다시 깨닫다니. 괜히 길을 헤맨 기분이었다. 아니, 헤맨 덕에 알았을지도 모른다. 그 서점처럼.

기분 좋은 피로가 몸에 얹혔다. 눈이 가물어지는 사이 탁상에 올려둔 꽃이 보였다. 붉은빛이 따스했다. 연서는 만족스럽게 잠자리에 들었다.

이제 이야기의 결말을 낼 수 있을 것 같았다.

연서가 떠난 뒤에도 서점주인은 동굴에 남았다. 절벽 앞에 서서 이 공간을 멍하니 바라보았다. 그는 젊고 아름다웠으나, 마치 초로의 노인 같은 기운을 풍겼다. 현재가 아니라 먼지 쌓인 과거를 보는 눈이었다.

그때 홀연히 토끼를 닮은 소녀가 나타났다. 조그만 눈썹을 잔뜩 찌푸리고, 두 눈은 데일 것처럼 붉었다. 화가 많이 난 모양이었다. 종종걸음마다 초목이 먼지가 되어 흩어졌다. 대기가 없는 행성, 꼭 달과 같은 자리만 남았다. 정자 앞까지 왔을 때 그녀의 머리카락 색마저 원래대로 돌아왔다. 시린 은빛이었다. 서점주인은 그걸 보고 한숨을 쉬었다. 손수 검은색으로 염색해주었는데, 아쉽게.

"서주! 날 속였어!"

소녀가 소리쳤다. 동시에 알 수 없는 힘에 의해 동굴이 진동했다. 종유석 몇 개가 바닥으로 추락했다. 물이 출렁이고 조명이 반 넘게 꺼졌다. 그런데도 서점주인은 시종일관 여유로웠다.

"속이지 않았어요. 말을 하지 않았을 뿐."

"서천의 꽃을 훔쳐서 인간에게 줬어! 그건 금기야! 저승의 신들이 알면 절대 가만있지 않을 거야. 이번엔 마고도 널 지켜주지 못할 거라고!"

이 순진하고 어린 신을 어쩌면 좋을까? 서점주인의 눈빛에 안타까움이 스쳤다. 신이라는 것들은 항상 이렇게 감정적이고 어리석다. 때로는 인간보다 인간적이라 속이기 딱 좋다. 서점주인이 천천히 자리에서 일어섰다. 그리고 미소를 띤 얼굴로 말했다.

"고작 한 사람의 삶을 행복하게 만드는 게 뭐 대수라고……."

"인간이…… 신의 힘을 사용해서는 안 돼!"

"왜요? 하찮은 미물이 감히 넘볼 것이 아니라서?"

소녀는 입을 다물었다. 이번엔 울상이 되더니 잔뜩 원망하는 투로 말했다.

"정말 너무해. 난 서주를 믿었어! 친구라고 생각했단 말이야. 내가 그 아이의 환생마다 만나게 해줬잖아. 네 소원을 들어줬잖아! 왜 약속을 어겼어? 너도 까망이도, 이번엔 염라에게 어떤 벌을 받으려고!"

"몇 번이고 말했지만…… 그를 별명으로 부르지 않는 게 좋겠어요. 그걸 들을 때마다 서점을 부순단 말입니다."

"서주!"

그녀의 분노에 감응하듯 더 큰 진동이 닥쳤다. 천장이 무너지기 시작했다. 바윗덩이가 우박처럼 쏟아졌다. 아름다운 꽃밭은 곧 엉망이 되었다. 서점주인은 아쉬운 듯 그 모양을 바라보았다. 소녀가 말했다.

"그 애는 이번 생에도 불행해질 운명이었어. 매번, 매 때를 그렇게 살아야 하는 영혼이니까. 그러나 네가 끼어들어 운명의 축이 뒤틀렸어. 이제 저 애는 행복하게 살 거야. 네가 그토록 바라던 대로!"

소녀는 끝내 울먹였다. 그 모습이 퍽 가련했다. 아무리 모진 사람도 마음이 아프지 않을 수 없었다. 서점주인은 깊은 한숨을 쉬었다. 이럴 거라고 예상하긴 했다. 그래도 막상 겪으니 마음이 좋지 않았다. 소녀가 분을 이기지 못하고 한마디를 더 뱉었다.

"난 우리가 꽤 재미있게 지내고 있다고 생각했어. 그런데 넌 나를 이용할 생각만 하고 있었구나."

이 소녀 신, 옥토에게는 정말 미안한 일이다. 서주 역시 그녀와 지낸 시간이 좋았다. 매일같이 그녀에게 책을 읽어주었다. 얼굴을 씻겨주고 단장도 해줬다. 달에 사는 공주가 나오는 이야기를 듣더니 공주라고 불러달라기에 그것도 해줬다. 하여튼 부산스럽고 손이 많이 가는 신이었다. 가족이란 게 있었다면 이런 걸까 싶었다.

그래도 어쩔 수 없다. 그가 살아있음을 느끼게 하는 건 오직 그 사람뿐이었으므로 어떠한 비난과 벌도 감내할 따름이다.

옥토는 그의 무언을 긍정으로 받아들였다. 그녀는 구슬 같은 눈물을 뚝뚝 흘렸다. 떨어지는 자리마다 보랏빛 제비꽃이 자랐다. 그러다 한 손을 번쩍 치켜들자 사방에서 무너지는 소리가 났다.

곧 사람 허리만큼 두꺼운 칡덩굴이 대지를 뚫고 나왔다. 그것들은 살아있는 뱀처럼 움직였다. 옥토의 의지에 따라 이 공간을 전부 부쉈다. 구멍 난 천장마저 가렸을 때, 마침 동이

텄다. 아직 어둠에 잠긴 태양 볕이 스며들었다. 푸르스름한 빛이 닿은 자리마다 피처럼 붉은 칡꽃이 피었다. 지옥도가 따로 없었다.

이번엔 옥토가 서주를 가리켰다. 명령을 수행하듯 송곳처럼 뾰족한 덩굴이 그의 가슴을 꿰뚫었다. 덩굴은 그를 매단 채로 정자 기둥에 박혔다. 그는 무력하게 피를 토했다. 처음부터 저항할 의지가 없었던 사람 같았다.

가물어가는 의식 속에서 옥토가 그의 가슴을 관통한 덩굴을 거두고 발걸음을 돌리는 게 보였다. 신을 속인 벌을 받으라던가, 그런 말을 한 것 같기도 했다. 그로서는 꽤 여러 번 들은 말이라 웃음이 나왔다. 그러자 또 입에서 울컥 피가 쏟아졌다.

주변이 조용했다. 그 사람 생각이 났다. 몇 번이나 마주친 환생 중에 그녀는 유독 특별했다. 첫 만남을 그 절벽에서 마주친 것도, 과거의 악연을 되풀이한 것도. 오래전의 비극을 다시 떠오르게 만드는 사람이었다. 그래서 마음을 내어주지 않을 수가 없었다.

허연서는 그랬다. 예정된 파국을 알면서도 같이 있고 싶다는 마음이 들게 했다. 이번에야말로 이 운명의 결말을 함께할 수 있지 않을까. 그런 기대가 몸을 기어오르게 했다. 그의 입가에 조소가 떠올랐다. 안일한 생각이다. 나에게 그럴 자격이 있던가.

　점점 시야가 어두워졌다. 손발이 차가웠다. 오래간만에 느끼는 죽음의 감각이었다. 그는 이 와중에도 연서를 생각했다. 무엇보다, 당신은 눈물이 너무 많아…….

3
장

❀

영원의 매듭

보름이 지났다. 서주는 그 자리에 그대로였다. 눈을 뜨면 타는 듯한 고통이 느껴졌다. 죽음의 추위가 넘실거렸고 식은 땀이 비 오듯 흘렀다. 그러나 벗어날 방법이 없었다. 그는 부질없이 신음하다 수시로 정신을 놓아버렸다. 그렇게라도 잠이 들면 잠시나마 고통을 피할 수 있었다.

그때마다 꿈을 꾸었다. 무한한 시공간 안에서 서주는 과거로 갔다. 아득히 먼 옛날을 넘나들었다. 기생들의 보따리장수, 유배된 선비의 친우, 멸망한 나라의 예언가, 아이들을 이끌던 책도깨비. 많은 장소에서 다양한 역할로 존재했던 기억들이 뒤섞였다.

다시 눈을 뜨니 이번엔 서점이었다. 그가 오랜 시간을 보낸 장소이자 그의 친구였다. 이곳은 고목 안에 잠든 듯, 고요하고 권태로웠다. 서주는 허공에 손을 뻗었다. 창에 투과된 햇빛이 피부에 스몄다. 흰 피부가 붉고 투명하게 빛났다. 안쪽에 흐르는 혈액의 색이었다. 그는 무심결에 산 사람의 손 같다고 생각했다.

불현듯 통증이 느껴졌다. 서주는 가슴께를 더듬었다. 구멍이 뚫려있었다. 주먹 두 개는 들어갈 크기의 공허였다. 평범한 사람이었다면 살아있을 수 없는 상처였으나, 그는 아무렇지 않게 셔츠를 여몄다. 꿈에서도 죽지 않는 몸이었다.

얼마나 긴 시간을 살았던가. 그리고 얼마나 긴 꿈을 꾸었나. 고개를 돌리니 테이블에 놓인 향로가 보였다. 아지랑이 같은 흰 연기를 피우고 있었다. 그때 나비 한 마리가 날아들었다. 작고 얇은 날개를 팔랑대며 연기를 뚫더니 테이블에 놓인 책 위에 앉았다. 그가 연서에게 읽어주던 책이었다. 서주가 그걸 집어 들자, 가물가물 날갯짓하던 나비는 연기가 되어 흩어졌다.

그는 책을 펼쳤다. 어디에도 글자가 빼곡했다. 다시 닫고, 이번엔 제일 앞장을 열었다. 백지였다. 차례로 다섯 장을 더 넘기고 나서야 내용이 나왔다. 보기 괴로워서 차마 기록할 수 없다는 뜻의 세 글자뿐이었다.

곧 글자가 먹물이 되어 녹아내렸다. 꿀처럼 진득하게 책장을 타고 흘러 방울졌다. 흐르는 먹물은 점점 많아지더니 이내 폭포처럼 쏟아졌다. 책 속의 모든 글자가 녹아내린 것보다 많았다. 끝없이 흘러넘쳐 서점 안으로 들이쳤다. 서주는 삽시간에 머리끝까지 잠겼다.

진득한 먹물 속에서 그는 눈을 감았다. 몸이 가라앉는지, 떠오르는지 잘 구분되지 않았다. 늪처럼 감겨드는 것 같기도 하고 깃털처럼 부유하는 것도 같았다. 꿈인지 현실인지도 구분할 수 없었다. 그에겐 낯설지 않은 감각이었다.

그는 검은 바다에 잠겨 과거를 떠올렸다. 무수한 파란이었으나, 이젠 단 세 글자밖에 남지 않은 내용이었다.

불가록(不可錄) 上
: 영생을 사는 남자

고려 말. 어느 충성스러운 신하의 고택에서 일이 벌어졌다. 꼭두새벽부터 침입한 괴한들의 살육전이었다. 그들은 일가를 모조리 죽일 기세로 칼을 휘둘렀다. 그 무도함은 백정과 같았지만 검의 궤적엔 품격이 묻어있었다. 결코 잡스러운 원한으로 이런 일을 벌일 신분이 아니었다.

거침없는 칼부림 끝에 가솔들이 전부 죽었다. 이 집 사람이라고는 딱 다섯만 살아남았다. 대감 최씨, 그의 아내와 두

딸 그리고 마루 밑에 숨어든 서자 하나. 최씨는 매우 용맹한 장수였으나, 금쪽같은 딸에게 칼을 들이대니 붙잡힐 수밖에 없었다.

괴한들은 일가를 마당에 꿇어앉혔다. 그리고 우두머리 격인 남자가 복면을 벗었다. 그의 얼굴을 확인한 최씨가 분노에 치를 떨었다. 바로 얼마 전에도 궁에서 마주쳤던 낯이었다. 복면을 벗은 남자는 짧게 설교했다.

「동틀 녘을 알리는 종을 썩은 동아줄에 맬 수는 없다. 그러니 죽어야겠다.」

그리고 다시 물었다.

「아들이 하나 더 있다고 들었다. 어디 있지?」

최씨는 입을 열지 않았다. 괴한이 옆에 있던 큰딸을 죽였다. 어미가 비통해하며 고함을 지르자 그마저 죽였다. 최씨는 눈을 질끈 감았다. 차라리 잘된 일이었다. 이 자리에서 깔끔히 죽는 게 낫다. 어차피 새로이 도래할 하늘에 최씨 식구의 자리는 없었다. 그가 멸망할 나라의 충신으로 남기를 선택했기 때문이다.

흐르는 침묵에 괴한이 다시 칼을 들었다. 이번엔 어린 딸을 향해 휘둘렀다. 그때 최씨가 온 힘을 다해 딸 앞에 뛰어들었다. 도중에 한쪽 팔이 잘려 나갔는데도 아랑곳하지 않았다. 담대한 그로서도 핏덩이의 죽음은 차마 볼 수 없었다. 결국 최씨는 등을 베이고 바닥에 쓰러졌다.

그때였다. 최씨와 마루 밑에 숨은 소년의 눈이 마주쳤다. 최씨는 무척 놀랐으나 내색하지 않았다. 이미 그럴 힘도 없었다. 그는 바닥에 엎드린 채 피를 쏟으며 생각했다. 저 아이는 언제 저렇게 숨었을까. 마르고 작은 몸을 쥐새끼처럼 웅크리고서는.

저 어린 서얼은 최씨의 인생에 하나 있는 오점이요, 어디 내놓을 수 없는 수치였다. 소년의 몸에 절반은 최씨의 피가 흐르고 있었지만, 나머지 반은 기녀의 피였다. 사랑이 뭐 대단한 일인 줄 착각하던 시절에 그가 벌인 실수였다. 그러니 보기만 해도 불쾌함이 일었지만, 가문의 혈통이 길바닥에서 구걸하는 꼴은 볼 수 없어 데려온 아이였다.

이번엔 최씨의 눈앞에 칼이 드리웠다. 괴한은 다시 아들의 행방을 물었다. 분란의 씨앗까지 다 제거하려는 모양이었다. 최씨는 대답하지 않고 가만히 서자의 얼굴을 보았다. 사내 녀석이 옛날에 죽은 어미를 닮아 곱상했다. 그게 꼴 보기 싫어서 집에서 숨소리도 내지 말라고 일렀었다. 지금 생각하니 우스웠다. 그 덕에 저렇게 소리 없이 잘 숨은 모양이었다.

문득 최씨의 마음에 의구심이 떠올랐다. 부모 품도 모르고 자란 녀석이 사람의 정을 알아보기나 할까. 구태여 그런 삶을 살 필요가 있을까. 그러나 흙투성이가 된 소년은 온 힘을 다해 입을 틀어막고 있었다. 최씨는 아이에게 묻고 싶었다.

살고 싶으냐. 아름답지 않은 삶이라도 괜찮겠느냐. 결국은 이렇게 다 재가 되어 사라질 텐데. 살기를 원하는 이유가 무엇이냐.

최씨는 소년의 부릅뜬 눈을 보며 마침내 입을 열었다.

「나에겐 아들이 없다.」

그걸 들은 소년의 눈동자가 흔들렸다. 최씨는 이 말을 끝으로 목이 잘려 나뒹굴었다. 충성과 신의의 말로였다. 잘린 머리는 눈을 감지도 못하고 바닥을 굴렀다. 그러다 마루 밑의 소년 앞에서 멈췄다. 소년은 아버지의 시퍼런 눈을 보고 정신을 잃었다.

한나절이 지나 소년이 깨어났다. 악몽 같았던 밤은 지나가고 날이 밝아있었다. 너부러진 시신도, 아버지의 머리도 사라지고 없었다. 그러나 마루 바깥의 햇볕 아래에서는 여전히 모르는 이의 발걸음이 오갔다. 소년은 본능적으로 아직 나가면 안 된다는 걸 알아챘다. 그는 잠시 고민하다가 아예 등을 대고 벌렁 드러누웠다.

공기가 축축했다. 등 뒤쪽으로 미지근한 흙의 기운이 올라왔다. 낙엽이 썩는 쿰쿰한 냄새도 났다. 몸에 무언가가 기어다니는 느낌도 들었다. 소년은 팔다리에 힘을 빼고 눈을 감았다. 이상하리만치 안락했다. 잘 맞게 짜인 관에 누운 기분이 이러할까. 이곳은 이승과 저승의 경계. 죽은 자들의 공간이었다.

그곳에 누워 소년은 앞날을 궁리했다. 그동안 그는 뒷방 서자로 있는 듯 없는 듯 살았다. 아버지는 1년에 한 번도 보기 어려웠다. 그래도 하인들이 소년의 세끼 밥은 꼬박 챙겨주었다. 소년은 그 정도에 만족했다. 사랑과 인정까지 바라지 않았다. 영혼의 굶주림이야 모른 척 눈 감으면 그만이지만 육체의 굶주림은 생명이 달린 문제다. 당연히 밥이 더 귀하다.

그러나 하루아침에 밥과 인정 모두 재가 되어버렸다. 소년은 이제부터 농사라도 지어야 하나 고민했다. 그보다 여길 나가자마자 죽을지도 모른다. 열세 살의 나이로 삶을 마감하는 건 좀 이른 듯했다. 그러나 사는 것도 만만치 않게 어려우리라는 생각도 들었다.

마땅한 대안이 얼른 떠오르지 않았다. 문득 아버지의 죽은 눈이 떠올랐다. 그가 자신의 죽음을 알고 있었을지 궁금했다. 세상에 모르는 것도, 두려운 것도 없는 사람이었다. 그런 사람이 하루아침에 무너졌다. 인간의 힘으로 저항할 수 없는 전개였다. 아마도 운명이라고 불리는 영역이리라.

이 세상엔 그런 힘이 존재했다. 가벼운 선택이 돌이킬 수 없는 결과를 초래하고, 간절히 원해도 가질 수 없게 만드는 장벽. 그러니까 아버지의 허무한 죽음도 소년의 가려진 삶도 다 운명이었다. 그렇게 생각하면 화도 나지 않았다.

다만 아버지의 마지막 말이 떠올랐다. 그는 끝까지 소년의 존재를 부인했다. 어쩌면 소년을 살리려는 선택이었을지도 모른다. 하지만 그 말은 하필이면 소년이 가진 영혼의 굶주림을 자극했다. 너무 굶어서 배고픈 줄도 몰랐던 아이 앞에서 고깃덩이를 강에 던진 꼴이었다. 소년은 아버지를 떠올리면 자꾸 가슴이 끓어올라 눈을 꽉 감아버렸다.

그때 귓가에 어떤 목소리가 들렸다. 생전 처음 듣는 낯선 음색이었다. 처음에는 휘파람 같은 속삭임이었다. 곧 합창이라도 하듯 수많은 목소리가 겹쳐졌다. 하나같이 음이 지나치게 높거나, 지나치게 낮았다. 간간이 웃음과 울음이 뒤섞여 더욱 알아듣기 어려웠다.

그러나 소년은 그 뜻을 이해했다. 사람이 종종 언어를 사용하지 않고도 뜻을 나누는 것과 같은 느낌이었다. 그냥 그렇게 알아들었다. 그들은 소년을 마음에 들어했다. 아마도 저승에 속한 존재들 같았다. 소년은 그것들에게 마루 밑의 망령이라고 이름 붙였다.

그날 밤, 망령들은 소년에게 갖가지 이야기를 들려주었다. 대개 자기가 죽은 사연이었고 하나같이 말이 많았다. 내용도

께름칙하기 그지없어 소년은 종종 얼굴을 찡그렸다. 그러나 잠들기까지 옆에 누군가가 있는 기분이 썩 나쁘지 않았다. 그날 밤엔 망령의 이야기를 들으며 시체처럼 잠을 잤다.

나흘째에 소년은 마루에서 빠져나왔다. 그날부터 밤에는 집을 지키는 사람이 없었다. 그는 기민하게 움직여 집안의 보물과 돈, 서책 몇 권을 챙겼다. 아버지가 아끼던 검도 잠시 소년의 시선을 붙잡았다. 그러나 앞으로의 세상에 의미가 없을 듯하여 두고 나왔다.

짐을 챙긴 소년은 곶감을 입에 욱여넣으며 내달렸다. 뒷문을 빠져나와 마을 밖으로 향했다. 그리고 무조건 동쪽으로 향했다. 망령들이 그렇게 말했기 때문이다. 그들은 계속 마루 밑에 남았지만 소년에게 마지막으로 몇 가지를 조언했다. 동쪽으로 가다가 처음 나오는 마을은 그냥 지나칠 것. 값비싼 재물은 1년이 지난 뒤부터 처분할 것. 이곳에 미련을 두지 말고 달릴 것. 곶감은 배앓이를 할 수 있으니 두 개만 먹을 것.

하여튼 기묘한 경험이었다. 소년은 쉴 새 없이 발을 움직이며 생각했다. 그 망령들은 왜 소년이 죽는 걸 바라지 않았을까. 세간의 귀신과 망령이라면 으레 그러할 텐데. 하지만 그것들은 무릇 한도 많고, 말도 많다. 동료를 언제나 필요로

할 것이다.

아니면 가만히 들어주는 게 좋았던 걸까. 그토록 말이 많으니 저들끼리는 제 얘기만 하다 끝날지도 모른다. 그런 와중에 멍하니 누워 고개를 끄덕이는 소년이 기특해 보였을 수도 있다. 무엇이 되었든 소년은 결국 망령이 되지 못하고 살아남았으므로 지레짐작할 뿐이었다.

그 뒤로 소년은 떠돌아다니며 살았다. 어린아이가 혼자 길에서 살면 각박해지기 마련이나 그는 그렇지 않았다. 곤란한 일이 생기려는 참이면 매번 귀신의 도움을 받았다. 눈에 보이지 않는 그것들은 스산한 바람 소리로 제 존재를 알렸다. 소년은 늘 죽은 자들에게 사랑받았다. 아무래도 마루 밑의 망령들이 무슨 흔적을 남긴 모양이었다.

그는 관례*를 치를 시기가 지나서도 머리를 풀고 다녔다. 그러나 지저분한 걸 싫어하였으므로 행색은 멀끔했다. 비가 와서 흙냄새가 진해지는 날이면 맨발로 걸었다. 축축한 흙의 기운을 느끼다 보면, 이상하게 안락했던 마루 밑의 기억이

* 고려~조선시대의 성인식을 이르는 말. 15~20세 무렵에 치르고, 남자는 이때 상투를 튼다.

떠올랐다.

그의 모습을 본 사람들은 그가 미쳤다고 말했다. 단정한 생김새와 전혀 다른 태도가 보통 광증이 아니라며 수군거렸다. 그가 망령의 목소리를 듣고 웃었을 때, 사람들은 그가 허공을 보며 웃는다면서 몸서리쳤다. 그는 때때로 도깨비나 구미호로 몰려 마을에서 쫓겨나기도 했다. 그런 일이 몇 번 반복되자, 그는 자연스럽게 사람의 눈길이 닿지 않는 곳에서 살았다. 숲이나 동굴, 버려진 마을 창고 같은 곳이었다. 대체로 좋은 환경이라고는 할 수 없었다. 그러나 이 남자는 원래부터 욕심이랄 게 없었으므로 매번 잘 적응했다. 비유하자면 아무 데서나 자라는 이끼 같았다.

그가 의욕적으로 하는 일은 딱 두 가지였다. 독서 그리고 기록. 그는 망령들의 이야기를 기록하는 걸 즐겼다. 그것들은 시대와 공간을 초월했다. 듣고 있노라면 지근거리의 장터부터 먼바다 너머까지 유랑하는 기분이었다. 이때만큼은 모든 걸 벗어난 자유를 느낄 수 있었다.

독서는 생활에 가까웠다. 그는 최씨 일가와 살 때부터 책 읽기를 즐겼다. 그때 들인 습관이었다. 다만 이때만 해도 책은 고가의 사치품이었다. 소속이 없는 방랑객이 쉽게 사들일 만한 물건은 아니었다. 그러나 이 남자는 항상 돈이 많았다. 처음 집에서 들고나온 건 대수가 아니었다. 그의 노잣돈이 떨어져 갈 때쯤이면 망령들이 보화가 묻힌 곳을 알려주었다. 신원 미상의 무덤을 파라고 해서 곤란한 적도 있었다. 그래도 편안하게 취미를 즐길 수 있으니 남자는 만족했다.

이때만 해도 그는 이런 한량 같은 삶을 살다가, 봄이 오면 눈이 녹듯 어느 날 세상에서 사라져버리리라고 생각했다. 따가운 볕에 스러지고 증발해 버릴 것을 기대했다. 사람들이 보통 죽음이라고 부르는 일이었다. 그는 되도록 빨리 그날이 오길 바랐다. 자신의 운명에 마침내 종지부를 찍는 날 말이다.

그러나 봄이 오기도 전의 어느 날이었다. 그는 대낮부터 폭포 근처의 바위에 걸터앉아 책을 읽었다. 얼마 전 봇짐장수에게 산 낡은 종류였다. 봇짐장수는 희대의 요서라며 호들갑을 떨었지만, 남자는 늘 그렇듯 대수롭지 않게 생각했다.

책의 내용은 봇짐장수가 말한 대로였다. 하나같이 허무맹랑했다. 기이한 존재와의 만남, 환상적인 공간, 마술적인 힘을 지닌 사물 등으로 소재는 다양했다. 재미로 읽고 넘길만한 내용이었으나 도중부터 남자는 진지해졌다. 장을 넘길 때마다 망령들이 반응하듯 술렁였기 때문이다.

돌연 그가 실소를 터뜨렸다. 책의 한 대목이 그로서는 납득할 수 없었다. 영생을 얻는 방법이었다. 죽음 직전에 저승차사를 잘 대접하여 돌려보내면, 받은 성의를 생각해 수명을 늘려준다는 것이다.

그 예시도 꼼꼼하게 적혀있었다. 오래 걷는 자들이니 새 신발을 선물하라느니, 좋은 술을 대접하라느니. 대단히 현실적인 방법들이었다. 실제로 수명을 늘린 자의 일도 적혀있었다. 그는 서른 살에 죽기로 되어있었는데, 생사부에 적힌 나이의 십(十)자에 한 획을 그어 천(千)으로 만들었다. 그래서 3천 년을 살았다는 거다.

남자는 기가 막혔다. 신이라는 것들이 이렇게 멍청한가? 고작 새 신발과 술 좀 대접받았기로서니 사람 수명을 이리저리 바꾼단 말인가? 그는 여태껏 운명이란 인간의 힘으로 거역할 수 없는 힘이라고 믿었다. 그러나 이 책엔 그렇지 않다고 적혀있었다. 게다가 방법도 아주 간단하고, 쉬웠다.

그는 믿고 싶지 않았다. 운명에 대항하는 건 불가능해야 한다. 그렇지 않다면, 여태 도망쳐온 그의 과거가 회한에 잠기고 말 것이다. 그러나 망령들이 그의 귓가에 속삭였다. 이건 전부 진실이다. 좀 더 일찍 알았더라면 넌 다른 삶을 살았을지도 모르지.

허탈함에 실소가 나왔다. 그의 웃음소리가 점점 커졌다. 도중엔 죽은 아버지의 얼굴이 떠올랐다. 희게 뜬 죽은 눈이 뇌리를 스쳤다. 그는 생각했다. 그 모습이 생선 대가리나 다름없었겠어. 살리고 죽이는 게 이렇게 쉬운데, 사람이 사람으로 보이겠느냐는 말이야.

여기까지 생각이 미치자 그는 몸을 뒤로 젖히며 크게 웃음을 터뜨렸다. 사람을 생선 따위에 비유한 게 우스웠다. 또한 제가 살아온 삶이 우습고, 운명과 섭리가 우스웠다. 그는 웃고 또 웃었다. 눈물이 나올 정도로 계속해서 웃었다.

그로부터 몇 주가 지났다. 남자가 머무르던 마을에 초상이 났다. 이전부터 병을 앓던 청년이었다. 젊은이의 이른 죽음에 사람들은 애도를 표했다.

장례 이틀째 되는 날 밤이었다. 마을 입구로 검은 옷을 입은 남자가 들어섰다. 그는 대나무로 짠 모자를 쓰고 있었는데, 그 아래로 치켜 올라간 눈이 날카롭게 빛났다. 오늘 망자를 데리러 온 저승차사였다. 그는 무사의 복장을 하고 있었으나 검을 차지 않았고, 멀리 돌아다녀야 하는 직무를 맡았으나 다리를 절었다.

차사는 사람의 명운이 적힌 생사부를 꺼냈다. 그리고 마을 입석과 생사부에 적힌 주소를 대조하더니 고개를 끄덕였다. 오늘 데려갈 이가 여기 있었다. 그가 한달음에 마을 초입을 지나려던 참이었다.

알싸하면서도 향긋한 내음이 스쳤다. 천 년을 넘게 산 그로서도 아주 드물게 맡아본 향이었다. 차사는 홀린 듯이 향기가 나는 방향을 쫓았다. 몇 걸음 걷자 좁은 길 한가운데 누가 앉아있는 게 보였다.

단정하게 생겨서는 건방진 미소를 띤 남자였다. 그는 성찬 앞에서 양반다리를 하고 있었다. 고기와 술, 떡이 차려진 상 한가운데엔 손바닥만 한 청자 향로가 놓여있었다. 이 매혹적인 향의 근원지였다. 차사는 미묘하게 표정이 밝아졌다. 그러고 보니 사잣밥을 얻어먹은 지도 한참이었다. 차사는 입맛을 쩝 다셨다. 과거에 지은 죄로 이 일을 하고 있다지만, 이럴 때면 막무가내로 때려치우고 술을 퍼붓고 싶었다. 차사가 아쉬운 듯 말했다.

「치워라. 이승의 사람에게 무언가를 받으면, 반드시 갚아줘야 한다.」

그러자 신원 미상의 남자가 대답했다.

「저는 이미 저승의 사람입니다. 차사님을 쫓아가는 길이 편안하라고 가족들이 이렇게 상을 차려주더군요.」

남자가 호패를 꺼냈다. 이름을 읽은 차사가 고개를 끄덕였다. 오늘 데려갈 이의 신변과 일치했다. 겉보기에 나이와 성별도 같으니 더욱이 의심이 들지 않았다. 무엇보다 누가 괜히 나서서 저승차사에게 저를 데려가라고 할 리가 없다. 산 사람처럼 보이는 게 조금 걸렸지만, 죽은 지 얼마 안 된 이들은 간혹 그런 경우가 있었다.

차사는 잠시 망설이다 상 앞에 앉았다. 그리고 희미하게 미소가 번진 얼굴로 「딱 한 잔.」이라고 말했다.

만취한 차사가 상에 엎어졌다. 미동이 없어 경직된 시체 같았다. 술이 쏟아지고 그릇이 요란하게 나뒹굴었다. 그 가운데, 교활한 미소를 띤 남자가 허리를 꼿꼿하게 세우고 있었다. 차사와 남자 사이에서 벌어진 술 대작이 스무 잔쯤 오갔을 무렵이었다.

그는 소매에서 무언가를 꺼냈다. 돼지 오줌보로 만든 주머니였다. 거꾸로 엎으니 맑은 술이 끝도 없이 쏟아졌다. 사실 두 개를 준비했는데, 저승차사란 놈이 생각보다 술이 약했다. 게다가 훔친 호패 따위를 덥석 믿을 정도로 순진해 빠졌다. 남자는 중요한 행사 전에 예를 차리듯 옷매무새를 다듬었다. 그리고 깊이 잠든 차사의 머리끄덩이를 들어 올렸다. 지엄하신 저승차사는 머리채를 잡혀도 깨어나지 않았다. 뒤로 젖히니 목이 무방비하게 드러났다.

남자는 생각했다. 찌르면 죽으려나? 신이라 해도? 불현듯 그의 머리에 삐뚤어진 호기심이 스쳤다. 그러나 불필요한 시도는 그만두었다. 그는 계획대로 차사의 몸을 뒤졌다. 그리고 그의 소지품 중 책을 한 권 찾아냈다.

인간의 수명이 적힌 생사부였다. 펼쳐보니 과연 사람의 이름, 주소, 생년월일시와 사인(死因)까지 모두 적혀있었다. 방대하다고 생각했던 사람의 운명은 고작 하나의 줄글에 지나지 않았다. 차례로 장을 넘기던 남자가 비틀린 웃음을 지었다. 그의 이름이 보였다.

애초에 부여받기를 쓸데없이 긴 수명이었다. 남자는 준비해 온 붓과 먹을 꺼냈다. 그리고 잠시 궁리했다. 이제 어쩐다. 특별히 수명을 늘릴 생각은 아니었기에, 누구처럼 나이의 십(十)자에 한 획을 그어 천(千)으로 만들 요량 따윈 없었다. 책장을 뜯어내자니 다른 이들까지 봉변이고, 먹만 있어서는 원하는 대로 고칠 수 없다.

그러다 완연하게 웃었다. 좋은 방법이 있었다. 그는 한 치의 망설임도 없이 운명에 붓을 댔다. 그리고 일필휘지로 손을 놀렸다.

한 시진이 지나 차사가 깨어났다. 술기운이 가시자 가슴이 철렁 내려앉았다. 그는 급히 허리를 세워 주변을 보았다. 함께 술자리를 한 남자가 아직 그 자리에 그대로 앉아있었다.

그 모습에 차사는 안도했다. 혹시나 잠든 사이 물건을 도둑맞기라도 했으면 큰일이었다. 특히 생사부. 그게 분실되는 건 생각만 해도 아찔했다. 이승에 아비규환을 초래할 일이다. 차사는 속으로 안도하며 옷을 정돈했다.

그런데 가슴팍에 있어야 할 생사부가 느껴지지 않았다. 그는 가슴에 손을 올린 그대로 차갑게 굳었다. 창백한 얼굴이 더 희게 질렸다. 부산스럽게 옷을 뒤졌으나 역시 없었다. 오래전에 잃은 심장이 내려앉았다. 이미 마른 피가 가셨다. 그때 맞은편에 앉은 남자가 웃음을 터뜨렸다. 그 짧고 유쾌한 음성에 차사는 고개를 돌려 남자를 보았다.

그가 생사부를 들고 있었다. 친구에게 자랑이라도 하는 양 한 손에 쥐고 나풀나풀 흔들었다. 차사가 사나운 표정으로 노려보자 남자는 순순히 책을 내어주었다.

차사의 손에서 생사부의 장이 빠르게 넘어갔다. 신의 물건이 잠시나마 인간의 손에 있었다. 불길한 징조였다. 빠르게 움직이던 차사의 눈동자가 멈췄다. 생사부의 한 귀퉁이. 그곳에 누군가의 이름이 검게 덧칠되어 있었다. 태어난 날을 비롯한 모든 일신상의 정보가 지워진 뒤였다. 세상에 없는 사람이 된 것이다. 차사는 화가 치밀어 어금니를 깨물었다.

그러거나 말거나 이름 없는 남자가 웃음을 터뜨리며 말했다.

「차사 나으리, 이제 저는 어떻게 해야 합니까? 저승으로 가고 싶어도 이름을 불릴 방도가 없는데요. 이렇게 송구스러울 데가. 그런데 뭐, 살다 보면 뜻하지 않게 흘러가는 일들이 있지 않습니까. 운명이란 놈처럼 말입니다. 차사님은 제게 속아 일을 그르칠 운명이었던 거지요.」

이번엔 차사가 상을 걷어차고 일어섰다.

「어리석은 놈이 주제도 모르고 방자하게 날뛰는구나. 그래, 어디 잘해보거라. 내가 네놈을 지켜보마. 네 오만한 콧대가 꺾이고 무력하게 무너질 날을 기다리겠다. 그제야 너는 신 앞에 기어 와 애원하겠지. 네 선택을 후회한다고 울며 하소연할 테지!」

이름 없는 남자가 나른하게 웃었다. 그는 술병을 천천히 허공에 기울였다. 안에 들어있던 액체가 바닥으로 쏟아졌다. 이 땅에 존재하는 망령들에게 인사를 전하듯 남김없이 부었다. 동시에 중얼거리듯 말했다.

「무력함. 그런 건 이미 수도 없이 겪었지. 그보다 내가 궁금한 건 이거야. 명부에 없는 자에게도 신이라는 것이 의미가 있나? 나는 내 손으로 운명을 바꾸었으니, 바로 내가 신이라 할 수 있는 게 아닌가?」

빈 술병이 바닥에 나동그라졌다. 고요한 새벽 공기 사이로 가냘프게 구르는 소리가 났다. 남자는 고개를 들어 차사를 보았다. 담녹색 눈동자가 경멸과 냉소로 가득했다. 차사는 창자가 꼬일 정도로 분노했지만, 지금은 할 수 있는 것이 없었다.

그는 그저 지켜보기로 했다. 스스로 감당 못 할 일을 벌인 인간의 말로. 자유와 방종을 구분하지 못하고 규율을 깨트린 죄. 여기 있는 저승차사는 이 위태로운 도전의 끝을 잘 알았다. 지난날 신비한 사슴의 뿔을 자른 죄로 벌을 받은 인간이 바로 그였으니까.

차사가 떠나고 남자는 홀로 남았다. 가진 게 없는 이 불쌍하고 외로운 한량은 이제 이름마저 잃었다. 그러나 신에게서 무언가를 빼앗았다는 사실 하나만으로도 그는 만족스러웠다. 계속해서 웃음이 잇새를 비집어 나왔다.

그는 이 무의미한 약탈이 무척이나 기뻤다. 눈물이 날 정도였다.

남자가 일어나 비척대며 걸었다. 몇 모금 마신 술기운이 오르는지 가슴이 뜨거웠다. 발걸음은 곧 마을로 이어진 길을 벗어났다. 높게 자란 잡초에 가려 곧 그의 형상이 사라졌다. 그러나 웃음소리만은 멈추지 않았다.

더할 나위 없는 미치광이의 모습이었다.

서주가 죽음과 삶을 넘나드는 사이, 연서는 그의 서점을 찾고 있었다. 그 절벽을 방문한 다음 날부터 그녀는 서점을 다시 방문할 수 없었다. 이상한 일이지만 위치를 알 수 없었다. 근처만 가면 짙은 안개가 서렸고, 돌연 엉뚱한 길에 접어들었다. 몇 번이나 그 주변을 맴돌아도 결과는 같았다. 온갖 지도를 검색하고 동사무소 주소록까지 뒤졌지만 소용없었다. 그 흔한 소셜 미디어 후기조차 없었다. 마치 세상에 원래 존재하지 않았던 장소 같았다. 연서는 답답함에 속이 끓었다.

그렇게 나흘째 되던 날이었다. 그날도 연서는 서점을 찾아 다녔다. 집에 돌아왔을 땐 고단함에 쓰러지듯 잠들었다. 그리고 이상한 꿈을 꾸었다.

예스러운 방이었다. 고풍스러운 한옥에 자개장, 비단 방석과 도자기 장식이 정갈하게 놓여있었다. 연서는 상석에 앉아 있었다. 꿈속의 그녀는 이 방의 주인이었다.

그녀는 앞에 놓인 물건을 보았다. 손안에 들어오는 작고 예쁜 조각이었다. 그런데 이상하게 형태가 흐릿했다. 연서는 그 물건을 알아보기 위해 눈에 힘을 주었다. 가만히 마음을 가다듬으며 집중했다.

물건의 진짜 모습이 보였다. 원앙 인형 한 쌍이었다. 서점

에서 봤던 것과 같았다. 돌연 연서의 손에 힘이 들어갔다. 수
컷 원앙의 목을 붙잡고 세게 당겼다. 그 물건에 원한이라도
있는 사람처럼 행동했다.

불길하게 삐걱거리는 소리와 함께 원앙 인형이 부서졌다.
동시에 그 안에 들어있던 것이 바닥에 떨어졌다. 원래 이런
용도로 사용하는 물건이었나? 연서는 몰랐지만, 꿈속의 그
녀는 알고 있었던 듯 침착했다. 불현듯 옆을 보았다. 상에 놓
인 경대에 제 모습이 비쳤다.

지금의 연서와 어딘가 닮은 여인이었다. 깡마른 얼굴엔 음
울함이 깃들어 있었다. 다만 눈빛만은 반짝였다. 자신의 바
람을 이루고야 말겠다는 의지가 가득했다. 그 마음이 연서에
게 그대로 전달되었다. 그녀는 가슴이 비틀리는 답답함을 느
꼈다. 도대체 당신이 원하는 게 뭐야. 뭘 하려는 건데. 일면식
도 없는 꿈속의 여인에게 그렇게 묻고 싶었다.

여인이 바닥에 떨어져 있던 것을 주워 들었다. 형태를 확
신할 수 없었으나 검게 말라붙은 물체였다. 그녀는 한 손에
그걸 올려두고 자상하게 쓰다듬었다. 운명을 바꿔줄 보물인
양 소중한 손짓이었다. 그러다 그녀가 작게 속삭였다. 연서
에겐 제 입에서 흘러나온 말처럼 들렸다.

「다시 봐요, 우리.」

돌연 옆에서 인기척이 났다. 여인이 놀라 옆을 돌아보았

다. 누군가 와있었다. 그녀가 비명을 지르려는 찰나 불청객이 거칠게 입을 틀어막았다. 연서는 그 상대를 똑바로 보려 했으나 끝내 보이지 않았다. 오로지 검은 옷을 입은 것만 보였다.

곧 시커먼 빛이 연서의 시야를 가득 메웠다. 그녀는 바다에 빠진 사람처럼 허우적거렸다. 섬뜩한 검은 빛에 눈을 감았다.

다시 눈을 뜨자 침대 위였다. 연서는 잠에서 깨어난 후에도 한동안 움직이지 못했다. 지나치게 생동감 넘치는 꿈이었다. 아직도 그 안에 있는 것만 같았다. 그녀는 천천히 마음을 가다듬으며 현실감각을 되찾았다.

그리고 탁상 위에 뒀던 원앙 인형을 손에 들었다. 꿈에서 본 것보다 한참 낡았지만, 같은 물건이었다.

그 서점을 방문하고서부터 종종 이상한 꿈을 꾸긴 했다. 그에 대해 연서는 대수롭지 않게 생각해왔다. 꿈은 현실의 파편이며 깨어있을 때 겪었던 일의 변주와 반복이다. 서점에서의 일이 인상적이었기 때문에 관련된 꿈을 꾸는 것이리라. 그녀는 내내 그렇게 여겼다.

하지만 이번엔 달랐다. 꿈속에서 느꼈던 감정이 생생했다. 그 가녀린 여인의 머릿속엔 분노와 체념 그리고 상황을 뒤엎을 계략으로 가득했다. 구체적인 내용은 알 수 없었으나 그 마음이 향하는 방향은 선명했다.

서주, 그 남자였다. 연서와 닮은 여인은 그를 원했다. 다시 만나겠다는 강한 욕망을 품었다. 그러나 그건 사랑과 원망이 뒤섞인 마음이었다.

연서는 원앙 인형의 목을 틀어쥐었다. 바보 같지만, 그냥 흘려 넘길 수 없었다. 꿈속의 여인이 그녀에게 어떤 단서를 주는 것 같았다. 손아귀에 힘을 주자 나뭇결이 비틀리는 소리가 났다. 연서는 더 움직이지 않고 잠시 생각했다.

이 인형을 부숴서 뭘 어쩌려고? 그다음엔 스스로 답변했다. 어쩌긴, 그 사람을 다시 만나야지. 강하게 비틀자 낡은 인형의 허리가 잘리며 부서졌다.

인형 안에는 종이 뭉치가 들어있었다. 얇은 종이를 여러 번 겹친 모양새였다. 꺼내 들자 안쪽에서 딱딱한 것이 만져졌다. 연서는 조심스럽게 종이를 떼어냈다. 삭아서 누런색에 가까워진 종잇조각이 차례로 분리되었다.

마지막 한 겹에는 어떤 글자가 쓰여있었다. 흘려 적은 한자 대여섯 자였다. 연서는 곧장 인터넷에 내용을 검색했다. 뜻을 알아내야 한다는 강한 충동에 사로잡혔다.

글자를 이리저리 돌려보던 그녀는 짧게 감탄했다. 이전에 들어본 단어가 하나 들어있었다. 곧바로 다른 글자들도 뜻을 알 수 있었다.

연서는 급히 마지막 종이를 벗겨냈다. 마침내 그 실체가
드러났다. 꿈에서는 비록 그 형태가 흐릿했으나, 분명 그 여
자의 손에 들려있던 것과 동일한 물건이었다.

연서는 누가 옆에서 알려준 것처럼 해야 할 일이 떠올랐
다. 그녀는 원앙 안에서 꺼낸 것을 손에 꼭 쥐었다. 마르고 거
친 표면이 느껴졌다. 그건 바싹 말린 나무토막 같기도, 만들
다 만 새총처럼도 보였다. 용도가 모호한 물건이었지만 연서
는 그 정체를 알고 있었다. 이것이야말로 그 서점을 다시 찾
을 방법이었다.

종이에 적힌 내용은 이러했다.

'구색록의 뿔로 신에게 어려움을 고하라'

우중충한 날이었다. 하늘엔 구름이 가득하고 공기가 습했
다. 곧 겨울에 접어드는 계절과는 다소 어울리지 않는 날씨
였다. 기껏 고른 날이 이런 게 아쉬웠지만, 연서는 더 기다릴
수 없었다. 준비하는 데만 벌써 사흘을 보냈다.

그녀는 도톰한 점퍼를 꺼내 입었다. 활동성 좋은 바지에
등산화도 신었다. 얼추 아마추어 등산가 정도로 모양새가 나

왔다. 작은 배낭에는 오늘 계획을 실행하기 위한 물건을 차곡차곡 넣었다. 그리고 마지막으로 다시 조립해 둔 원앙 인형을 손에 들었다.

잠시 고민하던 연서는 인형을 바닥에 내려놓았다. 일어서려는데, 원앙 몸통을 빙 둘러서 갈라진 틈이 괜히 안쓰러웠다. 그녀는 가방에서 반창고를 꺼내 인형에 붙여주었다. 그런 뒤에 현관 앞에 인형을 남기고 집을 나섰다.

날씨 탓인지 산을 타는 사람이 거의 없었다. 연서는 힘 있는 발걸음으로 등산로를 올랐다. 특별히 장비라고 할 건 없었지만 복장을 갖추니 산행이 한결 편했다.

최초로 절벽을 방문한 날과는 사뭇 달랐다. 그땐 캔버스화를 신고 막무가내로 산에 올라 조난까지 됐었다. 지금 생각해도 한심하지만, 인제 와서 보면 그건 서점에 갈 수 있게 해준 기회가 되었다.

그녀는 초보자용 코스 표지판 앞에 섰다. 그리고 주변을 한번 둘러보았다. 좀 떨어진 곳까지 사람의 기척은 없었다. 연서는 심호흡을 한 번 하고 등산로 옆길로 들어섰다.

다행히도 이번엔 헤매지 않았다. 그녀는 숨이 약간 차오를 정도로 움직였다. 목적지를 아는 사람의 속력이었다. 30분도 채 되지 않아 절벽이 나왔다. 잿빛 화강암 바위가 어두운 하늘과 어울려 더욱 을씨년스러웠다.

연서는 절벽 방향으로 몇 걸음을 떼었다. 바람이 강해서 바위 위에 오를 수는 없었다. 그녀는 적당한 위치에 주저앉아 준비해 온 물건을 꺼냈다. 밥그릇, 즉석밥, 생수 작은 것 그리고 잘린 사슴뿔. 연서는 가져온 것들을 손수건 위에 정갈하게 나열했다. 그리고 빈 그릇에 생수를 부었다. 얼추 신에게 치성을 드리는 상처럼 보였다. 이야기에 나오는 제단과 비교하면 볼품없겠지만, 지성이면 감천이랬다. 연서는 정성으로 나머지를 타협해 보고자 마음먹었다.

그녀는 두 손을 맞댔다. 눈을 꼭 감고 속으로 간절히 바랐다. 어떤 신이든 좀 도와주세요. 그 사람한테 고맙다는 말 한 번만 제대로 할게요. 그동안 못 하고 산 말도 많은데 이번 한 번은 괜찮지 않은가요. 언제 도와달라고 한 적도 없는데. 이왕 제 인생에 신비로운 사건이 벌어진 김에 마무리까지 해주셨으면 좋겠습니다.

그러나 아무런 일도 벌어지지 않았다. 연서가 눈을 가늘게 떴다. 바람에 사슴뿔이 날아갈 듯 덜그럭거렸다. 어어, 소리를 내며 급히 붙잡았다. 그릇에 담긴 물도 넘실거렸다. 허둥지둥 손으로 덮었다. 방법이 잘못되었나? 그녀는 고민 끝에 배낭에서 물건을 하나 더 꺼냈다.

민속신앙에서 신과 교류하는 방법은 여러 가지가 있다. 그중에 하나는 좀 전처럼 음식을 차려 대접하는 제사다. 비교적 간단한 방법이 또 있었다. 흔히 바이킹의 문화로도 알려져 있고, 우리나라에서도 초상을 치른 뒤에 종종 행하는 일이었다. 먼 고대부터 전 세계적으로 이루어진 전통이기도 했다.

연서는 라이터를 꺼냈다. 시험 삼아 켜본 불은 강풍에 금방 꺼졌다. 이번엔 물그릇을 비우고 닦아낸 뒤에 사슴뿔을 담았다. 그런 다음 준비해 온 신문지에 라이터를 가져갔다.

상을 차리는 것에 비해 긴장감이 들었다. 불은 보다 파괴적이기 때문일까. 연서는 심장이 무게감 있게 뛰는 걸 느끼며 라이터 버튼에 엄지를 가져갔다.

"너 미쳤냐?"

순식간에 나타난 인물이 연서의 손을 잡아챘다. 전에 봤던 검은 옷의 남자였다. 원래도 험악한 얼굴이 난데없이 나타나니 흉악할 정도였다.

"구워 먹으시게? 밥도 차려놓고…… 배고프냐? 반찬이야? 불장난 무서운 줄 모르고 산에서 뭐 하는 짓이야? 산림보호법 몰라?"

속사포 같은 비난에 연서는 뭐라고 항변하지도 못했다. 그녀는 얼떨떨한 얼굴로 한참 혼이 났다. 도중부터는 욱하는 심경이 되었다. 가정교육 받을 때 뭐 했냐는 말은 너무했다. 그녀는 초등학생 때부터 소방 안전을 비롯한 교육이란 교육은 다 착실하게 듣던 모범생이었다.

"저도 위험한 거 알아요. 바보 같은 게 아니고 절실한 겁니다. 나름대로 준비도 했어요. 그냥 온 거 아니라고요."

연서는 퉁명스럽게 배낭을 잡아끌었다. 얇은 재질의 배낭이 흙 위에 길을 내며 질질 끌려왔다. 그녀는 배낭 지퍼를 열고 아이스크림 껍질을 벗기듯 한번에 아래로 내렸다. 직후에 드러난 강렬한 색과 매끈한 질감이 시선을 사로잡았다. 소화기였다.

재킷 입은 남자의 시선이 순식간에 멍해졌다. 그리고 피곤한 듯 이마를 짚으며 물었다.

"훔쳤냐?"

"무슨 말씀이세요. 인터넷에서 샀어요."

"들고 다닐 용도로 3.3킬로그램짜리를 샀다고?"

"네. 저도 무서워서요. 확실히 대비하려고요."

남자는 '무서운 사람이 이런 짓을 해?'라는 눈빛으로 쳐다보았다. 그리고 뭐라고 입을 열려던 참에 한숨을 푹 쉬었다. 더 말하고 싶지 않다는 무언의 표시였다.

그가 말없이 그릇에 들어있던 사슴뿔을 집었다. 놀란 연서가 팔을 뻗었다. 나름대로 힘을 다해 달려들었지만 한참 키가 모자란 탓에 어림도 없었다. 그녀의 아득바득 달려드는 꼴에 남자는 조롱하듯 입꼬리를 올렸다. 연서는 참지 못하고 소리쳤다.

"돌려주세요!"

"너 모르나 본데, 이거 원래 내 거야. 다 쓴 물건은 주인에게 돌려주는 게 인지상정 아닌가?"

"다 안 썼어요. 안 썼다고요. 아무것도 해결된 게 없어서 답답해 죽겠는데 지금……!"

"죽겠다는 말 함부로 쓰지 마. 일하러 가야 할 것 같아서 짜증 난다. 너 서점 찾게 해달라고 기도하던 거잖아. 아니야?"

바람이 귓전을 때렸다. 공기가 요동치는 소리가 웅웅댔다. 연서는 더 움직이지 않고 눈만 깜빡거렸다. 이 남자가 어떻게 그 사실을 알았을까? 곁에서 지켜봤다든가 조사했다든가, 뭐 그런 방법을 취했을지도 몰랐다. 하지만 연서는 또다시 어떤 예감을 느꼈다. 그녀는 당황한 나머지 한층 딱딱한 말투로 물었다.

"제 기도를…… 들었어요?"

그가 실소하며 답했다.

"마무리까지 해달라며."

산에서 내려오는 길은 한층 수월했다. 정확하게는 '수월

했다'고 말할 수도 없을 정도였다. 절벽 위에서 연서는 남자
가 내민 팔을 잡았다. 그리고 두 눈을 똑바로 뜬 채 한 걸음
을 내딛었다.

그러자 그 서점 앞이었다.

순식간에 달라진 주변 풍경에 연서는 입을 다물지 못했다.
말로만 듣던 초능력, 순간이동인가. 그런 공상과학적인 상상
이 뇌리를 스쳤다. 연서는 호기심을 가득 담아 생기 있는 눈
으로 남자를 바라보았다. 그녀의 눈빛을 어떻게 해석했는지
그가 무뚝뚝하게 말했다.

"뭘 봐? 그럼 이 다리로 산을 걸어 내려가리? 그리고 차사
들은 원래 다 축지로 돌아다녀."

차사? 축지? 소설에나 나올 법한 단어 아닌가. 혹시 이것
도 꿈인가 싶어서 연서는 볼을 살짝 꼬집었다. 찌릿했다. 이
번엔 절벽에서 떨어지지도 않았고 꿈을 꾸지도 않았다. 완연
한 현실이었다.

연서는 고개를 들었다. 그토록 찾아다녔던 서점이 눈앞에
있었다. 그러나 기대와 다른 모습이었다. 단지 모양의 문제
가 아니다. 원래 이 건물에는 묘한 생동감이 깃들어 있었다.
그건 미약하고 잔잔했지만 때로 눈에 띄었다. 이 서점은 어
떠한 생명체를 상상하게 했다. 오래전의 환상을 간직하고 서
점의 형태로 잠들어버린 거대한 짐승. 무수히 많은 이야기에

반복해서 등장하는 신기루. 그런 종류였다.

지금은 그런 생명의 빛이 느껴지지 않았다. 고작 며칠 사이 서점 외벽은 칡덩굴에 뒤덮여 있었다. 억센 잎이 드리워 본모습을 알 수 없을 지경이었다. 비단 이끼 같았던 초록색 벽은 곳곳에 금이 갔고, 일부는 무너졌다. 덩굴이 문을 짓눌러 열 수조차 없었다. 부서진 창문 안으로는 컴컴한 암전이었다.

낮잠에 빠진 환상 같았던 서점은 이젠 생명을 빼앗긴 잔해로 남아있었다. 그럼, 그 사람은, 서점의 남자는 어떻게 되었을까. 연서는 불길함을 느꼈다. 그의 행방에 관해 물으려는데 검은 옷의 남자가 먼저 말을 꺼냈다.

"안에 있어."

그건 그거대로 큰일이다. 문이 제대로 열리지도 않는 서점 안에 있다니. '도대체 언제부터?'라는 생각이 절로 들었다. 연서는 걱정스러운 목소리로 물었다.

"그 사람을 만나려면 어떻게 해야 하죠?"

남자는 연서를 물끄러미 내려다보았다. 그리고 순수한 호기심을 확인하듯 물었다.

"만나서 어떻게 하게?"

"네?"

"넌 아무 힘도 없어. 자기 앞날도 모르는 한낱 인간에 불과

하지. 불행하게 살다가 이제 겨우 남의 도움으로 벗어난 참이야. 이걸 봐. 네가 극복할 수 있는 상대 같아?"

그는 엄지손가락을 세워 뒤에 있는 서점을 가리켰다. 덩굴이 자란 모양새는 분명 비정상적이었다. 그 원천에 어떤 힘이 있을지 짐작되지 않았다.

그 남자가 제시한 의문은 분명 일리가 있었다. 평소의 연서였다면 괜찮은 답변을 꺼내기 위해 한참을 생각했을 것이다. 그러나 이상하게도 이번엔 대답할 말이 곧바로 떠올랐다. 그녀는 흔들림 없는 태도로 말했다.

"안전한 장소로 데려갈 거예요. 그 사람을 이런 데 두고 싶지 않으니까요."

"내 말을 못 알아듣네. 쉽게 말해주지. 이건 자연재해야. 모든 인간에게 공평한 파괴력이라고. 그 자식은 신에게 분노를 샀어. 의도했든, 그렇지 않든 그건 중요하지 않아. 결과적으로 거대한 자연재해가 닥쳤고, 너흰 나약해. 백번 양보해서 지금 데리고 도망친다고 치자. 안전한 장소가 있을 것 같아?"

그는 마지막에 눈짓으로 다시 서점을 가리켰다. 일순간에 저렇게 되는 꼴인데, 어디든 안전하겠냐는 질문이었다. 그러나 연서는 다른 말에 주목했다. '신의 분노'. 그녀가 아는 이야기 속에 그로 인해 불행해진 소년이 있었다.

자신에게 운명처럼 다가온 행운을 감당하지 못했고, 작은 실수로 모든 걸 잃은 소년. 이 서점에서 처음 들었던 이야기의 주인공. 그리고 '구색록의 뿔'을 자신의 것이라고 담담하게 말하는 이 남자. 연서는 차분하게 입을 열었다.

그녀는 이제 막 자기 삶에 벌어진 판타지를 받아들인 참이었다.

"구색록의 뿔을 자른 소년이 당신이죠?"

남자의 눈썹이 꿈틀거렸다. 그가 화를 내기 전에 연서는 얼른 말을 이었다.

"당신은 제 손으로 행운을 떠나보냈어요. 그냥 가만히만 있었어도 왕자가 되어 가족들과 함께 행복하게 살았을 텐데요. 그럼 저도 물어볼게요. 당신은 왜 그랬어요? 왜 사슴을 찾아갔나요?"

"너, 이번 삶에서는 유난히 겁이 없네. 아직 내 직업이 뭔지 이해하지 못한 건가? 그 뿔을 자른 건 내가 맞아. 저승과 이승을 오가는 벌을 받은 것도 나야. 난 모든 인간에게 죽음을 인도하는 신이야. 너희가 흔히 저승차사라고 부르는 존재."

"저도 알아요."

"아는데 그래? 죽고 싶은 거야?"

흔히 쓰이는 관용 표현도 그가 말하니 꽤 직업적으로 들렸다. 연서는 담담하게 고개를 저었다.

"아니요. 저는 당신의 선택에 공감해요."

"허, 듣던 중 기분 더럽네. 무슨 자격으로 공감을 해? 당사자 허락도 없이?"

"동정은 당신을 향하지만, 공감은 나를 향해요. 미안하지만 내가 허락받을 필요는 없어요. 난 당신이 왜 그랬는지 알 것 같아요. 그때의 당신은 작았고, 힘이 없었어요. 며칠을 굶은 사람에게 기름진 음식을 주면 안 돼요. 소화하지 못하니까요. 당신은 우연히 찾아온 행운을 받아들일 여력조차 없었던 거예요."

그가 도끼눈을 뜨고 노려보았다. 연서는 기죽지 않았다.

"그래서?"

"아무런 시도도 해보지 않는 게 두려웠던 거죠? 행복해도 되는지, 그럴 자격이 있는지. 증명할 수 있는 게 무엇도 없으니까."

어쩐지 과거의 자신이 떠올랐다. 연서 역시 누굴 좋아하는 작은 마음이 무섭고 두려웠던 때가 있었다. 상대방에게 내가 어울리는 사람일지 먼저 고민하고 스스로 자격을 매겼다. 하지만 그건 결국 별 의미 없는 일이었다.

"많이 지난 일이겠지만, 조언 하나만 할게요. 그런 거 생각하지 마요. 언제고 당신의 상황이 운명처럼 나아질 수 있어요. 나빠질 수도 있고요. 어쨌든 중요한 건 이거예요.

그녀의 말이 이어지는 동안, 남자는 다리가 욱신거렸다.

아문지 오래인 상처에 남은 환상통이었다. 연서가 마지막으로 말했다.

"겨우 희망 정도에 자격 운운하지 말자고요."

남자가 아무 말도 하지 않았다. 연서는 말을 마치고 나니 분위기에 취해 너무 많은 말을 뱉은 건 아닌지 퍼뜩 걱정됐다. 괜한 훈수를 늘어놓아 그를 자극하진 않았을까. 안 그래도 사람 하나 묻는 것쯤 눈 감고도 할 것 같은데.

연서는 겉으로 태연한 척하며 남자의 기색을 살폈다. 그는 잠시 다른 곳을 보며 무언가를 생각하는 듯했다. 혹시 화가 났을지 모른다는 생각에 연서가 몸을 한 발짝 뒤로 뺐을 때였다.

"야."

분노와 기쁨 그 어느 것도 아닌 어조였다. 연서는 겁먹은 중에도 꿋꿋하게 답했다. 겁쟁이라고 화내는 방법을 모르는 건 아니니까.

"왜 그렇게 성격이 나빠요? '야'라고 하지 마세요. 저도 이름 있어요. 허연서."

"내 얘기 들었다며. 공감한다며? 너 같으면 그런 환경에서 자랐는데 성격이 좋겠어?"

"불행한 환경을 겪었다고 해서 다 그렇게 무례하진 않아요. 그렇게 되지 말라고 사회와 제도와 교육이 있는 거예요.

계속 그럴 거면 저도 마음대로 부를게요."

"뭐라고 부르시게?"

"까망아."

그녀는 일부러 턱을 들고 말했다. 뉘 집 개 이름을 부르는 태도였다. 감정을 아낌없이 표출하던 남자는 이번에도 벼락같이 화를 냈다.

끝나지 않을 것 같은 폭풍이 한차례 지나간 뒤에, 둘은 다시 대화를 이어갔다.

"사슴뿔, 어디서 찾았냐고 안 물어봐요?"

"나도 알아. 수컷 원앙 인형."

"네?"

연서는 그가 이 사슴뿔을 찾고 있을 거라 생각했다. 어쨌든 이 물건으로 인해 그의 세상이 바뀌었다. 미우나 고우나 중요한 물건이다. 아무 데나 두진 않을 것 같았다.

위치를 알았다면 왜 진작 찾아서 보관하든 폐기하든 진짜 주인인 사슴에게 돌려주든 하지 않았을까. 그녀가 궁금해하는 눈치를 보이자 남자가 말했다.

"넌 하여튼 하나는 알아도 둘은 모르더라. 이건 나한테 이제 별 의미 없는 물건이야. 내 손으로 찾은 다음, 잃어버렸지. 그걸 네가 다시 찾아서 내밀었고……."

"제가요?"

"그래. 먼 전생의 네가."

가슴이 뛰었다. 전생, 환생하기 전의 삶. 지난번 꿈을 겪으며 어렴풋이 떠올린 개념이었다. 만약 그렇다면…… 한 가지 마음에 걸리는 사실이 있었다.

꿈속에서 전생의 연서는 그 남자를 갈망하고 있었다. 강렬한 마음이었다. 그런데 주변의 분위기로 보아 그건 대충 계산해도 몇백 년 전이다. 어떻게 그때와 동일한 인물이 있을 수 있을까. 그는 나이를 먹지도, 죽지도 않는 사람이란 말인가?

질문을 던지는 듯한 연서의 눈빛에 차사는 어깨만 으쓱했다. 나머진 네가 알아보라는 표정이었다. 연서는 그에게서 정보를 더 캐긴 어렵겠다는 생각이 들었다. 그리고 서점으로 들어갈 방법을 찾으려다 문득 그에게 한 가지를 더 물었다.

"전생의 저는…… 왜 이걸 당신에게 줬죠?"

"만나고 싶은 사람이 있으니까 도와달라더라고. 지금의 너처럼. 어쨌든 그 뿔은 나한테 더 이상 중요한 물건이 아니라 소용없었어. 용기가 가상해서 도와는 줬지. 이것도 지금의 너처럼."

"왜죠? 왜 그를 만나고 싶어 했어요?"

그는 가늠하는 눈으로 연서를 바라보았다. 그리고 답했다.

"너희가 어떤 관계였을지 궁금해?"

궁금했다. 지금까지 차사와 나눈 대화를 미루어볼 때 그녀는 생을 거듭하면서까지 그를 다시 만나고 싶어 했다. 그 이유가 뭘까. 그게 만약 사랑이라면 문제가 없다. 그러나 만약 증오라면? 두 사람은 깊은 원한 관계였을지도 모른다. 사랑과 증오는 종이 한 장 차이다. 둘 다 그 대상을 깊이 헤아리는 마음에서 동력이 생긴다. 연서가 느끼기에 그 여자의 욕망은 무척 복잡했다. 그건 애정과 원망이 뒤엉킨 애증에 가까웠다.

잠자코 있던 남자가 등을 돌려 서점의 문 앞으로 갔다. 그가 가볍게 손을 올리자 뒤덮인 칡덩굴이 검은 재가 되어 쏟아졌다. 파괴보다는 자연스러운 생명의 산화 과정과 닮아있었다. 그다음엔 재킷 안주머니에서 뭔가를 꺼냈다. 자줏빛 금낭화 한 줄기 그리고 띠가 달린 검은색 호리병이었다. 그는 연서에게 물건을 안겨주며 말했다.

"하나는 네가 이미 사용할 줄 알고, 하나는 스스로 널 도울 거다. 이제부턴 직접 알아봐. 네 일이니까."

문을 열자 안쪽으로는 심연이었다. 서점 현관으로 스며든 빛은 고작 한 걸음 거리에서 잘려나갔다. 장막 같은 어둠을 앞에 두고 연서는 잠시 불친절한 남자 쪽으로 고개를 돌렸다. 그는 팔짱을 낀 채로 연서를 바라보며 더 이상 아무 말도 하지 않았다.

연서는 대답하듯 고개를 끄덕이고 발걸음을 안으로 옮겼

다. 그녀의 형체가 어둠에 젖어들다 이내 완전히 사라졌다. 뒤에 남은 남자는 그녀가 사라진 방향을 보며 중얼거렸다.

"하여튼 잘해봐. 운명과 싸워보라고. 그래야 내가 말 안 듣고 설치는 보람이 생기지."

그는 재킷 주머니에서 잘린 사슴뿔을 꺼냈다. 이 남자 역시 오래도록 운명을 저주했었다. 그게 무뎌질 만큼 오래 살았을 뿐이다. 그래서인지 그 건방진 인간의 운명이 남 일 같지 않았다. 제 손으로 생사부에서 이름을 지운 어리석은 놈. 그 얼간이에게 동질감을 느꼈었다. 이 가혹한 힘에 대항하고 싶은 마음은 다르지 않았기에.

그런데 어느 순간 그 남자에게 저와 비슷한 짝이 나타났다. 강한 인연의 끈으로 묶인 여자였다. 그녀는 희망이 어쩌고 건방진 소리를 하더니 직접 남자를 구하겠다면서 저 심연으로 들어가 버렸다. 둘 다 제멋대로에 건방지기 짝이 없었다.

그의 손에 들려있던 사슴뿔이 오색 빛깔 재가 되어 흩어졌다. 어느 날, 그가 원망하는 마음을 잊지 않았다는 표현으로 다시 훔쳤던 물건이었다. 별다른 성과도 없이 인간 세상을 혼란하게 만들었던 뿔이 겨우 제자리로 돌아갔다. 그 죄 없고 불쌍한 사슴에게로.

그의 얼굴에 비로소 후련한 미소가 떠올랐다. 그리고 느린 발걸음으로 걷기 시작했다. 또 누군가가 있어야 할 자리로 갈 수 있도록, 동행을 시작할 시간이었다.

서점 안엔 미약한 빛뿐이었다. 겨우 사물의 윤곽 정도만 보였다. 연서는 주변을 더듬으며 조심스럽게 걸었다. 다행히 걸리는 것 없이 그녀는 안쪽으로 들어갔다.

몇 걸음을 더 옮긴 뒤에 잠시 멈춰야 했다. 그녀가 기억하는 대로면 곧 아치형 통로가 나와야 하는데 기미가 보이지 않았다. 존재감조차 느껴지지 않았다. 연서는 벽에 등을 대고 서서 주변을 두리번거렸다. 어쩐지 내부가 더 어두워진 것 같았다. 이젠 공간의 구조마저 흐릿했다.

불길하다. 그녀는 한쪽 팔을 허공으로 뻗어 유리창을 닦듯이 횡으로 훑었다. 아무런 저항감이 없었다. 예측할 수 없는 어둠에 손끝이 간질간질했다. 연서는 얼른 팔을 거둬들였다. 팔뚝에 소름이 돋았다. 그녀는 다시 등 뒤에 있던 벽을 짚으려 했다.

그러나 아무것도 느껴지지 않았다. 벽이 있던 자리 역시 허공이었다. 눈치채지 못한 사이에 연서는 이 심연에 덩그러니 혼자 놓인 것이다. 그녀 주변으로는 온통 검고, 깊었다. 빨려 들어갈 것 같은 어둠뿐이었다. 무엇도 예측되지 않았고 어느 방향으로도 움직일 수 없었다.

연서는 천천히 자세를 낮추고 바닥을 더듬었다. 어차피 쉬울 거라고는 예상하지 않았다. 그녀는 들어온 방향을 찾았다. 거길 기준으로 다시 움직일 생각이었다.

그렇게 제자리에서 한 걸음 거리를 빙 돌았다. 아무것도 없었다. 더 움직여서 세 걸음 거리까지 팔을 뻗었다. 그 역시 공허였다. 스멀스멀 공포가 등골을 기어올랐다. 그녀가 긴장을 풀기 위해 잠시 허리를 폈을 때였다.

먹구름을 벗어나는 달처럼 그 소녀가 나타났다. 언제, 어디서 왔는지도 모르게 연서의 앞으로 왔다. 소녀는 전에 봤을 때와 다르게 머리 색이 엷은 은빛이었다. 거기에 팔랑이는 흰색 원피스까지 더해 온통 시리도록 희었다. 스스로 빛을 뿜어내는 듯했다.

연서는 그 모습을 보고 곧바로 소녀의 정체를 짐작했다. 아까 그 남자는 서점주인에게 첫 번째로 들었던 이야기의 주인공이었다. 그리고 이 소녀는 안타까운 사연의 신, 두 번째 이야기의 주인공인 옥토였다.

옥토가 연서의 앞까지 걸어왔다. 그리고 표정 없이 말했다.

"안녕, 손님."

"너는……."

"응. 나도 인간이 아니야. 그런 건 까망이가 이미 다 말해 줬지?"

옥토는 작은 손가락으로 연서의 허리께를 가리켰다. 바지 주머니에 찔러둔 꽃이 은은한 빛을 내고 있었다. 꽃망울이 네 개 달린 자줏빛 금낭화였다. 옥토가 불퉁하게 말했다.

"그거 이리 내."

"……."

연서는 이 꽃에 대해 별다른 설명을 듣지 못했다. 그러나 세 살짜리 애도 지금 상황에 중요한 물건이라는 건 알 것이다. 그녀는 꽃에 손을 얹으며 말했다.

"안 돼. 이건……."

"의견을 물어본 게 아니야."

어둠이 연서의 손목을 휘감았다. 뱀 같은 존재감으로 순식간에 그녀를 옥죄었다. 연서는 깜짝 놀라서 팔을 움츠렸으나 소용없었다. 강한 압박감이 팔을 타고 올랐다. 이내 연서의 목을 졸랐다. 그리고 서서히 형태를 드러냈다. 서점을 뒤덮고 있던 칡덩굴이었다.

연서는 기도를 짓누르는 압력에 숨이 막혔다. 이건 저항할 수 없는 거대한 힘이었다. 서서히 짓눌려 죽어가듯 그녀는 신음했다. 곧 두 발이 허공으로 떠올랐다. 바닥이 스스로 멀어진 것 같기도 했다. 그런 걸 분간할 수 없이 고통스럽기만

했다.

이렇게 죽을 수는 없었다. 연서는 발버둥 쳤다. 가느다란 다리를 내지르고 붙잡힌 팔을 흔들었다. 그건 고작 거미줄에 걸린 나비와 같았고, 보는 이가 다 안타까운 미약한 시도였다.

그러던 중에 연서가 허리에 맸던 호리병이 바닥에 떨어졌다. 그릇이 부딪치는 소리와 함께 호리병의 뚜껑이 열렸다. 좁다란 입구에서 검고 무수한 것들이 쏟아졌다. 파리 떼 같기도, 까마귀 떼 같기도 했다. 정체는 알 수 없었으나 파멸의 존재인 건 확실했다.

그것들은 어둠을 갉아먹었다. 그 과정에서 잠깐 심연의 정체가 드러났다. 그 역시 칡덩굴이었다. 모든 칡을 갉아먹은 뒤, 탐욕스러운 포식자들은 다시 호리병에 빨려 들어갔다.

어둠이 사라지고 원래 서점의 모습이 드러났다. 조금 어질러졌지만 크게 상한 곳은 없었다. 깨진 창문으로는 붉은 석양빛이 스며들었다. 어느새 별이 뜨는 밤이 오고 있었다.

자유의 몸이 된 연서는 연신 기침했다. 얼얼한 목을 매만지며 고개를 들자 소녀가 보였다. 미간을 좁혀 무척 화가 난 표정을 하고 있었다. 옥토가 앙다문 입으로 중얼거렸다.

"지옥의 아귀 떼잖아. 까망이가 준 거야?"

굶주린 아귀들은 생명이 깃든 모든 걸 집어삼킨다. 귀신을 다스리는 저승의 신에겐 하찮은 힘이지만, 이승의 신들에겐 번거로운 존재다. 특히 창조에 근원을 둔 신은 더욱 그랬다. 바로 이 옥토와 같이. 옥토는 화를 참지 못하고 두 팔을 허공에 휘두르며 말했다.

"다들 내 말 좀 들어! 너희는 약하잖아. 손가락 하나만 까딱해도 죽어버리잖아. 왜 신의 힘을 원하는 거야? 너희들은 이미 재밌는 걸 많이 갖고 있잖아. 난 너희가 행복하기만을 바랄 뿐이야. 나랑 같이 놀아야 하니까!"

옥토가 울먹였다. 곧 빨갛게 물든 코를 훌쩍거렸다. 그 모습을 본 연서는 지친 몸을 일으켰다. 무거운 발걸음을 떼어 소녀에게 다가갔다. 그리고 끌어안았다. 지난번 서점에서 함께 이야기를 들을 때와 같은 작은 온기가 느껴졌다. 연서가 말했다.

"미안해. 우리가 너무 약해서……."

이 소녀는 분명 위험한 존재였다. 그러나 연서에게는 한없이 가엾게만 느껴졌다. 그저 사람을 좋아했고, 그로 인해 외로웠다. 또 위로받았다가 다시 상처 입은 어린아이로 보였다.

연서는 아이를 어르듯 옥토의 등을 다독였다. 그녀의 품 안에서 훌쩍이던 옥토가 어느새 조용해졌다. 조금 더 힘주어 안은 뒤에 연서는 팔을 풀었다. 소녀의 진홍색 눈이 보였다. 물기가 어려서 더 투명하게 빛났다.

옥토의 손가락 하나가 연서의 이마를 짚었다. 연서는 피하지 않았다. 더 이상 자길 해치지 않으리란 걸 알았다. 작은 손이 닿은 부분부터 온기가 퍼졌다.

그녀는 자연스럽게 눈을 감았다. 눈꺼풀 안에 어떤 심상이 떠올랐다. 흩어놓은 사진처럼 분절된 이미지였다. 그것들은 여문 꽃망울이 터지듯 차례로 나타났다. 바로 전생의 기억이었다.

절벽 아래. 그 생의 마지막 순간이었다. 연서는 그때를 조각조각 잘라내어 목격했다. 어두운 밤이었고, 나뭇잎이 바람결에 흔들렸다. 풀잎 끝엔 밤이슬이 맺혀있었다. 그녀는 추락하여 죽어가던 중이었다. 이 슬픈 생을 원망하며……

연서가 눈을 뜨자 옥토가 나지막이 말했다.

"서주가 그런 거야."

옥토는 울상을 하고 호소했다.

"서주는 손님에게 속죄하고 싶은 거야. 자기 때문에 전생의 손님이 죽었으니까. 그래서 이번에 손님의 운명을 바꿔줬어. 자기가 대가를 치르고 손님이 행복한 방향으로. 그 꽃, 기억하지?"

옥토가 그의 가슴을 찌르지 않았다면 서주는 다른 신에게 더 큰 벌을 받았을지도 모른다. 그들은 때로 무한하게 잔인하다. 그걸 알기에 옥토는 사정하듯 연서의 손을 붙잡았다.

"그러니까 돌아가……. 손님은 이제 행복해질 수 있어. 응?"

"어떤 대가를 치렀는데?"

"그런 건 묻지 말고. 궁금해하지도 말고!"

간절한 부탁에도 연서는 고개를 저었다. 방금 본 기억으로 인해 오히려 생각이 확고해졌다. 마음 깊은 곳에서 그 남자를 만나야 한다는 외침이 들렸다. 분명 해결되지 않은 일이 있었다.

"미안해. 난…… 모든 걸 알고 판단하고 싶어. 그 사람이 정말 날 아프게 했더라도 괜찮아. 내 삶이고, 내 일이잖아. 모른 척 덮어놓고 사는 건 싫어."

"감당할 수 없을 만큼 아프고 슬프면 어떻게 할 건데?"

"그럼 네가 날 위로해줘."

그녀는 옥토의 젖은 눈가를 닦아주었다. 그리고 한번 웃어 보인 다음 말을 이었다.

"그다음에 같이 책 읽자. 내가 쓴 글 보여줄게. 네가 내 첫 독자가 되어줘. 알겠지?"

말을 마친 연서는 일어서서 서점 안쪽으로 갔다. 그 남자가 어디에 있는지 알 것 같았다. 그녀는 화원이 있던 쪽문을 열었다. 무척 급한 발걸음이었다.

그녀가 사라진 뒤에도 옥토는 분이 풀리지 않았다. 어깨를 들썩이며 씩씩대더니 털썩 소리가 나도록 뒤로 주저앉았다. 그리고 자신의 분노를 표현하기 위해 어디서 주워들은 말을 동원했다.

"바보들. 젊어서 고생은 사서 한다더니!"

고래고래 소리치는데 어디선가 작은 동물의 소리가 났다. 새하얀 털을 가진 생쥐가 옥토 바로 옆까지 와있었다. 그녀가 손을 뻗어 생쥐를 손바닥 위에 올려주었다. 콧망울 앞까지 온 생쥐가 무슨 말이라도 하듯 찍찍거렸다. 그러자 옥토가 대답했다.

"나도 어쩔 수 없어, 마고. 인간은 너무 약하고, 난 걔네들이 정말 좋아. 우린 친구니까……."

작은 생쥐가 소녀에게 이마를 비볐다. 위로처럼 보였다. 소녀는 은은한 온기를 느끼며 닫힌 쪽문을 보았다. 매번의 생에 서점을 방문하는 손님. 이번에도 그녀의 품은 다정하고 부드러웠다.

그 이전. 그녀가 폭삭 늙은 할머니였을 때도, 한쪽 팔이 없는 군인이었을 때도, 얌전하기만 한 아가씨로 나타났을 때도 그랬다. 그녀는 매번의 환생마다 옥토를 끌어안았다. 언제나 아끼고 사랑한다는 투였다. 옥토는 그게 좋았다. 너무너무 좋아서 그녀의 다음 생을 기다리게 되었을 정도였다.

옥토가 작은 한숨을 쉬었다. 이 세상과 비슷한 수명을 살았는데도 여전히 기다려야 할 게 많았다. 오래전, 그녀를 어깨에 올려두고 달콤한 꿀떡을 건넸던 이가 있었다. 옥토가 처음으로 사귀었던 친구다. 입이 다 찢어진 못생긴 얼굴로 늘 바보처럼 웃던 사람이다. 옥토는 하늘에 뜬 달을 보고 중얼거렸다.

"언제 와? 보고 싶어……."

화원 역시 상태가 심각했다. 칡덩굴이 들이치다 못해 땅이 뒤집히고 바위가 무너져 있었다. 짓이겨진 꽃과 부서진 조명의 파편이 보였다. 연서는 어떻게 해야 할지 몰라 잠시 머뭇거렸다. 아까처럼 호리병의 귀신을 풀자니 칡덩굴이 사라지면 동굴이 무너질 것 같았다.

선택의 여지가 없었다. 연서는 우선 등산화 끈을 꽉 맸다. 그리고 제멋대로 오르락내리락하는 덩굴을 탔다. 목적지는 멀리 보이는 정자로 고정했다. 마지막으로 그와 헤어진 장소였다. 집을 찾아가는 비둘기처럼 강한 직감이 그녀를 이끌었다. 그가 아직 저곳에 있다.

연서는 가시덤불을 헤치며 끊임없이 움직였다. 도중에 그 남자에 대한 많은 의문이 떠올랐다. 우리는 어떤 관계였나요. 그리고 어떤 관계가 될 수 있나요. 이런 질문들이 뇌리를 스쳤지만 연서는 애써 눌러두었다. 지금은 오직 그를 다시 만나는 데 집중했다.

개울 앞까지 가니 언덕 위의 정자가 가까워졌다. 연서는 덩굴 너머로 머리를 내밀었다. 정자의 기둥 뒤로 어렴풋이 인영이 보였다. 더 자세히 시선을 집중했다. 바닥에 놓인 희끄무레한 형상. 그가 늘 입고 다니던 도포 자락이었다. 연서는 곧장 움직였다.

개울을 건너는 다리가 있던 자리엔 두꺼운 덩굴 몇 가닥만 남아있었다. 군데군데 다리 파편이 있는 걸로 보아 부서진 것 같았다. 연서는 바지를 걷고 물가에 들어갔다. 개울은 스무 걸음쯤이면 건널 수 있는 폭이었다.

그녀가 열두 걸음쯤 걸었을 때였다. 발목에 뜨끔한 통증이 느껴졌다. 다리를 들어보니 부러진 나무 파편에 긁힌 자국이 있었다. 반 뼘 정도 되는 상처에서 피가 스며 나왔다. 그러나 반창고를 붙일 정신도 없었다. 다친 발을 다시 물에 집어넣었다. 걸음을 내딛자 붉은 기운이 물에 번졌다.

언덕은 어떻게 지났는지도 모른다. 그나마 길이 나있었기 때문에 연서는 단숨에 뛰어올랐다. 다친 상처가 쓰렸다. 숨이 밭았다. 누가 뒤에서 잡아당기는 것처럼 몸이 무거웠다.

그녀는 욱신대는 다리를 이끌어 결국 정자 앞까지 왔다. 풍경을 볼 여유 따위는 없었다. 그녀는 곧장 기둥을 돌아 그 남자 앞에 섰다.

기대앉은 남자는 여느 때와 같이 고요했다. 얼핏 보기에 잠든 것 같았다. 늘어뜨린 머리칼 사이로 편안하게 감은 눈이 보였다. 때로 도깨비처럼 으스스하던 남자가 지금은 천사처럼 평화로워 보였다.

연서는 가까이 다가가 앉았다. 피비린내가 훅 끼쳤다. 그의 흰 셔츠는 온통 피에 물들어 있었다. 그 가운데 주먹만 한 상처가 있었다. 누구든 살아남을 수 없을 만큼 깊었다. 그의 입가엔 핏자국이 흥건했다. 손으로 닦아주려 해도 의미 없이 번지기만 했다.

시도할 방법은 하나뿐이었다. 연서는 바지 주머니에 꽂아둔 꽃을 꺼냈다. 네 개의 꽃망울이 방울처럼 흔들렸다. 다음엔 그의 손을 붙잡았다. 힘없이 늘어지고 놀랄 만큼 차가웠다. 그녀는 서주의 손에 꽃을 쥐여주었다. 그리고 가슴의 상처 위로 가져갔다.

아무런 변화가 없었다. 그녀가 손을 떼자 그의 손이 아래로 툭 떨어졌다. 쥐여준 꽃도 놓쳤다. 연서는 그걸 다시 주워들었다. 애가 탔다.

이번엔 그를 바닥에 눕혔다. 그리고 다시 꽃을 쥐여주었다. 가슴에 올려두고 보니 정말 죽은 사람 같아서 눈물이 났다. 자기는 이렇게 되어놓고, 나더러 행복하게 지내라고? 뭐가 그렇게 잘나서 남의 운명을 자기 멋대로 고치는 거야? 연서는 그의 어깨를 흔들어 깨우고 싶은 걸 참았다. 그저 나직하게 말했다.

"빨리 일어나서 해명 좀 해요. 나 진짜 궁금한 게 많아요. 우리 전생에 뭐였는데요? 당신 나한테 무슨 짓을 한 거예요? 정말 날 죽게 했어요?"

하고 싶은 말은 그것 말고도 많았다. 지난 생의 우리는 어땠을지 몰라도 난 당신이 좋아요. 도와줘서 고마워요. 당신 덕분에 이제 나는 하고 싶었던 일을 할 수 있어요. 그러니까 돌아와요. 내가 돌아온 것처럼. 그녀가 울먹이며 그에게 속삭였을 때였다.

금낭화를 닮은 꽃송이가 빛을 냈다. 은은한 등불 같았다. 길 잃은 이를 인도하는 빛이었다. 이윽고 주머니처럼 생긴 꽃송이가 하나씩 터졌다. 그때마다 그의 몸에 빛이 스며들었다.

첫 번째 꽃에 뼈가 올랐다. 두 번째엔 피가 돌았다. 세 번째엔 살이 돋고 네 번째에 숨이 솟았다.

파리하던 그의 안색에 온기가 돌았다. 곧 얇은 눈꺼풀을 한 번 파르르 떨더니 눈을 떴다. 엷은 옥색 눈동자가 주변을 가늠하듯 흔들렸다. 곧 옆에 앉은 연서를 발견하고 시선을 고정했다. 무슨 말을 해야 할지 찾는 얼굴이었다. 그러다 결국 미소를 그리며 말했다.

"기다렸습니다."

"기다리긴 뭘 기다려요. 가슴에 구멍이나 내고 죽어있었으면서!"

그는 연서가 이렇게까지 단호하게 말할 줄은 몰랐다는 듯 짧게 신음했다. 그다음엔 허리를 세워 앉아 다 메워진 가슴께를 더듬었다. 스며든 꽃의 기운이 느껴지는 듯 그는 생각에 빠진 얼굴로 말했다.

"환생 꽃이군요. 차사님이, 저희 단골손님이 주셨나요?"

"네. 무섭게 생긴 저승차사님이 주셨어요."

조금 놀란 듯 그의 눈이 커졌다. 연서는 진지했다. 물러날 기색이 없자 서주가 다시 태연하게 말했다.

"글을 쓰신다는 분이 꽤 상투적인 표현을 사용하시네요."

"비유 아니고 진심이에요. 저 급하니까 바로 물어볼게요. 당신도 사람이 아닌 건가요? 구미호? 흡혈귀? 그런 거예요? 간이나 피를 먹으면 다시 젊어져요? 그래서 전생의 나를 죽였어요?"

서주가 짧게 탄식했다. 그는 골치가 아픈 듯 손으로 얼굴을 감쌌다. 그리고 들릴 듯 말 듯한 목소리로 중얼거렸다. 그럴 리가 없잖아요. 대체 무슨 이야기를 들은 거야. 연서는 꿋꿋하게 말했다.

"아니면 뭔데요. 숨기려고 하지 말고 말해요. 어설프게 겁주는 건 이제 안 통해요. 짧은 사이에 꽤 많은 일이 있었거든요. 저, 강해졌어요."

그가 체념하듯 한숨 쉬었다. 그리고 개울을 향해 손을 까딱 흔들었다. 신호에 반응하듯 수면이 작게 요동쳤다. 곧 물방울이 나비의 형태로 변해 그에게 날아들었다. 서주는 물방울 나비로 주머니에서 꺼낸 손수건을 적셔 피를 닦았다. 곧 그의 얼굴이 깨끗해졌다. 셔츠의 핏자국은 지울 수 없었지만 한결 보기 좋았다. 연서는 이제 더 놀랄 일도 없다는 듯 말했다.

"역시 사람이 아니었어."

"사람이에요. 눈에 보이지 않는 친구들의 도움을 받을 뿐입니다."

그가 눈을 감고 고개를 들었다. 바람이 얼굴을 씻어주었다. 연서는 옆에 가까이 앉아 서주가 입을 열기를 기다렸다. 곧 그가 나직하게 말했다.

"손님의 꿈에 찾아간 적이 있었죠."

언제였더라? 이번에야말로 연서는 당황했다. 그러나 그와 눈이 마주친 순간 깨달았다. 깊고 열렬한 눈빛. 연서는 이 시선을 마주한 꿈을 꾼 적이 있었다. 그녀는 부끄러운 기분이 들어 등을 돌렸다.

그러자 뒤쪽으로 가득 온기가 느껴졌다. 연서는 놀란 숨을 들이켰다. 강한 힘이 그녀의 마른 허리를 감쌌다. 그녀는 온전히 그의 품에 안겼다.

서주는 피곤한 듯 그녀의 어깨에 얼굴을 묻었다. 가는 머리카락이 살랑거리며 연서의 뺨을 간지럽혔다. 주인을 기다리던 강아지 같았다. 이윽고 그가 지친 목소리로 말했다.

"당신은 내가 얼마나 이렇게 하고 싶었는지 모르지."

평소보다 한층 깊고 나른했다. 연서는 심장이 뛰었다. 그 소리가 너무 커서 그에게 들릴까 봐 신경 쓰였다. 애써 마음을 진정시키며 몸을 돌려 그를 보았다. 남의 꿈에 연고도 없이 찾아오면 어떡하냐고 투정을 부릴 생각이었다.

그러나 막상 얼굴을 보자 차마 말이 나오지 않았다. 그는 무척이나 지치고 외로워 보였다. 눈동자의 공허함이 이 폐허와 다르지 않았다.

"손님을 기다렸다는 건 정말입니다. 단지 상처가 깊어서 잠들었을 뿐이죠. 저는 죽고 싶어도 그럴 수 없는 몸이거든요. 그래요, 당신이 돌아오실 줄 알았습니다. 그새 지나치게 많은 걸 알게 되신 것 같지만, 그것도 괜찮습니다. 제게도 아직 들려드리지 못한 이야기가 남아있어요. 준비해 둔 것 중에 마지막입니다. 뭐라고 해야 할까, 책에도 적지 못한……."

그가 아득한 목소리로 말했다.

"구차한 이야기."

불가록(不可錄) 下
: 서주

생사부의 이름을 지우고 난 후부터 남자는 들리기만 하던 망령이 보였다. 그것들은 여전히 제 사연 좀 들어달라며 그의 주변을 맴돌았다. 목소리도 듣기에 썩 좋지 못했는데 모양은 더했다. 종일 파편화된 육신을 보고 있자니 절로 눈살이 찌푸려졌다. 눈을 떴더니 살점이 녹아 뚝뚝 떨어지는 얼굴이 한 뼘 거리였던 날도 있었다. 그때 남자는 그들의 냄새까지는 맡을 수 없는 걸 다행으로 여겼다. 누구든지 반쯤 썩으면 악취가 나기 마련이니까.

몇 년이 흐르자 남자는 망령과 지내는 일에 익숙해졌다. 그들은 과거에 머무른다. 새롭게 걱정하지 않고 불필요한 해석을 하지 않는다. 변화를 달가워하지 않는 남자와 잘 맞았다. 물론 그의 비위가 강하다는 점도 한몫을 했다. 식사를 자

226

주 하지 않는 편이기도 했고.

그는 이제 먹지 않아도 배고프지 않고 세월이 지나도 나이 들지 않았다. 점점 시간 감각이 무뎌졌다. 동굴 안에서 몇 주를 보냈다고 생각했는데, 밖에 나왔더니 몇 년이 지났던 적도 있었다.

하릴없는 세월을 170년이나 보냈다. 그나마 그를 알던 사람들은 전부 죽었다. 이제 남자는 어디에도 존재하지 않는 사람이 되었다. 누구도 그를 기억하지 않았고, 누구도 그에게 관심을 두지 않았다. 남자는 이 사실이 그리 대단치 않았다. 원래부터 그의 삶은 그러했기에. 오히려 편안하고 익숙할 따름이었다.

긴 세월을 사는 동안 남자는 망령들의 이야기를 기록하기 시작했다. 인간의 원한과 설움은 무궁무진하였으며 또한 흥미로웠다. 종종 제 말을 들어준 것만으로 한을 풀고 승천하는 녀석들도 있었다. 희한한 경우였다.

그러나 이는 단순히 소일거리일 뿐이었다. 그는 갈수록 잠들어 있는 시간이 길어졌다. 무료하고 권태로웠다. 종종 깨어있을 때도 잠든 중으로 느꼈다. 글을 쓰다 엎어져 잠들기가 허다했다. 그러다 느닷없이 며칠을 깨어있고, 다시 한참을 잤다.

무절제한 삶이었다. 그래도 될 만큼 시간이 많았고, 주어진 시간에 끝이 어딘지 알 수 없었다. 그는 모종의 이유로 드물게 잠에서 깨어났다. 이를테면 허기. 먹지 않아도 죽진 않지만, 하여튼 배고픔은 드물게 느꼈다. 남자는 십수 년 만에 잠에서 깨어 배를 문질렀다. 갈빗대 아래가 텅 빈 것처럼 느껴졌다. 뱃가죽 안쪽이 간질간질한 동시에 쿡쿡 쑤셨다.

아, 이건…… 배가 고픈 거로군. 그는 오랫동안 생각해서 통증의 정체를 알아냈다.

그는 먹을 것을 사기 위해 시장으로 갔다. 오랜만에 나온 인간 세상은 여전히 소란하고 무질서했다. 상인들은 흥정하고 아이들은 내달렸다. 하인을 여럿 끌고 다니는 규수도 있고 말을 탄 양반도 있었다. 모두 저마다의 목적지를 향해 바쁘게 움직였다. 그 사이에서 흐느적거리며 크게 하품하는 남자가 꽤 이질적이었다.

그는 산뜻한 발걸음으로 걸었다. 북적이는 중에도 누구 하나 그를 돌아보거나 신경 쓰지 않았다. 존재감이 엷어 애초에 알아채지 못했다. 물건값을 물으면 언제부터 있었냐며 놀라는 일이 부지기수였다. 망령과 어울리다 보니 그 또한 망령이 되기라도 한 것 같았다.

한 시진도 안 되어 그는 필요한 물건을 전부 샀다. 서책 다섯 권, 종이 서른 폭, 먹 아홉 정 그리고 간식으로 먹을 곶감 한 줄. 둥글게 만 종이는 그보다 머리 하나가 더 높이 솟아있었고, 허리에 매단 곶감은 걸을 때마다 대롱대롱 흔들렸다.

숲으로 향하던 남자가 걸음을 멈췄다. 종이 다발이 자꾸 시야를 가려 불편했다. 고개를 기울일 때마다 따라서 기우뚱대는 것이, 의지가 있는 생물인가 의심스러울 지경이었다. 남자는 귀찮게 여기며 다시 자세를 고쳤다.

이 순간, 남자는 평소 같지 않은 실수를 했다.

그의 오른편에 있던 신발 장수가 크게 소리쳤다. 오늘의 마지막 손님과 흥정 중이었다. 이것만 팔면 막내딸에게 좋은 옷을 하나 지어 입힐 수 있었으니 절로 목소리가 커졌다.

왼편에선 목청 좋은 계집종이 와르르 웃었다. 그녀의 새초롬한 여주인은 오늘 실연당했다. 그게 안쓰러워 미소 짓게 해줄 요량이었다. 그러지 않으면 며칠 방에 틀어박혀 하인들을 성가시게 할 테니까.

뒤편에선 당나귀 수레가 한 대 지나갔다. 나귀는 어제 다리를 다쳐 속력이 느렸다. 보통이면 채찍질을 했겠으나 이 나귀의 주인은 그러지 못했다. 얼마 전에 아끼던 개가 세상을 떠나 짐승의 눈을 보면 울적했기 때문이다.

어수선한 사이 남자가 물건을 하나 떨어뜨렸다. 세상에 떠도는 이야기들을 기록하기 위해 항시 지니고 다니는 책이었다. 그는 감각이 무척 예민한 사람이지만 혼란 속에서 이를 알아채지 못했다. 종이 다발이 자꾸 그의 앞을 가렸고 주변이 소란했다. 그가 작은 위화감을 느끼고 뒤를 돌아보았을 때 수레바퀴가 책을 가렸다. 그리고 나귀가 투정을 부리느라 움직이지 않았다.

남자는 결국 자신의 실수를 눈치채지 못하고 등을 돌렸다. 검푸른 비단으로 표지를 엮은 책이 바닥에 덩그러니 놓였다. 그 남자의 물건답게 존재감이 흐렸다. 일부러 버려진 물건처럼 다들 그냥 지나쳤다.

그때 어떤 소녀가 책을 주워 들었다. 두리번대던 소녀는 곧 책의 주인인 남자를 찾아냈다. 새까만 눈동자가 그의 등을 응시했다. 곧 작은 다리가 그를 쫓아 움직였다. 모든 우연이 가리키는 순간이자 신이 이끈 필연이었다.

동굴에 돌아왔을 즘에 땅거미가 내렸다. 하루 중 가장 눈부신 시간이었다. 남자는 잠시 지나온 오솔길을 돌아보았다. 나무 그림자가 진 길이 타는 듯 붉었다. 하늘은 청포에 연지를 쏟은 듯 화려한 빛깔이었다. 아름다웠다.

곧 밤이 내린다. 그런 다음 해가 뜨겠지. 그는 당연한 세상의 이치를 곱씹었다. 그래야 잊어버리지 않을 것 같았다. 언제 또 이런 광경을 볼 수 있을까. 남자는 눈을 감았다. 그리고 이 뜨거운 석양에 몸이 녹아내리는 걸 상상했다. 봄을 맞이한 눈사람처럼…….

그때 어디선가 희미한 울음소리가 들렸다. 감상을 방해받은 남자가 다소 신경질적으로 눈을 떴다. 요 근방은 망령의 주술로 인해 다른 사람이 들어올 수 없다. 그럼 귀신이 곡이라도 하는 걸까. 대수롭지 않게 여기고 발길을 돌리려던 차였다.

울음소리가 더 크고 절박해졌다. 뭐라고 외치는 것 같기도 한데 발음이 죄 뭉개져 알아들을 수 없었다. 어린아이의 목소리 같기도 했다. 그가 예민하게 눈썹을 치켜올렸다. 어려서 죽었나, 재수도 없군.

생각해 보면 곧 인간의 혼을 잡아먹는 요괴가 활동할 시각이었다. 먹히면 승천도 환생도 하지 못하고 산산이 부서져 소멸한다. 어린아이의 혼이면 달고 야들야들하니 더 군침을 흘릴 테다. 게다가 걸렸다 하면 절대 벗어날 수 없다. 누가 도와주지 않는 이상.

곰곰이 생각하던 남자는 고개를 설레설레 흔들었다. 죽어서 편안한 것도 제 운명이다. 그가 외면하려는데 울음소리에 비명이 섞여 들렸다. 바늘땀 하나가 틀어진 것처럼 더욱 거슬렸다. 남자는 짜증스럽게 돌아보았다. 그것참 성가시네.

남자는 어쩔 수 없이 울음소리의 주인공을 찾았다. 그런데 막상 찾고 보니 예상과 조금 달랐다. 꼬마 유령이 아니라 살아있는 소녀였다. 온 힘을 다해 운 탓에 얼굴이 원숭이나 두더지 같긴 했다. 소녀는 남자를 보자마자 허리춤을 꽉 껴안고 떨어지려고 하지 않았다.

울음소리가 얼추 잦아든 후에 그는 소녀를 밀어냈다. 그녀는 여전히 서럽게 울며 꾹 다문 입으로 뭔가를 웅얼댔다. 남자는 황당한 듯 말했다.

「입을 열어야 말이 나오지?」

소녀는 상냥함이라고는 눈곱만큼도 없는 남자의 말에 다시 울음을 터뜨렸다. 골치 아픈 어린아이였다.

그는 이런 상황에 익숙했다. 곡하는 망령들을 허구한 날 겪었으니까. 그는 소녀의 앞에 턱을 괴고 앉았다. 은은한 옥빛 눈동자가 흔들림 없이 소녀를 응시했다. 그저 보고, 또 보았다. 남자는 몇 분이 지나도록 망부석처럼 움직이지 않았다. 곧 소녀가 울음을 그쳤다. 그의 행동에 호기심을 느낀 듯 눈을 깜빡였다. 남자는 달빛처럼 은은한 미소를 띤 얼굴로 물었다.

「나한테 해줄 말이 있어?」

소녀는 흥미가 동한 듯 눈을 굴려 그를 보았다. 역시나 우는 이에게 잘 통하는 방법이었다.

소녀는 책을 꺼내 남자에게 내밀었다. 그는 고개를 끄덕이며 대략적인 인과를 짐작했다. 그의 소지품을 지닌 덕에 이 숲에 들어올 수 있었던 거다. 소녀는 책의 주인을 찾아주려고 따라왔다고 설명했다. 그러다 밤이 되었고, 어른이 없어 무서웠다고.

남자는 피곤한 듯 미간을 문질렀다. 그냥 뒀으면 요괴의 한 끼 식사가 되었을 거다. 어리고 어리석은 데도 정도가 있다. 그가 집으로 돌아가라며 소녀의 이마를 손바닥으로 쭉 밀어냈을 때였다.

조그만 몸에서 벼락같은 울음이 터져 나왔다. 소녀는 목젖이 다 보이도록 울며 남자에게 매달렸다. 작은 머리통을 비비고 짧은 손가락으로 다부지게 움켜쥐었다. 방금 닦아낸 그의 옷이 다시 젖어 들었다. 연한 옥빛 도포가 묵직한 쪽빛으로 물들었다. 남자는 이 해괴한 상황에 어찌할 바를 모르고 딱 굳어버렸다.

결국 남자는 소녀를 마을 어귀까지 바래다주었다. 틈만 나면 울어대는 통에 손도 잡아줘야 했다. 소녀는 눈물을 훌쩍이면서도 그의 손을 꽉 틀어쥐었다. 중간부터는 다리가 아프다는 투정에 안아 들었다. 가슴팍이 소녀의 눈물로 축축해지는 게 느껴졌다. 좀 떼어놓으려고 하면 그녀는 남자의 옷이 다 구겨지도록 죽자 살자 달라붙었다. 손놀림은 탐욕스러운 아귀 같고, 겉보기엔 작아도 무게가 천 근쯤 되는 불가사리 같고, 끈질긴 정도는 사람에게 기생하는 창귀 같았다. 하여튼 귀엽지 않았다. 귀찮고 성가셨다.

많이 피곤했던지 소녀는 가던 도중에 잠이 들었다. 뺨을 발그레 물들이고 편안한 얼굴이었다. 그런 중에도 내려놓으려고만 하면 귀신같이 알아챘다. 그는 한숨을 푹 쉬며 어두운 숲을 걸었다. 내내 품에 안은 소녀의 등을 다독였다. 그 시끄러운 울음을 듣느니 차라리 잠든 게 나았다.

보기엔 얼떠도 소녀는 귀한 신분이었다. 마을 입구에 횃불을 든 무리가 보였다. 소녀의 이름을 애타게 부르며 찾는 중이었다. 남자는 그들과 좀 떨어진 거리에서 소녀를 깨웠다. 그리고 등을 떠밀며 네 가족에게 돌아가라고 속삭였다. 잠에서 깬 소녀는 남자와 제 가솔들을 번갈아 보았다. 그리고 움직이기를 망설였다. 남자는 어처구니가 없었다. 무슨 좋은 꼴을 보았다고 돌아가길 망설인단 말인가?

그는 이 귀찮은 소녀와 빨리 헤어지고 싶었다. 그러나 이 남자는 누굴 달래본 적은 있어도 내친 적은 없었다. 문득 어떤 생각이 뇌리를 스쳤다. 사람을 겁주고 쫓아내는 일. 그건 귀신들의 특기다. 그걸 흉내내 보면 어떨까. 생각을 마친 남자가 소녀의 코앞까지 얼굴을 쑥 들이밀었다. 그리고 이마가 닿을락 말락 한 거리에서 눈을 치떴다. 가냘픈 숨소리가 들렸지만 봐주지 않았다. 그는 무시무시한 도깨비를 떠올리며 말했다.

「너, 정말 혼날래? 나한테 잡혀가서 평생 같이 살고 싶어?」

소녀는 얼굴을 붉혔다. 금세 귓불까지 산딸기색이 되었다. 남자는 흡족하게 입꼬리를 올렸다. 수치스러울 테지. 귀족 아가씨가 이런 비천한 취급을 당해봤겠어? 역시나 소녀는 대답도 하지 않고 사람들이 있는 방향으로 뛰쳐나갔다. 꽤 사랑받는 존재였던지 사람들은 소리까지 질러대며 소녀를 반겼다. 여럿이 싸고도는 걸 보며 남자는 얼른 발길을 돌렸다.

돌아가는 길엔 달빛이 밝았다. 작고 하얀 야생화가 곳곳에서 은청색으로 빛났다. 밤바람에 실려 온 숲의 냄새가 흩어졌다. 바위 냄새, 이끼 냄새, 낙엽 냄새. 멀리 잠들지 못한 지빠귀의 휘파람도 들렸다.

모처럼 깨어있음을 느꼈다. 남자는 좀 전부터 심한 허기가 들었다. 곶감으로 채울 수 없을 정도였다. 애를 달래는 건 심히 고생스럽다더니 정말이었다. 아무래도 내일 다시 시장을 찾아야 할 것 같았다. 곶감을 두 줄, 아니 간만에 주막에서 식사할까. 가늠해보니 따뜻한 음식을 먹은 게 수십 년 전의 일이었다.

동굴에 돌아온 그는 바닥에 종이를 펼쳤다. 그리고 먹을 갈던 중에 잠들었다. 녹지근한 피로가 그의 어깨를 내리눌렀다. 꿈도 없는 깊은 잠이 그를 끌어안았다. 무언가를 잊어버리기 위함이 아니라 육신을 쉬게 하고 영혼을 빛나게 만드는 잠이었다.

이날, 그는 어느 때보다 달고 깊은 잠을 잤다.

소녀는 이후 뻔질나게 남자를 찾아왔다. 모른 척 보내려 해도 숲 한가운데서 고래고래 소리를 치는 통에 그냥 둘 수 없었다. 이곳은 요괴와 범이 사는 숲이다. 작은 동물은 풀을 씹을 때도 소리를 죽이는 법인데 저 용맹한 하룻강아지는 그런 걸 몰랐다.

그는 소녀를 떼어내기 위해 여러 가지 방법을 썼다. 나무 위에 숨어도 보고, 바위를 굴려 위협도 해보고, 얕은 냇가에 빠뜨려도 봤다. 그때마다 소녀는 울며 남자를 찾았다. 예의 그 벼락같은 목청이었다. 저것부터 해결해야 했다.

그러나 저 작고 여린 것을 어떻게 해야 좋단 말인가? 손가락 하나라도 대었다간 쉽게 죽어버릴까 봐 손댈 수도 없었다. 그는 살아있는 걸 다뤄본 적 없거니와, 어린 여자아이하고는 말을 나눠본 적도 없었다. 그는 매번 어쩌지 못하고 소녀와 시간을 보냈다. 다만 함께한다기보다는 그가 쫓아내지 않고 참는다는 표현이 어울렸다.

그러던 중에 기발한 생각이 떠올랐다. 그는 재미난 이야기를 들려주겠다면서 소녀를 이끌었다. 무너진 바윗돌을 건너, 느티나무 아래 뱀딸기 덤불을 지났다. 그리고 붉은 살구꽃에 가려진 동굴로 갔다. 밖에서 보기에도 안쪽은 어둡고 서늘했다. 아가리를 벌린 뱀 같았다. 소녀는 주춤대다 남자에게 들러붙어 걸었다. 둘은 고래의 식도처럼 구불구불하고 축축한 굴을 지났다. 이내 넓은 공간이 이어졌다.

아흔아홉 칸짜리 기와집이 두 채는 들어갈 크기였다. 훤하게 뚫린 천장으로 햇볕이 내리쬐었고 안쪽엔 작은 폭포도 있었다. 그러나 그게 다였다. 대지는 황량했고 흙먼지에 눈이 따가웠다. 있는 거라곤 입구 근처에 널린 문방사우와 종이 무덤이 다였다. 소녀는 대충 쌓여있는 책과 종이를 기웃거렸다. 그때 남자가 소녀의 손을 붙잡았다. 그리고 음흉한 목소리로 말했다.

「만지면 안 돼. 이건 귀신의 물건이거든. 너 귀신의 것을 건드리면 어떻게 되는지 알아? 밤에도 잠이 안 오고 낮에도 눈을 못 떠. 불만 껐다 하면 어디서 찬바람이 불어오거든? 이

불을 덮어써도 한기가 가시질 않을 거야. 그러다 목덜미가 간질거리면서 손끝 발끝이 저려오는데, 그때 고개를 옆으로 돌리면 이불 안에서…… 확!」

그가 손끝을 성난 고양이처럼 세워 소녀를 겁주었다. 소녀는 새된 비명을 지르며 양손으로 얼굴을 가렸다. 그런다고 제 몸이 숨겨지진 않는다. 사시나무처럼 떠는 모양이 훤히 보였다. 그는 유쾌한 미소를 지었다. 이번에야말로 다시 오지 않겠지. 그가 훈계하듯 말했다.

「이 숲엔 그런 물건들이 아주 많아. 그러니까 더는 여기 오지 말고…….」

짧은 신음과 함께 남자는 말을 멈췄다. 소녀가 갑자기 품에 뛰어든 충격 때문이었다. 소녀가 고개를 들자 까만 눈동자가 흑요석처럼 빛났다. 그리고 천진난만하게, 태양처럼 환하게 웃었다.

뭔가 잘못됐다. 남자는 자신이 큰 실수를 했다는 걸 감지했다. 그러나 소녀는 이미 종이 무덤을 헤집고 있었다. 이야기를 더 들려달라며 떼를 썼다. 그는 쫓아내기엔 늦었다는 걸 깨닫고 깊은 한숨을 내쉬었다.

혼자가 아니라 둘이 되니 시간이 쏜살같이 흘렀다. 몇 년이 지나 소녀는 여인이 되었다. 그녀는 시시때때로 남자를 찾아왔다. 그의 이야기를 듣고, 함께 글을 썼다. 남자는 귀찮아하면서도 어울려주었다. 종종 재미를 느끼기도 했다. 어찌되었든 누군가와 의미 있는 관계를 맺는 건 그 또한 처음이었다.

어쩌다 한번 그녀는 자신이 쓴 글을 가져왔다. 문인이 되고 싶다면서 몇 권이나 되는 책을 수줍게 내밀었다. 제법 수려한 솜씨였다. 다만 내용이 사랑과 낭만 따위의 세속적인 이야기였고 더러는 기이했다. 그와 어울린 영향인 듯했다.

양갓집 규수가 친구를 잘못 사귀었군. 남자가 작게 웃었다. 여인은 그 모습을 홀린 듯 보다 덩달아 웃었다.

또 어느 날엔 여인이 그의 화압*을 만들자고 했다. 아름다운 글에 걸맞은 인장을 남겨야 한다는 이유였다. 그러나 남자에겐 불가능한 일이다. 그는 이름이 없다. 애써 지우려고 했던 것인데, 이젠 구태여 떠올리려 해도 기억나지 않았다. 내심 쓸쓸했다. 그는 누구에게도 없는 영생을 얻었으나, 떠

* 서명

돌이 개한테도 있을 법한 이름 하나가 없었다.

이름이 없다는 말에 여인은 별 희한한 소식이라도 들은 듯 눈이 동그래졌다. 그다음엔 제 손으로 지어주겠다고 나섰다. 한참을 뚱한 고양이처럼 앉아있다가 눈을 감기도 하고 뜨기도 했다. 팔짱을 끼었다가 턱을 괴기를 반복했다.

남자는 옆에 가로누워 지켜보았다. 퍽 대단한 일을 하는 것처럼 그녀가 미간을 좁히는 게 우스웠다. 지금껏 신선님, 도깨비님 하며 제멋대로 부르더니 이제 와서. 그는 아무런 기대 없이 기다렸다. 얼마간 지나 여인이 입을 열었다.

서주. 서책의 주인이라 서주(書主)라고.

문득 처음 만났을 때가 떠올랐다. 서책을 부여잡고 엉엉 울던 어린아이가 눈에 선했다. 함께 집으로 가던 길은 겨울인데도 이상하게 훈훈했다. 품에 꼭 들어오던 작은 무게가 기억났다. 살아있는 몸의 미지근함과 더운 숨, 안온한 존재감.

흰나비 하나가 그의 뺨을 스쳐 지나갔다. 나비의 움직임을 쫓아 동굴 안을 둘러보았다. 전에 비해 많이 달라진 모습이었다. 메마른 갈증 같았던 흙바닥 위로 꽃나무가 뒤덮였다. 봄이 되면 살구꽃이 흐드러지고 여름이 오면 수국이 만발했다. 내를 건너는 다리를 두었고 느티나무로 정자를 지었다. 곳곳에 달린 초롱에서 불빛이 일렁였다.

꽃이 피니 나비가 찾아왔다. 살구를 찾는 새가 날아들었다. 물이 흐르고, 나뭇잎이 흔들리고, 새가 지저귀었다. 바람이 불면 흐르는 물의 냄새, 싹트는 대지의 냄새, 여문 열매의 냄새가 났다. 달고, 시원하고, 씁쓸하고, 시큼했다. 다채로웠다. 살아있는 것들의 향이었다.

이제야 마루 밑에서 빠져나온 기분이 들었다.

그는 이 모든 변화의 원인을 응시했다. 살구꽃 아래 앉은 여인이 봄날의 태양처럼 반짝였다. 그녀가 다시 물었다. 지어준 이름에 대한 대답을 기다렸다. 그는 한참을 멍하니 있었다는 걸 깨달았다.

괜한 헛기침을 몇 번 하고 목소리를 골랐다. 대답하기 위해 눈을 마주치니 마음이 이상하게 울렁였다. 구름을 타고 오르는 듯, 버들가지가 몸을 간지럽히는 듯. 생전 느껴본 적 없는 감각이었다. 그는 애써 마음을 가라앉혔다. 이 정체 모를 마음을 들키고 싶지 않았다. 그는 짐짓 냉랭한 척했다.

곧 석양이 내렸다. 그녀가 돌아간 뒤에 남자는 작은 나뭇조각을 깎기 시작했다. 더 촌스러운 이름을 내밀기 전에 화압을 만들어둘 작정이었다. 인장까지 파두면 무르지 못할 것이다. 그가 희미하게 웃었다. 이걸 보면 그녀가 어떤 반응을 보일지 기대되었다. 어쩌면 또, 봄볕처럼 웃을지도 모르지.

그러나 인장을 완성하고도 한참 동안 그녀는 오지 않았다.

그는 무언가를 기다려본 일이 없었다. 이 불편하고 찝찝한 마음을 견딜 인내심도 없었다. 딱 스무 날이 됐을 때 그는 동굴 밖으로 나섰다. 먹을 것이 떨어졌다는 핑계로 마을에 내려가 볼 생각이었다.

그런데 입구를 나서자마자 여인과 마주쳤다. 슬픈 듯, 억울한 듯 여러 감정이 뒤섞인 표정을 하고 있었다. 그녀는 딱 한 걸음의 거리를 두고 말했다.

혼인할 날짜가 잡혔다고.

가문 간의 이해가 얽혀있었다. 겨우 열일곱의 신부와 얼굴도 모르는 신랑. 그녀의 가문이 기울어가던 중이라 선택의 여지가 없었다. 한 사람의 평생 가약으로 집안의 면을 세울 수만 있다면, 아무렴 남는 장사다.

그러나 이 마음은 어떻게 해야 할까. 주인이 잠든 사이 옛 연인을 찾아간 말처럼 목을 베기라도 할까. 그녀는 물기가 가득 찬 눈을 깜빡이지도 않았다. 긴 침묵으로 그의 답을 애원했다. 눈망울에 가득 담긴 간곡함이 애처로웠다.

남자는 도저히 그녀가 바라는 말을 꺼낼 수 없었다. 그는 망령이다. 오래전에 죽었어야 하는 사람이다. 태어나길 저주

받았으며 스스로 발에 족쇄를 채웠다. 아버지에게 버림받았
고 신을 저버렸다. 발붙일 곳이라고는 이 비좁은 동굴이 다
였다.

낡은 기억이 다시 그를 어둡고 좁은 마루 밑으로 끌어당
겼다. 잘려서 굴러다니던 머리통, 허옇게 뜬 눈, 끝내 그를 부
정하던 혓바닥. 기억이 떨칠 수 없는 수렁처럼 휘감겼다. 망
령들이 귓전에 속삭였다. 저 애도 그렇게 만들 셈이야?

그는 끝내 대답하지 않고 고개를 돌렸다. 차마 눈을 마주
칠 마음이 들지 않았다. 이번만큼은 울고 보채도 소용없다고
생각했다.

그러나 여인은 울지 않았다. 눈물을 삼킨 소녀는 어느새
강인한 여인의 표정을 지었다. 그녀가 살구꽃처럼 붉은 입술
로 말했다.

「같이 떠나요. 나는 두렵지 않아요.」

그가 답했다.

「넌 두려움이 뭔지 몰라. 뜻 모를 미움을 받은 적도, 숨소
리를 낸 일로 야단맞은 적도, 가혹한 죽음을 목격한 적도, 질
식하리만치 허기를 겪은 적도, 살아야 하는 게 부당하다고
느낀 적도 없잖아. 제 손으로 불행을 끌어모아 온 생애에 처
바른 적도 없잖아. 그러니까 넌 견디지 못할 거야. 넌 행복 속
에서 태어났으니까.」

한참의 정적이 지난 뒤에 그녀가 답했다.

「당신은 오만한 사람이야.」

짧은 대화를 끝으로 그녀는 집으로 돌아갔다. 며칠 뒤에 성대한 혼례식이 열렸다. 신부는 무척 아름다웠고 많은 이에게 둘러싸여 있었다. 모두의 축복과 즐거움 속에서 부부가 연을 맺었다. 남자는 그녀를 먼발치에서 지켜보았다. 늙은 주례의 말이 그가 있는 곳까지 닿았다.

「신랑은 푸른 실, 신부는 붉은 실이니. 이제 둘은 매듭이 되어 영원히 풀리지 않을 것이오.」

엄숙한 혼례의 선언이 저주처럼 울려 퍼졌다.

그녀의 삶은 남자의 예측과 다르게 흘러갔다. 몇 년이 흘러 다시 만난 여인은 매우 수척해져 있었다. 총기가 흐르던 눈은 흐린 웅덩이처럼 변했다. 작아도 활기찼던 몸은 야위어 힘이 없었다. 혼인은 그녀에게 재앙이었다. 남편은 포악한데다 자격지심이 강한 사람이었다. 그는 부인이 글을 쓰는 걸 좋아하지 않았다. 이유는 명료했다. 그녀의 솜씨가 남편보다 뛰어났기 때문이다.

처음 그녀는 핍박당하더라도 글쓰기를 그치지 않았다. 좁은 방에 숨어 여름의 푸름과 겨울의 찬연함을 그렸다. 산을 넘고 바다를 헤엄쳤다. 하늘을 날고 꿈속을 걸었다. 소담한 정자와 흐드러진 살구꽃을 매번 그리워했다.

그녀가 쉽게 그만두지 않자 남편은 방식을 바꿨다. 어느 우중충한 날에 그는 하인들을 한데 모았다.

그중 여인에게 먹과 종이를 사다주던 심부름꾼을 불러냈다. 그리고 집안의 가산을 허투루 쓴 죄로 양손을 으스러뜨렸다. 다음엔 여인에게 남편이 오는 걸 알려주던 어린 노비를 불러냈다. 그리고 집안 어른을 못 알아본 죄로 눈을 파냈다. 마지막으로 여인의 글을 책으로 엮어 숨겨주었던 나이든 여종을 불러냈다. 그리고 집안에 거짓을 둔 죄로 혓바닥을 잘랐다.

그리고 아내에게 말했다.

「보시었지요? 이 집안엔 내 뜻대로 하지 못할 게 없어요. 있어서도 아니 되지요. 생각해 보세요. 이 세상에서 부인 혼자 뭘 할 수 있겠습니까? 되바라지게 굴지 말고 내 말에 따라요. 그렇게 우리 백년해로합시다.」

그녀는 결국 붓을 내려놓았다. 더는 꿈을 꾸지 않겠다고 약속했다. 한 사람의 꿈이 남의 목숨 여럿보다 중할 수는 없었다. 비열한 남자는 그걸 무척이나 만족스러워했다. 자기는 사람 다루는 법을 안다며 웃었다. 많은 이가 그를 역겨워하는 줄도 모르고.

　얼마 뒤 여인이 오랜만에 다시 찾은 화원은 여전히 꽃이
만발하고 나비가 날아들었다. 나이를 먹지 않는 남자는 젊고
아름다웠다. 그가 속한 풍경은 전부 과거의 한때에 멈춰있었
다. 그녀가 한숨과도 같은 웃음을 지었다. 그리고 말했다.
　「당신은 그대로구나. 우리가 처음 만났을 때와 달라진 게
없구나. 내가 이름을 지어주었을 때와 똑같구나.」
　그들은 지나간 일들을 이야기했다. 즐거울 때를 추억하고
슬플 때를 회한했다. 남자는 묵묵히 듣기만 했다. 그녀가 떠
난 뒤에야 마음속에 들끓는 감정이 분노인 줄 알았다. 그 뒤
로 여인은 종종 남자를 찾아왔다. 매번 더 어두워진 낯빛이
었다. 이곳에 오는 게 그녀에게는 잠시 새장을 벗어나는 일
이라고 했다. 커다란 기와집이 감옥과 다르지 않다며 씁쓸히
웃었다. 그는 웃음이 나오지 않았다.
　여인은 말없이 그의 어깨에 기대 낮잠을 잤다. 오후의 단
잠이 아니라 고단함에 지친 도피로 보였다. 그녀를 만나기
전의 남자와 닮아있었다. 그는 잠든 여인의 머리를 쓸어 넘
겼다. 창백한 뺨을 어루만지고 기댄 어깨를 끌어안았다. 여
전히 그녀에게 어떤 말도 해줄 수 없었다.

그날 밤 남자는 여인의 집에 찾아갔다. 바람 귀신과 벼락 귀신을 불러 대들보를 작살내고 주춧돌을 쪼개버렸다. 그가 할 수 있는 건 고작 이런 거였다. 득실거리는 분노가 아까웠다. 그는 이 집 양반의 목을 부러뜨리려던 걸 겨우 참고 돌아갔다. 여인을 미망인으로 만들 수는 없었다.

하룻밤 사이 벌어진 기이한 일에 사람들이 수군거렸다. 천벌이야. 이 집 주인이 손에 피를 많이 묻힌 탓일 테지. 그녀의 남편은 부아가 치밀었다. 천벌이 뭐기에. 동시에 두려웠다. '내 것'을 이리도 허망하게 빼앗길 수 있다니.

불안한 마음으로 안채에 가니 아내가 있었다. 따사로운 볕 아래 서책을 읽는 모습이 현숙하고 아름다웠다. 언제고 도망칠까 봐 그를 전전긍긍하게 만든 여인이었다. 그는 서책을 빼앗아 갈가리 찢었다. 방에 있던 책과 그림도 전부 꺼내 불을 붙였다. 진작 이렇게 해야 했다. 가주의 마음이 평안해야 집안이 안녕한 법이다.

그녀의 계절이, 초록 강산이, 살구꽃이 피는 정원이 타들어 갔다. 오랜 세월 쌓아둔 마음들이 모두 재가 되었다. 여인은 울지도 않고 소리치지도 않았다. 초라한 비석처럼 앉아 제 마음이 잿더미가 되는 걸 보기만 했다.

여인의 삶은 나날이 황폐해져만 갔다. 날개가 부러진 새처

럼 집안에 틀어박혔다. 글공부를 비롯하여 많은 일을 통제당
했다. 하늘을 올려다보는 것조차 허락받아야 하는 삶이었다.
그러던 중에 생가의 부모님이 세상을 떠났다. 갑작스레 벌
어진 사고였다. 하나뿐인 동생은 모함으로 귀양길에 올랐다.
가족은 그녀의 마지막 버팀목이었다.

어느 날 동굴에 찾아온 여인이 그의 품에 기대어 말했다.

「봐요. 지금도 내가 당신과 어울리지 않아요? 아니면 얼마
나 더 무너져야 할까요.」

그는 여인의 몸을 조심스럽게 끌어안았다. 눈부셨던 태양
은 빛바랜 잿더미가 되어있었다. 작은 어깨가 보잘것없었다.
전해지는 체온이 서늘했다.

분명 그녀의 행복을 위한 선택이었다. 이런 결과를 맞이할
줄은 몰랐다. 왜 운명은 이다지도 인간의 바람대로 움직이지
않을까. 그는 여인을 품에 안고서도 한참을 망설였다. 그녀
의 삶은 유한했고 그는 영원했다. 두 사람은 다른 시간을 살
았다. 그는 여인과 함께해도 된다는 확신이 들지 않았다. 내
다볼 수 있는 게 없었다. 만약 신이라면. 사람의 삶을 뜻대로
휘두르는 신이라면 우리의 결말을 알고 있을까.

마침내 망설임을 끝낸 남자가 말했다.

「도망가자. 내가 너를 이 지옥에서 꺼내줄게.」

남자는 모든 걸 그대로 두고 거처에서 나왔다. 그녀와 함께 어딘가, 목적지 없이 먼 곳을 향해 달아났다. 모든 게 스쳐 지나는 가운데 붙잡은 손의 온기만 강렬했다. 마른 손마디가 얽히고 안쪽의 여린 살이 빈틈없이 맞닿았다. 남자는 때때로 뒤를 돌아 확인했다. 손을 놓치면 그녀가 길을 잃을까 두려웠다.

멀리서 사람들의 고함이 들렸다. 그녀를 쫓아온 남편의 사병들이었다. 운명의 족쇄가 질기게 따라붙었다. 그는 여인의 손을 잡고 다른 방향으로 내달렸다. 식은땀이 흘렀다. 사지가 저렸다. 호흡이 가쁘고 가슴이 죄어들었다.

쫓기고 쫓겨 둘은 절벽 앞에 섰다. 앞에선 병사들이 칼을 겨누었고, 뒤는 까마득한 어둠이었다. 그는 선택해야만 했다. 이대로 그녀를 돌려보내 살릴 것인가. 아니면 이런 구원일지라도 그녀와 함께할 것인가.

망설임은 길지 않았다. 여인이 남자를 잡아당겼다. 돌아본 순간 눈이 마주쳤다. 강인하고 뜨거운 빛이 보였다. 눈동자 아래 깊은 곳에 담겨있었다. 그녀는 작지만, 선명하게 말했다.

「우리 다시 만나요.」

그는 끄덕임도 없이 그녀를 끌어안았다. 허공으로 두 사람의 몸이 기울어졌다. 물새가 날개를 펴듯 부드럽고 가벼운 동작이었다. 바람이 길을 내는 게 느껴졌다. 파묻은 어깨에서 옅은 땀 냄새와 먹 향이 났다. 남자는 눈을 감았다. 그리고 차마 입 밖으로 내지 못했던 말을 떠올렸다.

너는 나의 봄볕 같은 구원이고 아스라한 환상이다. 수많은 이야기를 들려주는 동안 연모한다는 말 한마디를 못 했다. 건네지 못한 마음 한 조각은 저승 가는 길에 주겠다. 그 길은 멀고 험하니 나는 또 어떤 이야기를 꺼내야 할 테지. 걱정하지 말아라. 네가 없는 동안 많이도 모아두었다. 넌 이야기 듣는 것을 좋아하니까…….

대지에 부닥친 육신이 부서지고 으스러지며 의식이 어둠에 잠겼다.

행복한 예감이 들었다.

눈을 뜨면 그녀가 있다. 찬란한 미소를 가득 띠고 내게 손짓한다. 우린 따사로운 햇살과 부드러운 바람을 느끼며 걷는다. 길가엔 야생화가 가득하다. 버드나무 가지가 바람 소리를 낸다.

가는 내내 손을 잡을 것이다. 그리고 말해야지. 따분했던 시간, 습기 가득한 기억. 언젠가 네가 들려달라고 했던 나의 과거. 고작 이런 시시한 내용이 많은 이야기의 끝이라 미안하다고 해야겠지.

그래도 결말은 그리 나쁘지 않았다. 너와 함께할 수 있었기에, 삶이 그러했던 것처럼 죽음 또한 내가 선택할 수 있기에…….

환한 빛이 눈꺼풀 위로 쏟아졌다. 남자는 따사로운 볕을 느끼며 깨어났다.

끔찍한 고통이 온몸을 덮쳤다. 엉망이 된 육신이 생생했다. 비명도 나오지 않았다. 부러진 뼈가 그의 폐인지 심장인지 모를 것을 찔렀다. 절망스러운 고통에 몸을 비틀 때마다 입에서 피가 한 움큼 쏟아졌다.

그는 온 힘을 다해 고개를 돌렸다. 그녀의 육신이 보였다. 숨소리도 없이 늘어져 있었다. 생명력 없이 툭 떨어진 손이 일견 기이했다. 조금 전까지 그가 간절하게 붙잡았던 그 손이었다.

어쩌다 이런 일이 벌어졌을까. 그는 비극의 단서를 헤아렸다. 뒤엉킨 명주실 같은 사연을 거슬러 올라가니 그 시초가 보였다. 그날, 신을 속이고 이름을 지운 날. 삶의 주도권을 바랐던 그 조악한 욕심이 문제였다. 그로부터 시작된 오만이었다. 마음대로 죽지도 못할 것이 신이라도 된 줄 알았고, 마루 밑의 그림자가 태양을 끌어안으려 했다. 제 주제도 모르고.

그리하여 그녀는 죽었고, 그는 죽지 않았다.

참혹한 시간이 흘렀다. 하루, 보름, 한 달. 그동안 혼백이 떠난 그녀의 몸뚱이는 서서히 썩어 없어졌다. 신이 정한 섭리대로 더없이 자연스러웠다. 남자는 그 모든 과정을 지켜보았다. 그녀를 이루었던 것이라고는 티끌 하나까지 눈에 담았다. 그래도 속죄할 길을 알 수 없었다. 그녀가 혼자 걷도록 만든 죄를 어떻게 갚아야 할지 몰랐다. 차라리 신에게 묻고 싶었다. 당신은 이리될 걸 알았겠지. 그런데도 지켜만 본 건 나에 대한 형벌인가, 아니면 가혹한 장난이던가.

계절이 두 번 바뀔 무렵 그는 간신히 몸을 일으켰다. 곧장 얼마 남지 않은 그녀의 유해를 땅에 묻었다. 그런 다음 홀로 정원으로 돌아왔다. 그곳은 두 사람이 함께하던 때와 다르지 않은 모습이었다. 그녀의 집에서 들고 나온 원앙 인형도 보였다. 정자 위에 모여 앉은 모습이 소담하고 정다웠다. 이것이야말로 그가 바란 모습 그대로였다. 이렇게 살고 싶었다.

결국 남자가 무너지듯 눈물을 흘렸다.

미안해. 미안하다. 모두 내 어리석음 때문이다. 우리에게 남은 연이 있다면 돌아와. 나를 사랑하지 않아도 괜찮아. 다만 나는 너에게 이야기를 들려줄게. 네가 좋아하던 기이하고 환상적인 이야기들을 많이 모아둘 거야. 그리고 네가 오면 밤새 그것들을 늘어놓을게. 그리운 어느 옛날처럼.

잠 못 이루는 밤 동안 우린 함께할 거야.

마지막 이야기가 끝났다. 서주는 문득 무력감이 밀려왔다. 육체의 상처가 나은지 얼마 안 되었기 때문일까. 아니면 그가 계획한 '진짜 끝'에 다다라서일까. 지금껏 잘도 이야기하던 입이 돌연 무겁게 느껴졌다. 그때 연서가 먼저 떨리는 목소리로 말했다.

"이게 우리의…… 지난 이야기라고요?"

서주가 미소와 함께 답했다.

"믿지 않아도 좋아요. 믿어도 상관없고요. 그 어느 쪽도 선택하지 않아도 괜찮습니다. 남겨진 이야기라는 게 그렇죠. 들려주는 사람의 바람대로 고치기도 하고, 더하기도 합니다. 사람들 사이를 떠돌며 끊임없이 재창조되는 게 이야기입니다. 영원한 생명력이라고나 할까요. 그 끝에 이런 진부한 이야기가 남았다는 게 안타까울 뿐입니다만."

한 사람이 죽고 다른 사람이 기다리는 뻔한 클리셰. 그리고 다시 침묵이었다. 서주는 바로 곁에 앉은 연서를 찬찬히 관찰했다. 시선은 흔들리고 눈가는 붉어진 채 입은 꾹 다물었다. 겁을 집어먹고 울기 직전의 표정이었다. 아주 먼 옛날, 그가 그녀를 처음 만났을 때 봤던 얼굴과 비슷했다. 도무지 시선을 뗄 수 없는 가여운 모습이었다. 그러나 연서는 참을성 있게 눈물을 떨어뜨리지 않고 말했다.

"왜…… 전부 끝난 일처럼 말하는 거예요? 다시 돌아왔잖아요. 이제 불행한 운명도 끝났다면서요."

그가 한 점의 동요 없이 대답했다.

"난 올바른 결말을 위해 내내 기다렸어요. 처절한 모험도 그에 걸맞은 대가가 있어야 합니다. 저는 손님의 삶을 무너뜨릴 만큼 가치 있는 사람이 아니에요. 손님께서 여태 받았던 고통을 생각하면, 지나치게 과분하죠."

"제가 받았던 고통이 당신과 무슨 관련이 있다고요."

"당신은 매번의 생마다 이곳을 찾아왔습니다."

그는 들릴 듯 말 듯한 목소리로 '잊어버렸겠지만' 하고 덧붙였다.

"그게 옥토에게 빌었던 제 소원이었죠. 그렇게 네 번쯤 다시 만났을 때 알았습니다. 손님은 매번의 생마다 고통스러운 끝을 맞이했어요. 질병, 사고, 전쟁. 인간에게 닥칠 수 있는 모든 불행을 체험하는 사람 같았습니다. 죽음의 안식을 취할 시간도 없이 다시 이승으로 끌려 나오길 반복했어요. 이해할 수 없었습니다. 신이 왜 당신에게 이렇게까지 가혹한지. 그러다 깨달았어요. 신에게 빈 소원에는 언제나 대가가 따른다는 걸. 내가 또 당신을⋯⋯."

서주는 말끝을 흐렸다. 또다시 당신을 고통스럽게 만들었다. 그 말은 입 밖으로 꺼내기만 해도 송곳이 되어 그를 찌를 것 같았다. 연서가 기다리지 않고 말했다.

"옥토가 그랬어요, 제 운명이 바뀌었다고. 그럼 다 지난 일이잖아요. 저는 기억하지도 못하는 과거로 왜 지금을 망가뜨려요? 사과할 필요조차 없어요. 엄밀히 말하면 그때의 나와 지금의 나는 완전히 다른 사람인데⋯⋯."

"당신의 죽음을 매번 지켜보았던 내 심경은⋯⋯."

괜한 말이었다. 그는 내뱉은 즉시 후회했다. 이건 고작 그녀의 책임을 묻는 듯한 말밖엔 되지 않는다. 그러나 한번 둑이 터지니 회한이 밀려들어 쉽게 입을 닫을 수 없었다.

"당신은 또 내 앞에서 안녕을 고하고, 지난 일은 전부 망각한 채로 다시 돌아오겠죠. 기약도 없이 오로지 신의 뜻을 따라서요. 당신이 나에게 첫인사를 건넬 때면 나는 꼭 작별 인사처럼 들려. 운명이 바뀌었다고? 지나지 않은 일을 확신하는 건 어리석은 일입니다. 오만이죠. 난 그걸 누구보다 잘 알아요. 그러니까 당신과 함께할 수 없어요. 어떠한 가능성도 만들고 싶지 않아. 또다시 당신을 불행에 빠뜨릴 수 없으니까!"

그가 드물게 언성을 높였다. 그러나 지친 기색이 뚜렷했다. 두 눈엔 달빛이 가득 담겨 눈물이 고인 것처럼 보였다. 그가 피로한 몸짓으로 그녀를 끌어안았다. 그리고 귓가에 속삭였다.

"난 우리가 함께하는 결말을 맞이하고 싶지 않아요."

다시 거리를 벌린 서주가 도포 안쪽에서 꽃을 꺼냈다. 이전에 그의 단골손님이 가져다준 두 송이 중 하나였다. 나리를 닮은 푸른 꽃이 은은한 빛을 냈다.

"이건 기억꽃이라고 합니다. 사람의 기억을 지우거나 밝히는 힘을 가졌어요. 이제 당신은 이 서점에 대해서도, 나에 대해서도 전부 잊을 겁니다. 방금 들었던 이야기도 마찬가지로."

"뭐라고요?"

그는 처음부터 연서가 다시 돌아올 걸 예측했다. 그녀에게는 끝내 사그라지지 않는 집념 같은 게 있었다. 그리고 가장 궁지에 몰렸을 때 그걸 내보이곤 했다. 만약 돌아오지 않는다면 그거대로 좋았다. 어차피 수명을 다하고 삼도천을 건너면 이번 생의 만남 같은 건 다시 망각할 테니까.

이젠 연서 또한 일의 경위를 알아챈 것 같았다. 그녀는 '이러려고', '그런 식으로'같이 상황에 어울리는 몇 가지 말을 내뱉었다. 열이 올라 문장이 잘 만들어지지 않는 모양이었다. 아마도 그가 순순히 과거를 밝힌 이유가 이거였느냐고 묻는 것 같았다. 서주는 말 없이 고개를 끄덕였다.

둘의 과거를 이야기한 건 마지막 욕심이었다. 한번쯤은 그녀에게 지난 일을 오롯이 고하고 싶었다. 그런데도 용서받는다면, 사랑한다고 말한다면. 여태 몰랐지만 그런 희미한 기대도 섞여있었다. 지금 연서의 눈에 차오른 원망을 보다가 깨달은 사실이었다.

그가 씁쓸하게 말했다.

"다음 생에도 손님을 기다리고 있을게요. 그땐 우리 가까워지지 마요."

"지금의 나는요?"

"미안하다고 해두죠. 어차피 전부 잊겠지만."

"이러지 마요. 뭐가 무서워서!"

"난 무서워."

그는 마지막 무대를 앞둔 마술사처럼 꽃을 고쳐 쥐었다. 푸른색과 자주색이 뒤섞인 광채가 일렁였다. 흡사 저승의 기운 같았다. 서주는 그 빛을 뒤집어쓴 채로 말했다. 예의 그림 같은 미소와 함께.

"이전엔 너무 가까워져서 당신이 죽었거든."

그가 이어서 읊조렸다. 주문을 외우는 듯 단조로운 어조였다.

"이 서점도, 나도 잊어버려. 그리고 자유롭게 사는 거야. 지난 생에 하지 못했던 일들을 만끽하고, 행복하게……"

행복하게 살아, 나 없이. 그렇게 말하려는데 돌연 연서가 그의 손을 붙잡았다. 그리고 나머지 손을 쭉 뻗어 그의 입을 막았다. 이 돌발적인 상황에 서주는 놀라움을 금치 못했다. '물리적으로' 말문이 막히다니. 생전 처음 겪는 일이었다. 그는 눈을 동그랗게 뜨고 그녀를 보았다.

"내 말 좀 들어요! 어린아이도 아니고 정말. 언제까지 과거, 과거!"

연서는 화가 나서 씩씩대는 통에도 그의 입을 꽉 틀어막는 걸 잊지 않았다. 그런데 그의 놀란 얼굴을 보고 있자니 그녀의 마음에 무언가가 울컥 치솟았다. 비난, 원망, 애증, 애정, 사랑. 그런 종류의 강렬한 감정이었다. 지난날 꿈에 나타난 여인의 마음과도 비슷했다. 그녀는 곧장 서주를 향한 말을 속사포처럼 쏟아냈다.

"당신은 날 위하는 게 아니야. 자기 일도 여태 해결 못 하고 절절매는 거지! 상황이 더 나아지는 게 그렇게 무서워? 당신이야말로 해보지도 않은 걸 확신하고 있잖아. 나를 좋아하면 그렇다고 말해! 지금이 고리타분한 조선시대야? 언제까지 운명 타령! 아, 도대체 몇백 년을 기다리게 만드는 거야!"

순간, 연서는 먼 기억의 파편을 저도 모르게 끄집어냈다. 그것들은 연서의 기억에 슬그머니 녹아들었다. 앞에 둔 기억 꽃의 힘 그리고 과거와 지나치게 닮은 감정을 끌어냈기 때문에 벌어진 일이었다. 아무튼 그녀는 과거와 현재를 완벽히 분리하지 못하는 혼란스러운 상태였으나, 지금은 화가 나서 그런 줄도 몰랐다. 서주는 말을 해야 할 입이 막혀있으니 큰 눈을 끔뻑이기만 했다.

연서는 이제야 전생의 그녀가 꿈을 통해 던진 전언을 이해했다. 기억을 밝혀준다는 이 꽃 그리고 가려진 진실과 선연한 마음. 연서는 온 힘을 다해 그의 손에 들린 꽃을 빼앗았다. 얼마나 힘을 주었는지 꽃잎 몇 개가 허공으로 흩날렸다. 푸른빛이 요동치는 가운데 연서가 입을 열었다. 강인하였으며 단호했다.

"당신과의 모든 순간을 기억하겠어."

전부, 영원히. 말이 끝난 동시에 그녀의 머릿속으로 낡은 기억이 밀려들었다.

소화담(韶華談)

: 화창한 봄의 경치와 작은 담화

나는 그이를 처음 만났을 때 주변에 흐르던 공기를 기억한다. 어둡고 축축한 숲. 신경에 거슬릴 만치 날카로운 새소리. 무겁게 내려앉은 안개와 술렁이는 찬 공기. 당시 어리고 작은 소녀였던 나로서는 견디기 버거운 시련이었다. 하여 내가 세상에 저항하는 몇 안 되는 수단을 썼다. 온 힘을 다해 울었다는 뜻이다.

다행히 목이 부어오르도록 운 보람이 있었다. 곧 그이가 왔다. 그야말로 지상에 내려앉은 선인의 자태였다. 일렁이는 도포 자락은 옥색 바다 같았고, 엷은 갈색 긴 머리칼은 쏟아지는 달빛 같았다. 피부가 지나치게 희고 투명한 탓에 신선보다는 유령에 가까웠지만, 아름다웠다. 녹보석처럼 빛나는 눈을 마주한 나는 완전히 사랑에 빠지고 말았다. 그는 태어나서 본 중에 가장 예쁜 사람이었다.

나중에 본 그의 글 역시 못지않았다. 나는 필체가 그걸 쓴 사람을 닮아 예쁘다면서 몇 번이나 감탄했다. 그럴 때마다 그이는 나를 흘겨보았다. 여인에게 주로 붙이는 수식언을 탐탁지 않아 했다. 그러나 나의 작은 머리로는 떠올릴 수 있는 어휘가 그리 풍부하지 않았으므로 별수 없었다. 그도 이 사실을 알았던지 그냥 넘어갔다. 내가 미소가 어여쁘다 칭찬했을 때조차 그랬다. 읽던 책을 내려놓긴 했어도 별말은 하지 않았다. 그이는 의외로 관대한 면이 있었다.

시간이 지나 어느 화창한 날. 동굴 안에서 그는 책을 읽고 나는 그이의 머리칼을 꼬며 놀았다. 그러다 내가 물었다.

「신선님의 지나온 날은 어떠했소?」

이때까지 나는 그가 신선이나 도깨비일 것이라 믿었다. 그렇다면 살아온 날이 무척 길 텐데, 본인 이야기라고는 이름 하나 알려주질 않아 궁금할 따름이었다. 그의 삶은 어떤 해괴하고 진귀한 이야기로 가득했을까. 기대에 찬 물음에 그는 무감한 태도로 대꾸했다.

「불미했지.」

그리고 어떤 말도 덧붙이지 않았다. 나는 다시 물었다. 성년이 된 후였다면 그러지 않았겠지만, 이때의 나는 아직 어렸다. 단 네 글자만으로 호기심을 충족시킬 수 없었다.

「앞으론 뭘 할 건데요?」

낭랑한 목청을 분명 들었을 텐데도 그이는 미동조차 하지 않았다. 내가 한참을 보챈 다음에야 겨우 입을 열었다. 시선은 여전히 서책에 고정한 채였다.

「삭아 없어지길 기다리고 있어. 몸도, 정신도.」

하필이면 볕이 쾌청하고 미풍이 향기로운 날에 그는 죽음을 떠올렸다. 그러나 이때의 나는 견식이 짧아 그의 말을 제대로 이해하지 못했다. 다만 그가 부서지기 쉬운 성질로 만들어졌다고 알아들었다. 그러니 삭아 없어진다는 말을 입에 담았으리라.

그가 옥석으로 빚어진 줄 알았는데 사실은 설탕 유리였다는 것이다. 한겨울엔 얼어붙어 깨어지고 한여름엔 녹아내려 흔적도 찾을 수 없겠어. 쾌청한 봄날은 턱없이 짧은데 이를 어쩌나. 마침내 비상한 결론을 내린 내가 입을 열었다.

「그럼 기다리는 동안 같이 있을까요?」

그리하면 내가 추위를 막아주고 더위를 삭여줄 수 있겠죠. 당신이 바라는 끝이 어디인 줄은 몰라도 내내 곁에 앉아 이야기를 건넬 수는 있을 테죠. 우리 늙은 유모가 그러는데, 그게 사람 사는 모양이라고 하더이다. 소소한 담화를 나누며 기대앉아 화창한 봄을 기다리는 게요.

이러한 뜻이 담긴 말이었으나 그가 알아들었을지 모를 일이다. 그이는 단지 고개를 들어 나를 바라보았다. 생전 처음 보는 물건을 대하듯 한참 동안.

그리고 세월이 흘렀다. 푸름이 가물 듯 우리의 평화로운 시간도 끝이 났다. 나의 뜻과는 관계없이 나의 혼사는 이루어졌다. 함께 떠나자는 내 제안에 그이는 답하지 않았다. 우리가 맞잡았던 손이 무척이나 뜨거웠음에도 그는 마음을 고하지 않았다. 여전히 두려움이 많은 사람이었다.

나는 이 처량한 남자를 계속 기다렸다. 그가 삶을 욕심 내는 순간이 오길 빌었다. 그러나 애석하게도 현실은 그리 명쾌한 방향으로 흘러가지 않았다. 나는 사는 동안 시들어갔다.

어느 바람이 시린 날에 나는 죽음을 예감했다. 폐병이 심상치 않던 중에 피를 보았다. 생명의 끝을 알리는 예고였다. 운명이란 녀석은 이토록 가혹했다. 이미 혼이 죽어가고 있는 마당인데, 구태여.

허망하여 웃음이 났다. 끝까지 뭐 하나 쉬운 게 없는 생이었다. 원망스럽고 답답해서 며칠을 집 밖으로 나서지 않았다. 정말 이대로 끝인가? 그동안 영혼에 가해진 고통으로 나는 이미 충분히 말라비틀어져 가고 있었다. 그런데도 마지막이라고 생각하니 삶을 쉽게 내어주고 싶지 않았다. 그럴 바엔 차라리 내 손으로…….

불현듯 문갑에 올려둔 '그것'이 눈에 들어왔다. 남편이라는 자가 애지중지하던 원앙 인형. 언젠가 말하길 소원을 이뤄주는 보물이라고 했었다. 그중 암컷과 눈이 마주쳤다. 살아있는 생물과 마주하는 감각이었다. 신경이 날카로워지다 못해 미친 건가. 그렇게 생각하면서도 나는 그 인형을 집어

들었다.

몸통을 가로지르는 미세한 실금이 보였다. 이런 인형은 속이 비어있는 종류가 더러 있었다. 힘을 주어 돌렸더니 몸통이 열렸다. 그리고 안쪽에서 무언가가 떨어졌다. 손바닥만 한 크기의 물체. 겉에 감겨있던 종이를 풀었을 때 오색찬란한 빛이 방을 메웠다. 놀라운 광채에 나는 잠시 정신을 잃었다. 잠깐 누가 다녀간 것 같기도 하였으나 기억나지 않았다. 방은 그대로였다. '그것'은 내 손에 들려있었다. 모양을 확인한 나는 기이한 일이 벌어졌음을 알 수 있었다.

아홉 가지 빛을 내는 사슴뿔. 그의 이야기에 등장했던 신비로운 물건이었다. 어떻게 다시 이승에 내려왔는지는 모른다. 그 어린 도둑이 또 손을 댔을 수도 있겠지. 그런 생각을 할 겨를도 없이 나는 그걸 다시 인형에 숨겼다. 다음날 사람을 불러 칠을 덧대기까지 했다. 다른 누군가에게 발견되지 않도록 하기 위해서였다.

이 신비로운 물건이 분명 나를 도와줄 거라는 예감이 들었다. 그가 한밤중 인형을 집어가 버렸을 때, 그 믿음은 더 공고해졌다. 이건 어떤 자비로운 신이 준 기회였다. 나는 인간의 힘으로 되지 않는다면 신의 힘을 빌려서라도 삶을 바꾸리라고 마음먹었다. 내가 원하는 일을 하고, 내가 원하는 사랑을 하는 날을 끝내 목도하리라고.

그리고 짧은 일탈을 거쳐 마침내 생이 끝을 맺었다. 벼랑 아래서 죽어가면서도 나는 그 결심을 잊지 않았다. 혼이 육신을 떠나자 나를 마중 나온 이가 보였다. 왼 다리를 저는 저승차사. 신에게 미움받았던 어린 도둑. 이제야 기억이 났다. 원앙 인형을 열었던 날, 나의 방에 다녀간 이였다. 그를 알아본 나는 구색록의 뿔을 돌려줄 테니 다시 태어나서도 그이를 만날 수 있게 해달라고 빌었다. 그는 호탕하게 웃으며 나에게 조언해 주었다. 험악한 생김새와 다르게 인간미 있는 신이었다.

「돌려줄 필요 없어. 그게 그자의 손에 들려있다고? 그럼 저승의 신에게 이렇게 말해. 다음 생에 뿔을 찾아다 주겠다고. 하지만 정확한 위치가 기억나지 않아 시간이 걸릴지도 모른다고. 그들은 저승에 묶인 몸이니 네 제안을 꺼리지 않을 거야. 다만 네가 임무에 열중하도록 족쇄를 채울지도 몰라. 이를테면 끊임없이 이어지는 불행 같은. 아마도 네 영혼은 불운에 서서히 좀먹히겠지. 그래도 괜찮나?」

그의 말에 나는 기꺼워하며 웃었다.

「다시 만날 수 있으면 됐어요. 바람 하나를 이뤘으니 이제부터 다음을 생각하겠습니다. 긴 시간이 걸릴지라도 나는 우리가 활로를 찾으리라고 믿어요. 불운이 나를 밀어 넘어뜨리면, 다만 내가 살아있는 줄 알겠습니다. 우리 늙은 유모가 한 말을 죽어서야 이해했군요. 그이를 닮아서 우둔해진 모양이에요.」

끝으로 나는 그이에게 작별을 고했다. 부디 잠에서 깨어났을 때 나의 죽은 육신을 보고 많이 슬퍼하지 않길 바라면서.

「이제 나는 가요. 그러나 다시 돌아올 겁니다. 당신이 신선이든 도깨비든 상관없어요. 그냥 쭉 살면서 날 기다려요. 오로지 걱정은 당신이 외로움을 많이 탄다는 거예요. 그사이 괴롭고 힘든 날을 보낼까 봐.

그냥 우리가 함께하던 때처럼 살아요. 서책이나 보다가 누구한테 이야기도 들려주고, 이따금 정원이나 가꾸고 한가롭게. 그리고 다시 만났을 때 그동안 어떻게 살았는지 들려줘요. 어느 결에 실려 온 이야기를 해줘도 좋고요. 많이 모아둬요. 당신은 이야기하기를 좋아하잖아.

그럼 나는 매번 그랬듯이 즐겁게 듣겠어요. 밤새도록, 곁에 누워서.」

꿈꿈

연서는 눈을 떴다. 그녀를 끌어안고 우는 남자가 제일 먼저 보였다. 그는 죽음을 납득하지 못하는 사람처럼 완전히 평정을 잃은 채였다. 곧 연서의 손을 가져와 입술을 대보더니 눈물을 쏟았다. 온기를 찾으려다 마음이 무너진 듯했다.

아무래도 기억꽃의 힘에 정신을 잃은 모양이었다. 연서는 머릿속이 무척 어지러웠다. 많은 기억이 쏟아져 들어오는 통에 정작 의식이 암전된 줄도 몰랐다.

게다가 주변이 아까와는 다른 풍경이었다. 그녀는 곧 정자가 있던 절벽에서 떨어졌다는 걸 알아차렸다. 분명 의식을 잃는 동시에 허공으로 몸이 기울어지는 걸 느꼈다.

그리고 무언가, 서늘하고 부드러운 바람결이 그녀를 감쌌었다. 그것들 덕분에 사지 멀쩡하게 절벽 아래에 누워있는 모양이다. 아마도 저 남자의 '눈에 보이지 않는 친구들'일 테지. 연서는 흐린 정신에도 옅은 미소를 지었다.

그녀는 조각난 뼈를 맞추듯 온몸의 신경을 차례로 일깨웠다. 부유하던 몸이 겨우 지상으로 내려온 듯한 감각이 들었을 때, 그녀가 희미하게 입을 열었다.

"내가 죽는 걸 많이 봤다면서요?"

그가 고개를 들어 연서를 바라보았다. 애통한 표정이 곧 놀라움과 환희가 뒤섞인 얼굴로 변했다. 그런 다음 다시 일그러졌다. 눈물을 떨구는 동시에 그가 외쳤다.

"절벽에서 떨어진 건 이번이 두 번째야!"

이곳은 그녀가 첫 번째로 죽었던 절벽에 비하면 작고 아담했지만, 어떤 기시감을 불러일으키기엔 충분했다.

그는 억지로 평정을 되찾으려는 듯 울음을 억눌렀다. 그러나 어깨가 불규칙적으로 들썩이는 걸 보아하니 쉽지 않은 듯했다. 연서는 그의 속눈썹 아래로 새어 나온 물기를 닦아주며 말했다.

"내가 지어준 이름…… 별로라고 했으면서 계속 쓰고 있었구나."

서주가 곧장 그녀를 돌아보았다. 믿을 수 없다는 듯 눈동자가 흔들렸다. 애써 참았던 보람도 없이 다시 눈물이 굴러떨어졌다. 그는 또다시 그녀를 알아보고야 말았다. 매번 그러했듯이.

마침내 남자가 나오지 않는 목소리를 긁어모아 힘겹게 입을 열었다.

"당신이야……?"

무수히 많은 삶에서 그들은 '첫인사'를 나눴다. 연서는 그 순간들을 머릿속에 나열한 뒤에야 그가 가진 두려움이 조금 이해되었다. 매번 인사를 건넨 뒤에 그가 잠깐 가졌던 정적의 의미.

알아봐 주길 바란 것이다. 그들이 마음을 나누었던 짧은 순간이 결코 환상이 아니라는 사실, 그 또한 누군가에게 의미를 둔 존재라는 사실. 그녀만이 이를 증명할 수 있었다.

서주가 더듬더듬 연서의 손을 잡았다. 가슴 앞으로 가져와 소중히 쥐었다. 그 작은 손이 구원이라도 되는 양 간절했다. 그리고 다시 울었다. 오래 쌓인 먼지가 잘 닦이지 않는 것처럼, 한참이나. 그가 울먹이며 말했다.

"첫인사를 나눌 때마다…… 무서워. 언젠가 나도 당신을 잊어버리면 어떡하지? 나는 당신이 전부인데……"

무척이나 여린 마음이다. 무수한 세월 동안 남은 건 고작 사람의 심경이었다.

두 사람은 마침내 서로를 부둥켜안았다. 서주는 연인의 목덜미에 얼굴을 묻었다. 여전히 눈물을 그치지 못했다. 열기를 품은 대지에 쏟아지는 소나기 같았다. 연서는 이 비가 멈추기를 기다리며 그의 등을 다독였다. 그리고 상냥함을 담아 말했다.

"기다리게 해서 미안해요."

꿈결같은 사건이 지나가고 연서는 원래의 삶으로 돌아왔다. 별다른 일을 하지 않았는데도 시간은 쏜살같이 흘렀다. 이 또한 평소대로였다. 그렇게 유난히 짧았던 가을이 지났고 겨울이 왔다. 그마저도 한중간까지 흘러 해가 바뀌었다.

연서는 따뜻한 카페에 앉아 고향의 친구들과 짧게 연락을 주고받았다. 새해 복 많이 받아. 감기 조심해. 우리 서른 살 생일은 특별하게 보내기로 한 거 기억하지? 등의 일상적인 내용이었다.

그녀는 아홉으로 끝나던 나이가 다시 원점으로 돌아왔다는 걸 깨달았다. 꽉 차서 열이 되기 직전이었는데 다시 텅 빈 것 같아 기분이 이상했다. 삶을 몇 번이나 반복해서 살아도 적응되지 않는 게 있었다.

마음이 어수선해지려던 차에 상훈이 카페로 들어왔다. 그는 연서의 테이블로 직행하며 손을 흔들었다.

"연서 씨! 반응, 완전, 대박!"

멀쩡하게 큰 성인이 고등학생처럼 큰 소리로 남발했다. 주변 사람들이 잠시 돌아보았지만 상훈은 아랑곳하지 않았다. 그리고 연서의 맞은편에 앉았다. 그녀는 못 말리겠다는 듯 웃었고 상훈의 들뜬 목소리가 이어졌다.

"내가 느낌 좋다고 했잖아. 포트폴리오 다들 좋아하더라. 프로젝트는 문제없을 것 같고……. 아! 맞아. 어제는 잘 들어갔어? 어쩌다 보니 면접같이 되어버렸네. 불편했으면 미안. 다들 연서 씨를 궁금해했거든."

아마도 상훈이 과한 칭찬을 해두었을 것이다. 약간 부담스러웠지만, 연서는 좋은 분위기를 깨지 않기로 했다.

"고마워요. 다들 신경 써주더라."

"그 정도로, 뭘. 한다던 일은 잘 마무리되어 가? 시간 더 필요하면 말하고."

"아냐, 충분해요."

그녀는 웃으며 대꾸한 다음 차를 한 모금 마셨다. 카페의 통창 너머로 밖이 보였다. 주말의 한낮이라 사람이 많았다. 연초의 부산스럽고 유쾌한 분위기가 고스란히 전해져 왔다.

크리스마스가 지난 지 얼마 안 되어 붉은색 옷차림이 많이 보였다. 붉은 목도리나 장갑, 스웨터 같은 것들. 그것들이 이리저리 움직이며 차가운 겨울 배경에 생동감을 주었다.

연서는 문득 빨간 목도리를 하나 사서 그이에게 선물해야겠다고 생각했다. 몇 개월 지켜본 결과, 그는 무채색 옷만 입었다. 색이 있다고 해도 옅은 갈색이나 녹색 정도. 피부가 희니까 좀 더 밝은색을 걸쳐도 괜찮을 텐데. 푸른색 계열의 코트도 잘 어울릴 것 같고…….

"연서 씨, 연애해?"

"에?"

갑작스러운 상훈의 질문에 연서가 얼빠진 소리를 냈다. 적나라한 반응에 되레 상훈이 잠시 놀란 표정을 지었다. 그리고 이가 보이도록 웃으며 그녀를 놀리기 시작했다.

"난 또, 왜 그렇게 허공을 보면서 웃나 했다. 그래서 정식 입사일 미룬 거야? 말을 하지. 그럼 두 달은 더 줬을 텐데. 재택근무도 빼줄까? 어떻게 좀, 기왕 하는 거 확실하게 해야지."

"……."

연애가 오답 풀이도 아니고, 확실히 하는 건 또 뭔가? 연서는 난처하다 못해 조금 피곤해졌다. 하필 상훈은 오늘 기분이 좋았기 때문에 평소보다 집요했다. 집안 성본까지 알아 오라고 할까 봐 겁이 나던 찰나에 그녀의 구원자가 나타났다.

"야, 또 연서 씨 괴롭히지."

"다은아!"

다은은 익살스러운 미소를 지으며 연서의 곁에 앉았다. 상훈은 자기 몫으로 나온 따뜻한 커피를 얼른 다은 앞에 놔주었다. 그리고 다은의 멋스러운 갈색 점퍼를 보고 못마땅한 듯 말했다.

"너는 추운데 짧은 옷을 입고 그래. 멋 부리다가 얼어죽으려고!"

"엄마처럼 말하지 마. 이거나 받아."

그녀는 가방에서 꺼낸 걸 상훈에게 내밀었다. 작고 귀여운 꽃다발이었다. 노랗고 동그란 꽃송이들이 갈색 포장지에 싸여있었다. 다은은 상훈의 손에 꽃다발을 쥐여주며 말했다.

"축하해. 오랫동안 세운 계획을 실현한 거. 진짜 선물은 사무실로 보냈고 이건 오다가 샀어. 전에 네가 이날이 오면 꽃

사달라고 했잖아. 이걸로 때워."

학창 시절 함께 계획을 세우던 때, 지나가듯이 했던 말이었다. 상훈은 뭉클해진 얼굴로 한참 꽃다발을 보았다. 그러다 짐짓 쑥스러운 듯 입을 열었다.

"어, 이건…… 30대 중반의 남성에겐 너무 귀여운데. 아무리 나라도……."

"또 허튼소리. 너도 이제 사장인데 좀 진중해져 보는 건 어때? 그렇지, 연서 씨?"

"으응, 그렇긴 하지만. 아무래도 상훈 씨랑 거리가 너무 먼단어긴 하잖아요."

"와, 연서 씨까지 나를 공격하네?"

연서는 적당한 미소로 대꾸했다. 상훈은 토라진 척 입을 비죽였고, 다은은 즐겁게 웃었다.

세 사람은 카페에 앉아 소회를 나눴다. 다은의 순탄하지만은 않은 회사 생활, 상훈의 새로운 도전, 연서의 눈에 띄는 발전. 그녀는 드디어 최초로 완결 지은 작품을 만들었으며 상훈과 그의 동료들에게 긍정적인 평가를 받았다고 전했다.

다은은 자기 일처럼 기뻐했다. 그리고 상훈과의 협력이 꼭나쁘지만은 않을 거라며 농담을 던졌다. 상훈은 발끈하고 연서는 웃었다. 완연한 일상이었다.

밖에 눈이 내리기 시작했다. 퍼뜩 시간을 확인한 연서가 나갈 채비를 했다.

"나, 먼저 일어날게요. 저녁 약속 시간이 다 돼서……."

"응, 남친?"

상훈의 짓궂은 말에 연서는 얼굴을 붉혔다. 가만히 그 모양을 보던 다은이 상훈에게 물었다.

"연서 씨 연애해?"

"그렇다나 봐. 좋다, 연초에."

잠시 생각하던 다은이 넌지시 말했다.

"네 연애부터 어떻게 해보는 게 어때? 30대 중반아, 고백은 언제 할래?"

"어?"

눈에 띄게 어색한 그의 반응에 두 여자가 웃음을 터뜨렸다. 상훈은 귀까지 빨개진 채 말을 더듬었다. 정말 다은이 모를 거라고 생각했을까? 연서는 상훈의 순수함을 응원하고 싶었다.

잠시 후, 갈 준비를 마친 연서가 자리에서 일어섰다. 그때 다은이 그녀의 손을 잡았다.

"근데 연서 씨."

그리고 연서의 꼬여있는 셔츠 깃을 정리해 주었다. 섬세한 손길에 금방 모양이 단정해졌다. 다은은 만족스럽게 웃은 뒤에 연서와 눈을 마주치며 말했다.

"얼굴이 많이 밝아졌네. 보기 좋다. 앞으로도 잘 풀리기를 바랄게. 뭐든지."

"응, 그래야죠."

연서는 한껏 미소 지으며 답했다. 그리고 카페에서 나왔다.

거리의 찬바람에 코끝이 시렸다. 차가운 느낌에 쓸어보니 내려앉은 눈이 묻어나왔다. 보석처럼 예쁜 얼음 결정이 체온에 금방 녹아내렸다. 연서는 약간 아쉬운 마음을 간직하고 걸음을 옮겼다.

얼마 지나지 않아 그 사람이 보였다. 코트를 걸치니 평범한 사람과 다르지 않았다. 그는 우산을 쓴 채 정류장의 광고판을 들여다보는 중이었다. 연서는 그의 옆으로 뛰어들었다.

"뭐 봐요?"

"아."

서주는 연서의 머리에 하얗게 내려앉은 눈을 털어주며 말했다.

"저거, 내가 갖고 있던 것과 닮았어요. 수리를 맡겼다가 잃어버렸었는데."

"와, 정말이네. 기억나는 것 같기도 하고."

광고판의 내용은 박물관의 기획 전시 소식이었다. 제목은 잊혀지지 않은 개화기 유물전. 전시품으로 추정되는 녹슨 타자기가 흰 화면 중앙에 놓여있었다. 연서는 신기한 듯 전광판을 보았다. 잃어버렸던 물건이 긴 시간을 지나 다시 돌아온 느낌이었다.

그러다 문득, 연서는 어떤 기억을 떠올렸다. 그녀가 서주에게 물었다.

"전에 말한 제 팀장이요. 그 못된 인간. 예전의 그 사람……맞죠?"

차마 전 남편이라고는 못 하겠기에 '그 사람'이라고 말했다. 기억 속에서 흐릿하게나마 보인 과거의 얼굴과 그 기운이 분명 현재와 닮아있었다. 연서는 그 사람에 관련된 이야기를 할 때마다 서주가 과민하게 반응했던 이유를 이제야 알았다. 그는 진작부터 눈치채고 있었다.

서주가 은은하게 미소 지었다. 말을 하진 않았어도 긍정의 신호다. 불현듯 퍼즐 조각이 맞춰지는 느낌이 들었다. 연서가 이번엔 긴장감 어린 목소리로 물었다.

"설마, 비 오는 날에 만나고 온 사람도?"

그는 대답 없이 웃기만 했다. 이 남자는 더러 섬뜩한 구석이 있었다. 얌전히 잘 묶여있다가도 한순간에 튀어 나갈 것처럼 예측불허였다. 물론 한번도 그게 연서를 향한 적은 없었으나 팔뚝에 돋은 소름은 어쩔 수 없었다.

"어떻게 했어요? 말해 봐요. 웃지만 말고."

"이제 와서 그런 게 중요한가요?"

"당신이 만약 감옥에라도 들어가면 어떡해요? 만기 복역이야 하겠지만, 늙지 않아서 의심받을걸."

엉뚱한 기질은 연서도 못지않았다. 서주는 잠시 실소하다 입을 열었다.

"아무 짓도 안 했습니다. 잠시간의 앙갚음이 어떻게 되돌아오는지 아니까. 무엇보다 당신도 별로 좋아하지 않을 거고요."

망령들을 붙여두었으니 한동안 악몽을 꾸겠지만. 마지막 말은 들릴락 말락 한 작은 목소리였다.

연서는 서주의 마음이 고마웠다. 이 사람은 옛날부터 눈에 띄지 않는 방식으로 그녀를 아껴주곤 했다. 간지러운 마음에 몸이 꼬일 것 같았다. 연서가 화제를 돌렸다. 아직 전광판의 타자기가 앞에 있었다.

"혹시, 요즘에도 타자기로 글을 써요? 아니면 수기로?"

"네에? 당연히 노트북을 사용합니다."

그것도 국내 굴지의 대기업 제품. 기대와 다른 대답에 연서는 조금 맥이 빠졌다. 두 사람은 거리를 걸으며 대화를 이어갔다.

"저라고 그 서점에만 있었겠나요? 옥토 님의 간식을 사기 위해서라도 자주 나왔습니다."

"아, 왠지 배신감이 들어요. 그 서점에서 외롭고 쓸쓸하게 날 기다린 줄 알았더니."

"그런 중에도 밥은 먹어야 합니다. 그래야 외롭고 쓸쓸할 힘이 나죠."

"한마디를 안 져."

"당신을 보면 영혼에도 유전자가 각인되어 있다는 말이 맞는 것 같아요. 어떤 모습으로 나타나도 매번 나를 이기고 싶어 하는 게……."

"그만, 그만!"

연서는 손으로 그의 입을 막았다. 그리고 그녀의 말에 토 달지 않겠다는 약속을 받은 다음에야 풀어주었다. 서주는 내내 싱글거리기만 했다. 장난스러움에 결국 연서도 웃고 말았다. 한참을 아옹다옹한 뒤에야 두 사람은 다시 손을 잡고 걸었다.

한겨울의 매서운 찬 바람이 불었다. 그로 인해 둘 사이에도 잠깐 정적이 흘렀다. 연서가 먼저 입을 열었다.

"하나만 더 물어볼게요. 그 험상궂은 사람, 아니 신이요. 저승차사 말이에요. 우릴 왜 도와준 걸까요? 당신과도 사이가 나쁘잖아요."

"음…… 일전에 나와 둘이 술 대작을 벌인 적이 있었어요."

"알아요. 당신이 그를 속여서."

"그때가 아니에요. 한참 뒤에, 내가 당신을 기다린 지도 300년쯤 됐을 무렵."

단순히 화해를 위한 자리였다. 서주는 귀한 술을 가득 준비해서 대접했고, 처음엔 경계하던 저승차사도 마음을 풀고 응했다. 필시 장인이 만든 감로주 때문이었다.

한참 취기가 오를 무렵 서주가 물었다. 지금의 연서와 비슷한 질문이었다. 내가 미울 텐데 왜 도와주냐고. 그는 서주의 질문에 한참을 고민하다 술기운을 머금은 목소리로 답했다.

"신들은 오로지 한 가지 역할만 맡는다더군요. 그래야 삼천세계를 다 굽어볼 수 있다고. 그래서 어떤 신은 지나치게 엄격하고, 또 어떤 신은 무한정 사랑하고, 또 누구는 잔인할 정도로 유쾌하다고요. 그도 지내본 다음에 깨달았다고 합니다. 인간의 다채로움에 비하면 신들은 그림으로 그린 듯, 판에 박힌 듯하다고요. 그런 다음 그의 역할을 말해줬어요. 그게 내 질문에 대한 대답이었죠."

"그게 뭔데요?"

"연민."

순간 연서의 머릿속에서 험악한 남자와 슬프게 우는 소년의 모습이 겹쳤다. 간신히 찾아온 기회를 놓치고 모든 것을 제 손으로 불태운 불쌍한 아이.

"그는 연민이 많은 신입니다. 우습게도 저승차사라는 가혹한 성질에 어울리지 않죠. 그러니 나에게 속았겠지만."

연서는 고개를 끄덕였다. 더는 그 남자에 대한 말을 꺼내지 않았다. 다만 그녀와 가까운 또 다른 신에 대해 이야기했다.

"그러고 보니 엊그제 옥토가 물어보더라고요. 괜찮겠냐고. 다시 태어나도 이전의 삶을 기억하는 건 무거운 일이라고요. 당장은 몰라도 삶을 몇 번 더 반복하고 나면 무너질 수도 있다고."

"……."

"그래서 제가 그랬죠. 만약 우리가 싸워서 영원히 헤어지게 된다면, 그때 옥토에게 소원을 빌겠다고요. '옛날 남자친구를 잊게 해줘' 하고. 저는 아직 그 애에게 소원을 빈 적이 없거든요. 기회가 남은 셈이죠."

"뭐라던가요?"

"알았다고 하죠, 당연히. 우린 친구거든요. 뭔들 서로 못 해주겠어요?"

서주는 '옥토는 우정이 기꺼운 신이니까' 하고 중얼거리더니 입을 다물었다. 금방 표정도 어두워졌다. 이윽고 무거운 목소리로 말했다.

"옥토의 말이 맞아요. 쉽지 않은 일입니다. 여전히 나는 옳은 판단인지 모르겠어요. 당신이 고통스러워지기라도 하면,

그땐…….”

“잠깐만.”

연서는 그를 멈춰 세웠다. 그리고 짐짓 엄한 목소리로 말
했다.

“그런 건 다음에 생각해요. 진짜 중요한 건 오늘 저녁 메뉴
예요. 언제까지 이렇게 목적지도 없이 걸을 거예요? 이번엔
나를 굶겨 죽이려고요?”

서주는 토라진 척하는 연인을 바라보았다. 연기가 서툴러
서 귀엽기만 했다. 잠시 서늘해졌던 마음에 다시 온기가 들
었다. 그는 허리를 숙여 연서의 이마에 입을 맞췄다. 그리고
속삭였다.

“그럴 수는 없지. 이번 생만큼은 호상을 누리게 해줄게요.
누구보다 행복하고 만족스러운 삶을 보낸 다음 세상을 떠나
도록.”

“기분이 아주 이상한 말인데요. 이 나이에 듣기엔…….”

뒤틀린 프러포즈 같기도 하고. 연서는 혼란스러운 듯 눈을
굴리며 중얼거렸다. 그러다 서주가 소리 내어 웃는 걸 보고
서야 또 놀림받았다는 걸 깨달았다. 그녀는 분한 마음에 그
의 가슴팍을 두들겨주었다. 그가 아프다는 핑계로 꽉 끌어안
을 때까지.

결론적으로 그들의 이야기는 완전한 결말을 맞이하지 못했다. 여인은 환생을 거듭하며 그를 다시 만나러 올 것이고, 남자는 영원히 살며 외딴 서점에서 그녀를 기다릴 것이다. 그들의 사랑은 여전히 험난하고 위태로우며 가변적이다. 굳이 말하자면 비극에 가까웠다. 해피엔딩과는 거리가 멀었다.

그 때문에 둘은 앞으로도 무수히 많은 이야기를 함께하게 되었다. 사막에서 별을 세고, 바다에서 일출의 아름다움을 그리고, 눈 덮인 산의 고요를 감상하고. 어느 한가로운 날엔 흘러가는 시간의 무상함과 소중함을 논하고, 함께 잠들고, 깨어나고, 치열하게 살다가 불현듯 평온한 계절을 상상하고. 결말로 가는 먼 여정을 함께 걷게 될 것이다.

한 사람은 영원을 살고, 또 한 사람은 영원히 기억한다. 그러나 그들의 끝은 이렇듯 평범했다.

비로소 인간의 삶이었다.

어느 날, 어느 밤, 어느 길. 가던 방향을 잃었을 때쯤 도착할 수 있는 서점이 있다.

쉬어갈 수 있는 시간은 무한정. 책을 살 필요도 없으며 원한다면 서점주인의 낭독을 감상할 수도 있다. 들어오는 데

필요한 건 약간의 각오와 휴식을 원하는 피로감. 그뿐이다. 시시때때로 변화하는 서점주인의 태도를 감당할 배짱만 있어도 충분하다.

그는 무척이나 온화한 목소리로 끔찍하고 섬뜩한 이야기들을 늘어놓는다. 그런 다음 공포를 느끼는 건 살아있다는 증거라는 둥, 화를 돋우는지 달래는 건지 모를 말꼬리를 붙이곤 한다. 어떤 때에는 신을 이야기하다가 또 어떤 때는 과학을 입에 담으니 종잡을 수가 없다. 그저 이야기꾼의 장난이구나, 하고 넘어가는 것이 상책이다.

이곳에 오는 손님은 무척 다양하다. 산 자와 죽은 자, 신과 인간, 신령한 동물과 추악한 요물. 여긴 이야기를 좋아하는 이들 모두에게 공평하다. 그 무엇에도 걸치지 않은 순수하고 외로운 장소. 이곳을 지키는 서점주인과도 닮은 기묘한 성질이다.

누군가는 이곳을 창고, 혹은 안식처, 그도 아니면 사랑채라고 부른다. 또 여길 특별히 좋아하는 어떤 이는 다른 이름을 붙였다. 꿈결 같은 허상과 눈부신 실재가 공존하며, 가라앉은 기억과 마음에 그린 미래가 혼재하는 곳. 선으로 그린 심해와 글자로 쓴 우주가 빼곡하게 들어찬 장소.

환상서점이라고.

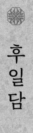

후일담

책의 용도 외 쓰임

창문을 통해 햇빛이 따사롭게 스며드는 봄. 고등학교 3학년 교실에도 새 학기의 설렘이 감돌았다. 누군가는 가까운 친구들과 반이 나뉘어 새 친구를 기다리고, 또 누군가는 친한 친구들과 같은 반이 되어 기뻐했다. 쉬는 시간이 되면 아이들은 저마다의 사연을 나누느라 분주했다. 차분함은 넘어서되 소란하지 않을 정도의 재잘거림이었다.

물론 친구 사귀기에 무심한 부류도 있었다. 이 시절의 다은이 그랬다. 그녀는 쉬는 시간이 되면 대개 문제집을 풀거나, 수업을 예습하고, 참고서를 읽었다. 마치 세상의 재미를 알면 큰일이라도 날 것처럼 다은은 공부에 몰두했다.

그녀의 겉모습 또한 재미없긴 마찬가지였다. 고지식하게

무릎 아래까지 내려온 교복 치마와 대충 자른 중단발. 웃음
기 없이 고집스러운 입매까지. 사정이 이렇다 보니 다은에게
먼저 다가가는 사람은 없었다. 그녀가 경주마처럼 책에만 시
선을 고정했을 때는 특히 그랬다. 옆으로 쏟아진 머리카락이
그녀의 얼굴을 온통 가려, 말을 걸기 어려운 기운을 자아냈
기 때문이다.

이날도 다은은 반 친구들과 대화 한번 없이 일과를 보냈
다. 집에 가기 위해 가방을 챙기는데 주말에 봄나들이하러
가자며 떠드는 소리가 들렸다. 봄볕이 따뜻하긴 하지. 빨래
도 잘 마르고, 난방비도 덜 들고. 다은은 그런 생각을 하며 자
리에서 일어섰다. 역시 그녀에게 말을 걸거나 인사를 하는
사람은 없었다.

그녀의 집은 꽤 멀리 떨어진 윗동네였다. 다은은 차비를
아끼기 위해 먼 거리를 매번 걸어 다녔다. 그런 돈이라도 모
아둬야 문제집을 살 수 있었다. 그녀가 지금 가진 건 죄다 몇
번이나 풀어 너덜너덜했다. 떨어져서 끼워둔 장이 더 많았
다. 차라리 지도처럼 펼쳐놓고 봐야 할 지경이었다.

다은은 큼지막한 전봇대가 있는 골목 입구에서 잠시 멈췄
다. 집에 도착하기까지 한 시간. 이런 시간도 그냥 흘려보내
면 종래엔 강을 이루기 마련이다. 그녀는 영어 단어장을 꺼

내기 위해 등에 멘 가방에 손을 넣었다. 들어있는 책이 많아서 잘 잡히지 않았다. 아예 가방을 벗어들고 안을 들여다봤을 때였다. 커다란 호박색 눈동자와 눈이 마주쳤다. 다은은 심장이 쿵 떨어지는 감각과 동시에 가방을 닫았다. 그런 다음 두근거리는 가슴을 진정시키며 생각했다. 내 가방에 동물이 들어갔을 경우의 수가 있을까? 집에서? 혹은 학교에서? 그녀는 짧은 고민 끝에 그럴 수 없다는 결론을 내렸다. 그리고 다시 가방을 열었다.

그저 평범한 책 한 권이었다. 표지 가득 그려진 검은 고양이. 문제의 그 눈동자가 생동감 있게 반짝였다. 특수한 마감 처리라도 한 걸까? 가방에서 꺼내 햇빛에 비추어보니 금빛 눈동자에 오묘한 녹색 빛이 맴돌았다.

이 소설은 마법 도서관 사서로 지내는 고양이가 주인공으로 사랑과 우정, 그리고 때로 기묘하고 환상적인 사건을 겪는 내용이다. 아직 읽어보진 않았지만, 어제 우연히 방문했던 서점에서 서점주인이 이 책을 그렇게 소개했다.

여태까지 다은은 판타지 소설 같은 건 읽어본 적도 없었다. 앞으로 그럴 생각도 없었다. 그래서 한사코 거절했으나 서점주인은 이 책이 다은에게 도움이 될 거라면서 끝내 쥐어주었다. 게다가 값도 받지 않았다. 외딴곳에 덩그러니 놓인 서점만큼이나 이상한 사람이었다.

"꼭 읽을 필요는 없습니다. 책에도 '용도 외 쓰임'이 있기 마련이죠."

서점주인의 마지막 말에 결국 책을 받아들고 말았다. 그의 은은한 미소에서 느껴지는 어떤 고집 때문이기도 했다. 그리고 서점을 나와 책을 가방에 넣어 놓고 까맣게 잊어버렸다.

사실 그 서점에 어떻게 갔었는지도 기억이 흐릿했다. 어젯밤엔 간만에 엄마가 집으로 돌아왔고, 생활비 문제로 대판 싸운 다음 이번엔 다은이 집을 나왔다. 씩씩대며 골목 사이를 지나다 보니 어느 순간 그 서점이 보였었는데…….

다은은 소설책을 손에 들고 그 서점에 대해 떠올리며 걸었다. 그리고 골목 코너를 돌았을 때 다시 멈춰 서야 했다. 오늘따라 예상치 못한 일이 자꾸 벌어졌다. 원래 그녀는 이 좁고 지저분한 골목을 좋아한다. 오가는 사람이 별로 없어 늘 변함없기 때문이다.

그런데 전봇대에 매달린 저 애는 뭐지? 가무잡잡한 남학생 하나가 담장 위에 서서 반대편 전봇대에 손을 뻗고 있었다.

다은과 같은 고등학교 교복 차림. 그러나 한 번도 본 적 없는 얼굴이었다. 그가 무슨 일을 하고 있는지 궁금할 법도 하지만, 다은은 그저 이 좁은 골목을 지나가고 싶은 마음뿐이었다. 어제처럼 오늘마저 하루의 계획을 망치고 싶지 않았다.

그녀가 좀 떨어진 거리에서 인기척을 냈다. 그러자 남학생이 휙 돌아보더니 어설프게 웃으며 손을 흔들었다.

"어…… 안녕?"

구태여 인사까지야. 다은은 표정 없이 고개를 끄덕였다. 그리고 말했다.

"나 지나가야 하는데."

"아, 미안! 금방 비켜줄게. 잠깐……!"

말을 끝맺기도 전에 그가 담벼락에서 미끄러졌다. 순식간에 상황이 예상치 못하게 흘러갔다. 남학생은 매미처럼 전봇대에 매달린 채로 다은에게 절박하게 소리쳤다.

"나 좀 받아줘!"

"뭐? 내가 널 어떻게 받아!"

그는 딱 보기에도 단단하고 묵직했다. 게다가 자벌레처럼 길쭉하기까지 했다. 그런데 받아달라니. 쿠션이 되어달라는 건가? 당황스러워 이도 저도 못하고 있던 차에 남학생이 다시 비명을 질렀다. 당장 떨어질 것 같다는 다급한 외침에 다은은 정신이 아득해졌다. 인명구조는 오늘 그녀의 계획에 없던 일이었다.

그의 손이 전봇대에서 떨어지기 직전 다은이 움직였다. 급한 마음에 우선 손을 뻗었는데 하필 그 책이 들려있었다. 그녀는 마치 떨어지는 열매를 받으려는 사람처럼 몸을 날렸다. 비논리적이고 충동적인 행위. 평소의 그녀였다면 농담으로라도 하지 않을 일이었다.

그리하여 남학생이 다은의 책 위에 안착했다. 사실 나뒹군 것에 더 가까웠다. 당연하게도 낙하의 충격을 완화하지 못했다. 남학생은 아픈 듯 얼굴을 찌푸리며 허리를 문질렀다. 그다음 옆에 덩달아 넘어진 다은을 보고 웃음을 터뜨렸다.

"넌 왜 넘어졌어?"

그의 말에 다은은 화가 났다. 도와달라고 한 게 누군데? 하지만 더 이상 대화를 이어가고 싶지는 않았다. 그녀는 남학생이 깔고 앉은 책을 가리키며 말했다.

"좀 비켜줄래?"

남학생은 다은의 손짓에 눈을 동그랗게 떴다. 엉덩이 밑에 있던 책을 꺼낸 다음에도 비슷한 반응이었다. 그는 귀여운 고양이가 그려진 책을 한 번 보고, 다은을 한 번 봤다. 그 의미를 알 수 없는 행동을 두세 차례 반복하더니 갑자기 크게 웃음을 터뜨렸다.

"이걸로 나를 받으려고 했어? 진짜 귀엽다."

뭐가 그렇게 재밌는지 남학생의 웃음소리가 골목을 가득 메웠다. 다은은 이제 화가 나다 못해 얼굴이 달아올랐다. 사람의 선의와 성의를 고마워하진 못할망정 이렇게 비웃다니.

다급하면 엉뚱한 일을 할 수도 있지! 그녀는 남학생의 손에 들린 책을 낚아챘다. 그리고 가방에 척척 집어넣은 뒤 일어섰을 때였다. 아래쪽에서 욱신거리는 고통이 밀려왔다.

"아…….."

"너 무릎에서 피난다!"

남학생이 외쳤다. 다은은 굳이 말하지 않아도 안다는 의미로 그를 째려보았다. 그 김에 명찰에 적힌 이름도 확인했다. 주상훈. 기억해뒀다 앞으로 절대 마주치지 말아야지.

다은은 상훈에게서 벗어나기 위해 발걸음을 옮겼다. 움직일 때마다 제법 심한 통증이 느껴져서 저절로 이를 악물었다. 그때 다은의 문제를 눈치챈 상훈이 끼어들었다.

"괜찮아? 집에 데려다줄까?"

"그냥 비켜주면 고맙겠다."

"어, 잠깐만. 너 이 학교 다녀? 난 내일 전학인데! 잘됐다. 내 교복 어때? 미리 입어본 건데 잘 어울려?"

"……"

"아, 미안. 바쁘다 그랬지? 업혀!"

상훈이 다은을 향해 등을 내밀었다. 다은은 도무지 예측할 수 없는 그의 전개 방식에 입이 저절로 벌어졌다.

결국 몇 번의 실랑이 끝에 다은은 체념했다. 완벽한 계획에도 통제되지 않는 변수가 생길 수 있으니, 일희일비하지 않아야 멀리 갈 수 있으리라. 언젠가 들었던 말을 다시 되뇌었다. 집에 도착했어야 할 시각은 이미 지났고 이 다리로는 또 한참이다. 그럴 바엔 귀찮은 호의라도 받아들이는 게 낫다.

다은은 철저한 계산 끝에 상훈의 등에 업혔다. 문득 따뜻한 체온이 전해져 왔다. 초봄의 싸늘함이 잠깐 가셨다. 이렇게 누구 등에 업혀본 게 언제였더라? 아니, 그런 적이 있었던가?

생소한 안락함에 곤두섰던 신경이 잠시 누그러졌다. 예상에 없던 온기가 썩 나쁘지 않았다. 그래도 업어서 데려다주겠다는 걸 보면 나쁜 애는 아닌 것 같기도 하고. 다은이 상훈에 대한 평가를 조금 조정하려던 차였다.

"근데 내가 뭐 하던 건지는 안 물어봐?"

상훈의 들뜬 목소리가 다은의 감상을 깨뜨렸다. 다은은 퉁명스러운 목소리로 답했다.

"안 물어봐."

"전봇대에 새 둥지 보이지? 내가 저기서 아기 새 소리를 들었거든. 아기 새 실물로 본 적 있어? 보여줄까? 이대로 내가 올라가면……."

"전혀 궁금하지 않으니까 조용히 좀 가."

상훈은 다은의 신경질 섞인 반응에도 아랑곳하지 않았다. 다은은 그의 붙임성에 넌더리가 났다. 그런 김에 아예 축 늘어져 버렸다. 자는 척이라도 하면 적어도 말은 걸지 않겠지? 그러나 기대를 배반하고 상훈은 계속해서 재잘거렸다. 그야말로 아기 새처럼.

문득 어젯밤의 그 끈질긴 서점주인이 떠올랐다. 그가 말한 '용도 외 쓰임'이 이런 거라면, 차라리 없는 편이 나았다. 계획 외 변수든, 용도 외 쓰임이든. 이런 건 최악이야. 시끄럽고 쓸데없고! 참다못한 다은이 어깨를 내리쳐도 상훈은 웃기만 했다.

어느 봄날. 다은의 계획적인 삶에 돌연 변수가 생겼다. 앞으로 긴 시간 동안, 어쩌면 죽는 날까지 그녀와 함께할 끈질긴 녀석이었다.

여느 날과 다름없는
서점의 하루

바위틈으로 피어난 노란 꽃이 시선을 끌었다. 이로써 소년은 길을 잃었다는 걸 인정했다. 저 바위가 나타나기를 벌써 다섯 번째. 이 주변을 빙빙 돌고 있다는 신호였다. 허탈함에 주저앉으니 숲의 축축한 습기가 느껴졌다. 보통 때 같았으면 흙바닥에 옷을 더럽혔다며 혼났겠지만, 지금은 그렇게 꾸짖을 어른도 소년 곁에 없었다.

뱃속이 찌르르 아렸다. 소년은 주머니에서 초콜릿 과자를 꺼냈다. 파란색 비닐 안쪽에 녹은 초콜릿과 아몬드가 질척하게 엉겨있었다. 평소 같았으면 먹지 않았을 꼴이었지만 소년은 허겁지겁 입에 넣었다. 역시 허기를 달래기엔 역부족이었다.

뒷산의 '출입 금지 구역 괴담'. 그게 지금 이 일의 원흉이다. 소년은 어제 우연히 알게 된 흥미로운 이야기를 친구들에게 들려주었다. 여긴 다른 산에 비해 출입 금지 구역이 넓은데, 다 그럴 만한 이유가 있다는 것이다.

그 괴물은 집에 오래된 책들을 잔뜩 쌓아놓고 산다. 책과 관련된 신기한 요술을 지녔기 때문이다. 그는 원하는 건 모두 책 속에서 꺼낸다. 음식과 보석, 하다못해 숟가락 하나까지 전부. 책에 손을 집어넣고 원하기만 하면 딸려 나온다. 떠도는 이야기뿐이지만 신비로운 재주였다.

혹은 이런 이야기도 있었다. 마음에 들지 않는 인간을 책속에 가둔다고. 맛있어 보이는 인간을 나중에 먹기 위해서라는 말도 있다. 음흉한 미소와 달착지근한 목소리로 상대를 홀리는데, 정신 차리고 보면 책 속에 있으니 조심해야 한다고. 그래서 붙은 이름이 책도깨비였다.

이야기를 하던 중에 또래 하나가 끼어들었다. 그 녀석은 열 살이나 되어서 진짜랑 가짜도 구별 못 하냐며 크게 웃었다. 소년은 자신을 동화에 빠진 어린아이 취급하는 걸 참을 수 없었다. 반에서 가장 용기있는 학생으로 선정되기도 했었는데, 감히.

소년은 화가 끓었다. 끼어든 녀석은 웃음소리가 유독 얄미웠다. 열 명 남짓 되는 아이들은 흥미롭게 두 사람을 지켜보왔다. 호기심에 반짝이는 눈들이 자신을 향하는 걸 느꼈을 때, 소년은 용감하게 선언했다. 직접 산에 올라가 책도깨비의 증거를 찾아오겠다고 말이다.

다시 배가 고팠다. 점심 먹을 시간은 지난 지 오래다. 문득 밤엔 숲에서 호랑이가 나온다던 어머니의 말이 떠올랐다. 이대로 날이 저물면 정말 호랑이나 도깨비가 나타날까? 불길한 상상이 꼬리를 물었다. 고여있던 눈물이 뚝 떨어졌다. 집에 돌아가고 싶었다. 옷을 더럽혀서 혼나더라도 집에 있는 게 좋았다. 식탁에 놓인 과자를 한 움큼 집어먹은 다음 푹신한 소파에 눕고 싶었다.

그때 산속의 축축함과는 다른 이질적인 냄새가 코끝을 스쳤다. 달고 고소한 냄새. 거기에 끝을 살짝 태운 듯한 쌉쌀함. 이른 아침 빵집에서 나는 냄새였다. 소년은 눈을 반짝이며 자리에서 벌떡 일어섰다. 지금은 돌도 씹어 먹겠는데, 빵이라면 더할 나위 없었다.

냄새가 이끄는 방향으로 소년은 바쁘게 움직였다. 우거진 수풀을 지나치고 도랑을 한 번 건넜다. 좁다란 바위틈에 몸을 구겨 넣었다가 빠져나왔다. 마지막으로 얼굴 앞까지 늘어진 느티나무 가지를 치우려 할 때였다. 지척에서 나지막한 말소리가 들렸다.

"방문객은 언제나 환영입니다만, 군손님도 그래야 할지 고민이네요."

나긋하지만 불편한 기색이 깃든 남자 목소리였다. 급히 좌우를 살펴보았지만 아무도 없었다. 소년은 일단 수풀 속에 몸을 숨겼다. 자세를 낮추고 빽빽한 잎사귀 너머를 기웃거렸다.

수풀 너머는 꽃과 나무로 둘러싸인 공터였다. 흐드러진 살구꽃 가운데 소담한 건물이 한 채 보였다. 짙푸른 색으로 칠해진 페인트가 군데군데 벗겨져 있었는데, 되레 주변과 어우러져 멋스러웠다. 그 위로 바람 불 때마다 살구꽃이 일렁였다. 깊은 바다 위로 파도가 치는 것 같았다. 소년의 열 살 생애 동안 처음 보는 광경이었다.

깊은 숲에 과자로 지은 집. 이상한 나라의 다과회. 그런 환상들이 떠올랐다. 소년은 두려움과 기대가 섞인 마음으로 고개를 조금 더 내밀었다. 드디어 그곳에서 머무는 인물들이 보였다.

공터 한쪽, 부드러운 햇볕이 내리쬐는 위치였다. 크고 묵직한 목조 테이블 앞에 두 사람이 앉아있었다. 한쪽 끝엔 자그마한 소녀. 다른 쪽엔 검은 옷을 입은 남자 어른. 발그레한 뺨의 소녀에 비해 남자의 인상은 몹시도 차가웠다. 둘 사이의 거리가 꽤 멀리 떨어져 있기도 했지만, 썩 어울리지 않는 조합이었다.

테이블 위엔 과자와 떡이 몇 종류 놓여있었다. 전부 소녀에게 가까운 위치였다. 애초에 남자는 음식에 관심이 없었다. 다리를 꼬아 테이블 위에 턱 걸쳐놓기까지 했다. 그가 콧노래를 흥얼거릴 때마다 둔탁한 가죽신이 까딱거렸다. 어린 소년이 봐도 예의범절에 어긋난 태도였다.

그때 소년을 향해 어떤 발소리가 다가왔다. 소년은 놀라서 몸을 움츠렸다. 입을 틀어막았더니 심장 소리가 더 크게 들렸다. 사박거리는 발소리는 점점 더 가까워졌다. 차라리 지나치길 바랐으나 그는 소년 앞에서 멈췄다.

수풀 너머로 매끈하게 흘러내리는 정장 바지가 보였다. 이어서 한복 도포 자락이 바람결에 내려앉았다. 발끝의 방향으로 보아 소년을 보고 있진 않은 듯했다.

소년은 눈을 굴려 조심스레 위쪽으로 시선을 옮겼다. 부드러운 목소리가 이어서 들렸다.

"다리도 불편하시면서 무리하시는 거 아닌가요?"

"시비 거냐? 손님 대접이 형편없군."

그가 검은 옷의 남자를 향해 말했다. 맨 처음 들었던 그 목소리였다. 그의 질문에 검은 옷의 남자가 퉁명스럽게 대답했다. 곧 도포를 걸친 남자도 테이블 앞으로 걸어갔다. 조금 멀어지자 그의 모습이 한눈에 보였다. 큰 키에 흰 피부, 엷은 머리 색, 느긋하면서도 섬세한 손짓. 무척 친절해 보였으나 눈빛에 친근함이 담겨있진 않았다.

그는 접시에 담긴 팬케이크를 테이블에 내려놓았다. 도톰하게 쌓은 팬케이크 위로 캐러멜 소스가 반짝였다. 소년은 자신이 쫓아온 냄새의 근원지가 저것이었음을 깨달았다. 군침이 도는 한편 조바심이 들었다. 저 사람들은 누구일까? 들키기 전에 도망쳐야 할까?

고민하는 중에 문득 건물의 유리창이 보였다. 안쪽으로 책과 책장이 빼곡했다. 소년은 동그래진 눈으로 녹색 건물과 도포를 걸친 남자를 번갈아 보았다. 책에 파묻혀 산다는 괴물. 그게 정말이었던 걸까?

소년이 모여 앉은 세 사람의 눈치를 살피던 중이었다. 도포를 걸친 남자가 입을 열었다.

"옥토 님, 코에 시럽이 묻었어요."

"으응? 닦아줘."

남자가 손수건으로 소녀의 코끝을 닦아주었다. 그녀가 뭐라 칭얼거리자 이번엔 동화책 한 권을 꺼냈다. 다시 말하자면 아무것도 없었던 도포 안쪽에 손을 넣고, 꺼냈다. 소년은 믿을 수 없는 광경에 눈을 몇 번이나 깜빡였다.

그가 사람이 아니리라는 확신이 들었다. 남자가 소녀에게 책을 쥐여주는 모습이 섬뜩하기까지 했다. 설마, 저 어린 여자아이를 잡아먹으려는 걸까? 그때 검은 옷을 입은 남자가 못마땅한 듯 중얼거렸다.

"죄다 들척지근한 것밖에 없네. 아, 입맛 떨어져."

"그럼 오지 마세요. 환영받은 적도 없는데 왜 자꾸 오시는 겁니까?"

"내가 어디는 환영받아서 가나? 차사직 맡은 후로 그런 역사가 없어."

잠시 정적이 이어졌다. 소녀가 견과류를 오독오독 씹는 소리만 크게 들렸다. 그녀가 커다란 팬케이크를 포크로 푹 찍어 입에 넣을 때까지 테이블에 대화는 없었다. 도포를 걸친 남자가 차를 음미한 다음 입을 열었다.

"그 다리…… 낫지 않는 건가요?"

"그러길 바라는 인간이 워낙 많잖아? 나 참, 다리 절면서 가면 뭐 얼마나 늦춰진다고."

불평이 많은 남자였다. 그래도 이번엔 미소가 걸린 부드러운 표정이었다. 말 안 듣는 어린아이를 돌보는 사람 같다고 할까. 즐거움과 여유가 묻어있었다. 다만 옆에 앉은 소녀는 다른 이에게 칭얼거렸다.

"서주, 나 곶감도 먹고 싶어."

"어제도 드셨잖아요? 많이 먹으면 배탈 납니다."

"그건 괜찮네. 나도 줘, 곶감. 종갓집 제사에 쓰는 최고급

302

으로."

도포를 걸친 남자가 말없이 차가운 눈빛을 보냈다. 곧 자리에서 일어나 건물 안으로 들어갔다. 친절하게도 곶감을 가지러 간 모양이었다. 소년은 창문 안쪽으로 언뜻 보이는 인영에 집중했다.

쌓여있는 책과 책장 사이로 간간이 움직임이 보였다. 곶감을 찾으러 들어간 사람이 왜 책장 앞에 있는 걸까? 소년은 그를 유심히 살폈다. 마침내 남자가 발걸음을 멈추고 한 손을 허공에 들었다.

반짝이는 물결이 책에서 흘러나와 그의 손에 모였다. 그리고 다섯을 세기도 전에 접시에 담긴 곶감으로 변했다. 소년은 이번에야말로 비명을 지를 뻔했다. 책도깨비다! 그게 진짜였어!

"두 개만 드세요. 배앓이를 할 수도 있으니까요."

밖으로 나온 남자가 테이블 앞까지 가서 소녀에게 접시를 건네며 말했다. 소년은 눈을 돌렸다. 저들이 만찬에 한눈팔고 있는 지금이 기회였다. 조용히 움직여서 책 한 권만 꺼내들고나오면 된다. 책도깨비의 증거를 가져간다면 단번에 영웅이 될 수 있다. 그 재수 없는 녀석의 콧대를 눌러주는 것은 시간 문제다.

서둘러 움직이려는데 오래 앉아있었던 탓에 다리가 저렸

다. 소년은 전류 같은 통증을 해결하기 위해 잠깐 자리에 앉았다. 허겁지겁 발을 주무르는 동안 마음은 더욱 급해졌다. 빨리 움직여야 해. 저 괴물에게 잡아먹히지 않으려면! 작은 발가락을 연신 조물조물할 때였다.

"안녕하세요."

그 남자의 목소리가 머리 위에서 들렸다. 고개를 드니 그가 코앞에 서있었다. 소년은 저린 다리를 붙잡은 채로 넘어졌다. 두려움에 찬 시선을 마주한 남자는 되레 의아하다는 표정을 지었다. 그리고 주변을 둘러보더니 얼굴 가득 미소를 띠고 물었다.

"길을 잃으셨나요?"

"인사만 건넸는데 아이가 정신을 잃었다고요?"

연서의 놀란 반응에도 서주는 담담하게 답했다.

"네. 책도깨비라는 말을 남기고 쓰러지더군요. 그 별명도 간만이네요, 어떻게 알았는지……."

꽤 독특한 손님이긴 했다. 오래전 사라진 이름을 어떻게 알았을까. 그건 서점이 아직 자리 잡기도 전, 그를 알던 아이들이 붙여준 별명이었다. 그러나 서주는 크게 대수롭지 않은 듯 책장을 넘겼다. 이다음은 연서가 몇 번의 생을 거듭하면서도 좋아했던 구절이다. 잠시 다른 이야기로 새기는 했지만, 이번 생에도 그녀를 즐겁게 해주는 일이 먼저였다.

두 사람은 서점의 비밀 정원, 폭포 옆에 놓인 오래된 정자에 나란히 앉아있었다. 늦은 오후의 햇살이 내리쬐었다. 황혼 직전의 밝은 빛에 주변이 반짝였다. 연서는 서주에게 기댔던 몸을 세워 앉았다. 그리고 걱정스러운 얼굴로 다시 물었다.

"아이가 다친 건 아니죠?"

그가 책에 시선을 둔 채로 답했다.

"차사님이 데리고 가셨습니다."

연서의 얼굴이 희게 질렸다. 고작 열 살 남짓 아이라고 했다. 놀란 나머지 작은 심장이 멈추기라도 한 걸까. 어떤 오해가 있었기에 그토록 겁을 먹었을까? 그녀는 안타까움에 쉽사리 말을 잇지 못했다.

그때 서주가 연서를 돌아보았다. 시시때때로 보이는 장난스러운 미소와 함께였다.

"집에 잘 데려다주신다고 하셨습니다. 지금쯤 한숨 자고 일어나서 저녁 식사 중이지 않을까요?"

이번엔 황당함에 말을 이을 수 없었다. 이 남자는 너무 오래 산 나머지 생명에 무감각해진 게 분명했다. 아무래도 이번 기회에 단단히 주의를 줘야겠다는 생각이 들었다. 연서는 누군가의 생명을 농담거리로 삼아서는 안 된다는 설명을 시작했다. 물론 그 대상엔 서주 본인도 포함이었다.

서주는 그녀의 고지식한 말을 전부 경청했다. 하다못해 눈을 돌리지도 않았다. 연서가 아주 오래전의 일부터 조목조목 꼬집는 동안, 그녀의 까만 눈동자를 응시했다. 깜빡이는 걸 잊은 건 아닌가 싶어질 정도였다.

결국 연서는 말을 멈췄다. 그리고 불만이 가득한 목소리로 그의 태도를 지적했다.

"제 말 듣고 있어요?"

"그럼요."

서주는 즉시 대답했다. 연서는 그마저도 장난스럽다고 느꼈다. 말이 통하지 않는 건 그의 오래된 결함이었다.

결국 연서가 먼저 얼굴을 돌렸다. 도대체 이 남자를 어떻게 해야 좋을까? 답답한 심정에 한숨이 나왔다. 지난 생을 모두 떠올려봐도 지금이 가장 심각했다. 차라리 예전엔 퉁명스러워도 마음을 알기엔 편했다. 지금은 무슨 말을 해도 능수능란하게 흘려 넘겨버린다.

이러면 진짜 중요한 대화를 나누기 어렵다. 예를 들어 그가 얼마나 자신을 아끼지 않는지, 그게 얼마나 그녀의 마음을 아프게 하는지. 그런 종류의 이야기마저도. 연서의 낯빛이 어두워졌다. 불현듯 슬픔이 스며들었다. 애써 먼 곳으로 시선을 돌리려는데 한쪽 어깨에 가벼운 무게가 실렸다.

"다 듣고 있습니다. 어떤 목소리와 표정인지, 단어 하나까지 전부 다요. 당신이 사라져도 기억할 수 있게……."

서주가 연서에게 기대어 말했다. 그녀에게 파고들 듯 머리를 숙이더니 나중엔 허리를 끌어안았다. 나날이 심해지는 그의 어리광에 연서는 눈을 흘겼다. 그래도 얼굴에 열이 오르는 건 어쩌지 못했다.

그녀는 가만히 서주의 머리를 쓸었다. 부드러운 머리칼이 손가락에 감겼다. 정말로 오랜 시간 전, 어떤 날엔 그의 머리가 지금보다 길었다. 그때는 어떤 생각을 하며 만져주었더라. 불시에 추억이 젖어 들었다. 연서는 애써 퉁명스럽게 말했다.

"느끼해……. 하루라도 그런 말을 안 하면 입안에 가시가 돋아요?"

그가 고개를 들었다. 그리고 눈을 느리게 깜빡이며 말했다.

"그런 것 같아요. 좀 봐줄래요?"

연서는 다시 얼굴을 붉혔다. 하여튼 음흉하고, 능청스러운 데다 제멋대로다. 이렇게 또다시 그의 꾀에 놀아나고야 말았다. 연서가 투덜거리자 서주가 웃었다. 그리고 그녀의 어깨를 감싸 안았다.

부드럽고 느슨한 입맞춤이었다. 조급하지도 욕심내지도 않았다. 물줄기 흐르는 소리가 들리고 피부엔 황혼의 따스함이 내려앉았다. 다시 눈을 떴을 때, 두 사람은 한참 서로를 응시했다. 언제고 이 자리에 있을 것처럼 움직이지 않았다.

잡은 손의 온기가 뜨겁지 않고 애틋했다. 언제 상대방이 사라져버릴지라도. 둘은 아직 먼 이별을 대비하지 않았다. 다만 이 순간을 만끽하고, 사랑하고, 서로 껴안았다.

어느 진부한 옛날이야기처럼. 그들은 오래도록 마주 앉아 서로를 바라보았다. 오직 이 순간의 행복을 향한 마음이었다.

작가의 말

　작품의 연서와 같은 나이인 스물아홉에 이 책을 보여드릴
수 있어 뜻깊습니다. 적지도 많지도 않은 나이. 나름 뭔가를
이뤄왔다고 생각하였으나 돌아보면 별거 없고, 기대와 희망
보다 걱정과 불안을 원동력으로 하루를 버텨내는 시기. 저는
스물아홉을 지나고 있는 지금을 그렇게 정의합니다. 연서의
나이를 스물아홉으로 정한 이유이기도 합니다. 그녀의 방황
에 어울리는 나이다 싶었거든요.

　사실 스물아홉만의 일은 아닙니다. 요즘 시기가 그렇지요.
불안과 우울이 주변에 가득합니다. 괴로운 심정을 토로하는
친구들도 많습니다. 어떤 위로를 건네야 할지 늘 고민이 되
곤 합니다. 때론 어떤 말로도 위로가 되지 않는다는 것을 알

고 있기 때문입니다. 그러다 보니 차라리 아무 말도 하지 않는 게 낫다는 생각이 들기도 합니다.

다만 제겐 바뀌지 않는 생각이 있습니다. 이토록 힘든 시기가 지나더라도 걱정은 가시지 않을 거예요. 아마도 사는 내내, 매번 새로운 불안이 삶에 찾아올 것입니다. 이는 불안이 인간을 매번 더 나은 곳으로 이끌었기 때문이라고 해요. 언제까지나 만족과 행복을 누릴 수 없다니. 정말 슬픈 일입니다.

그렇다면 그러한 삶을 살아가야 하는 이유는 뭘까요. 끝내 행복할 수 없는데도요. 저는 그게 오래도록 궁금했습니다. 여전히 답을 찾지 못했어요. 끝내 모를 것 같기도 하고요. 하지만 이런 고민을 하다 보니 쓰고 싶은 이야기가 생겼습니다.

오디오 드라마에서부터 종이책까지 《환상서점》을 통해 전하고 싶은 이야기는 한결같습니다. 어느 날, 어디선가 길을 잃었을 때 낯선 모퉁이를 눈여겨봐 주세요. 그곳을 지나면 초록빛 서점이 하나 보일지도 모릅니다. 낡은 문을 두드리면 곧 서점주인이 마중 나올 거예요. 오늘 힘든 하루를 보내셨다면, 그의 낭독을 들으며 잠깐 쉬어갈 수도 있습니다. 다시 길을 나설 힘이 날 때까지요.

이 책을 읽으시는 분들이 때로 그런 상상을 하며 즐거움을 느끼셨기를 바랍니다. 그게 힘겨운 삶을 잠시나마 지탱한다면 더욱 기쁠 거예요. 이 작품의 의미는 오로지 그뿐입니다. 어쩌면 살아가야 하는 이유보다 지탱하는 방법을 찾는 게 쉬울지도 모릅니다. 다음에도 그런 즐거움을 드릴 수 있는 이야기로 찾아뵙겠습니다.

끝으로 저를 격려와 애정 어린 시선으로 봐주시는 주변 분들, 이 작품이 세상에 나올 수 있도록 힘써주신 분들, 매번 감사한 회사 식구들, 그리고 사랑으로 세상을 대하는 법을 가르쳐주신 어머니께 감사드립니다.

소서림

환상서점 잠 못 이루는 밤 되시길 바랍니다

초판 1쇄 발행 2023년 2월 28일
초판 22쇄 발행 2024년 1월 30일

지은이 소서림(스토리플러스)
공동기획 (주)투유드림 박혜림
펴낸이 김문식 최민석

총괄 임승규
책임편집 조연수
기획편집 박소호 김재원 이혜미
           김지은 정혜인 김민혜
           명지은 신지은 박지원
마케팅 조아라
디자인 배현정

펴낸곳 (주)해피북스투유
출판등록 2016년 12월 12일 제2016-000343호
주소 서울시 성북구 종암로 63, 5층 (종암동)
전화 02)336-1203
팩스 02)336-1209